· 文脉中国散文库 ·

天真的梦
与羌野的歌

雷　子 / 著

中国文联出版社

图书在版编目（CIP）数据

天真的梦与羌野的歌 / 雷子著 . -- 北京：中国文联出版社，2016.4（2023.3 重印）

ISBN 978 - 7 - 5190 - 1437 - 7

Ⅰ.①天… Ⅱ.①雷… Ⅲ.①散文集—中国—当代 Ⅳ.①I267

中国版本图书馆 CIP 数据核字（2016）第 095901 号

著　　者	雷　子
责任编辑	蒋爱民
责任校对	李海慧
装帧设计	中联华文

出版发行　中国文联出版社有限公司

地　　址　北京市朝阳区农展馆南里 10 号　　　　邮编　100125

电　　话　010 - 85923025（发行部）　　　　85923091（总编室）

经　　销　全国新华书店等

印　　刷　三河市华东印刷有限公司

开　　本　710 毫米×1000 毫米　　1/16

印　　张　12.5

字　　数　198 千字

版　　次　2023 年 3 月第 1 版第 2 次印刷

定　　价　75.00 元

为《阿坝作家书系》序

阿　来

　　在四川省文学奖和四川省少数民族文学奖颁奖会上，听州文联领导说，由阿坝的作家、诗人创作的阿坝作家书系即将出版，要我写点文字在前面，其实除了对这套书系的出版感到高兴，并要对这套书系的创作者们表示祝贺之意外，我感觉自己并没有太多的话要说。

　　阿坝是故乡，常来常往，自己关于文学的粗浅见解，与文朋诗友在正式与非正式的场合都有过充分的表达，再说，也没有多少新鲜的东西了。如果要多说什么，难免是重复过去的一些观点与说法了。我最觉得高兴的是，阿坝作家书系将是一个长期的项目，眼下将要出版的第一辑只是一个开始。的确，文化建设是一件持之以恒的工作。而文化建设中文学显然是最基础的工作。所有艺术门类在很大程度上，要取得更大的进步，除了不同艺术门类技术性的表达与创新而外，一切内在的审美的、观念的形态，其实都与文学提供的审美经验有着密切的关联。

　　拿到阿坝作家书系第一辑的名单，我注意到大家都是在阿坝的文学园地中活跃多年的熟人和朋友。同时，这份名单从作者的族别上看，有藏、羌、汉等各个族别。阿坝这块古老的土地，在今天又显得前所未有地富于活力，正是各族人民团结一致，共同建设的结果，而在文化建设上也出现这种并肩前行，以各自的精神成果互相辉映，这样的局面，在国际国内极端的民族主义和极端的宗教思潮频繁影响到社会和谐安定的情形下，更是有着特别的意义。

　　在全球化的时代，文化地表达，特别是文化多样性地表达，是非常重要的工作。这种工作，不止是不同民族文化的多样性表达，更重要的还是更致力于一个民族内部的多样性的表达。仅就阿坝的藏族文化而言，就有安多、嘉绒和白马等不同的族群与文化。而且，我们更要明确的是，文化多样性的表达不是加深不同文化不同民族间的鸿沟，文学表达文化表达最终的目的，是增进文化间互相的尊重、了解与融通，这是文学创作者所必须具有的一种善的动机。而这套书系首先登场的几位朋友，长期以来所做的正是这种有意义的工作。他们的作品所起的正是文学应起的作用。

我们更要充分意识到的是，文化从来不是一个僵硬固化的板块，而是一个动态的过程。只有那些不断发展，不断吸纳广大世界中其他文化中的积极因子的文化才能长存于这个日新月异的世界。所以，我们的文学表达，更有责任关注文化中正在萌芽，正在成长壮大的那些新的积极因素。新的现象，新的思想，新的人，新的事，只有对这些新保持充分的敏感，对新的时代对于文学的使命有深入的体认，我们的文学才会真正出现新的气象。

阿坝大地，具有丰富的文化多样性，这种多样性，其实是由地理多样性决定的，更是由各民族人民共同创造的。文学自然也不在这种历史的规定性之外。文学的责任在于表达这种丰富的存在，文学的使命更在于以审美的方式呈现这些伟大的存在。

当然，这种多样化的文化书写同时也是要完全依从于个人的深刻体验与表达这种体验时个人化的表达。文化意味与个人风格互相辉映，互相生发，那就是真正的文学了。

祝阿坝文学在这样一片热土上有更新更大的进展。

2015 年 12 月

目 录

第一辑

乡愁袅袅

母亲的曙光缝纫社

——谨以此献给父辈母辈那个时代辛劳的缝纫人

当我敲下这个标题时，我的嘴角忍不住扬起微笑的光芒。因为我的母亲曾经在那个叫作曙光缝纫社的地方整整工作了四十余年，也就是说从花季时代直至天命之年，她的整个青春年华都奉献给了缝纫事业。母亲一生中到底缝过多少件衣裳，纫过多少条裤子恐怕她自己也无法计算，汶川县有多少人穿过母亲打过的衣服更无从知道。心灵手巧的母亲只知道一个月缝纫的衣服要达到多少件才能完成本月的任务，母亲只在意超任务完成的"活路"又增加了多少工分，所有的工分最后变成养育我们三姐妹的生活费和学杂费。所以我用"母亲的曙光缝纫社"作题目，是对母亲这份职业的尊重与敬意，更是对缝纫社曾经激情燃烧过的岁月的无尽追忆。

童年时代，语文老师布置的作文总是让我们写自己最熟悉的人、最尊敬的人、最爱的人。但我从没写过自己的母亲，每当我给自己的同学或者朋友介绍自己的母亲是裁缝时，母亲总会在旁边纠正："我不是裁工而是车工。"其话语间有种真实的谦卑。

当我还在襁褓里的时候，母亲就带着我一块去上班，最初她将我背在背上，我总是随着她踩动缝纫机的节奏很快入睡，就像悦耳的《摇篮曲》。有一次母亲忙着打衣服，蹒跚起步的我独自走到威州大桥上玩，当我看见木板下狂啸的河水，我吓得没敢哭而是小心翼翼地爬过大桥木板去找河对岸做小生意的家爷，结果被守桥人发现了，他们询问我是谁家的孩子，终于有人识得我，将我抱回母亲上班的地方。对啊，我年轻的母亲没有任何恐慌与后怕，忙碌依然，那年我才两岁。

缝纫社的职工有十几个和我同龄的孩子，那个时代谁家没有三五个娃娃。单位制度里没有明确不许带着孩子上班这条规定，所以我们的童年过得无拘无束，即使晚上家长们开会，一群猴子一般调皮的孩子从这张案板下爬到另一张案板下躲猫猫，有时藏在衣橱柜中都没有想过假如出不去的危险。

缝纫社有四种工种：那位腿残疾的阿姨坐在柜台前收货、开票、算账，因为她是高中生，是少有的知识分子，即会计。第二种工种就是裁剪师傅，对！不能叫其工人，裁剪是技术要求较高的一个工种，一根软尺常常挂在他们的脖子上，一张张木案板一字展开共有四五张，师傅们各有自己的地盘，彩色的画粉、锋利的剪刀等都惬意地躺在案板上一如自信的他们。第三种工种就是车工（缝纫工），是其整个加工的核心程序，也是工人最多的一种工种。第四种工种叫户工，负责后期给成品衣服锁扣眼和钉扣子等。

在少有卖成品衣服的时代，每家人都有政府派发的布票，小县城里几乎是家家户户都从商店扯好布料后送到缝纫社去加工制作，有些是为老人提前备好寿衣；有些是机关干部的中山服；还有些则是普通人家的罩衣和棉衣裤等等，总之那时缝纫社的生意非常好，其热闹程度不逊于今天的菜市场。

想穿新衣的人们会按照各自的审美以及师傅们在县城里的口碑找自己喜欢的师傅裁剪，做衣前先问好一件衣服要几尺几寸，剪裁师傅基本上会告之预算数，等顾客来了后先将对方的名字写在一张纸上，顾客站直身躯后师傅就先量上身长度、肩宽、袖长、袖口宽度以及胸围、领子的尺寸等。对于机关干部来说，他们的衣服均要求合身、得体，庄重，那么其衣裤就会希望被剪裁得稍微贴身些，才显得有精神和派头。余下的布料一般都会退还给顾客，当然偶尔也会有大块的盈余，有些师傅则会将其悄悄地积攒着改作他用。对于普通人家而言，打一件衣服往往希望师傅尽可能的将衣服料用完或者多匀裁出一件哪怕稍微小一点的衣服也好，所谓"新三年、旧三年、缝缝补补又三年"，制作一件新衣服后大人穿了小孩穿，老大穿了老二穿，老二穿了老三穿……依次类推，家里的孩子们对新衣都有所期待，即使打上新鲜的花补丁也一样喜地欢天。

多年后，我仍能记起某些场景，比如：某个阳光灿烂的下午，那位黄姓的中年师傅，他每次剪裁时都会将一块布料很庄严地对折整齐、抖动再抖动，用木尺将其平铺在案桌上然后端起一大杯水喝进口中，像打台球一般找好角度对准布料鼓足气"噗、噗、噗"均匀地将水喷在衣料的上下左右，然后才开始拿起尺子画形状与弧度，最后开剪。他喷水的样子总让我觉得像老龙喷水，因为在阳光下我常常看见那道叫作"彩虹"的光芒。令我最好笑的则是，每当有单位或上级领导巡视或者他想表达什么时，他总会非常迅速地站立、敬礼，并且大声说道："报告政府。"后来才知道，他曾对自己的女朋友耍流氓并因此被劳教过几年。

20世纪70年代初期，所谓单位是指政府、党政机关，企业则是国企，至于缝纫社则根本不算是单位更不是企业，人们俗称它为"集体摊摊"。记得有一回父亲与母亲开玩笑，他轻蔑地取笑母亲在大集体上班时，好脾气的母亲对他咆哮道："你倒是国营企业，可惜你的工资还没有我挣得多。"是啊，年轻时代的母亲手脚特别麻利，她打的衣服几乎很少返工，有些胆小的同事经常会将好料子的衣服交给母亲来缝纫，因为她们担心打坏了会给顾客赔偿。母亲总是胸有成竹，照单全收。那时一个月三十多元已经是很高的工资了，当教师的姑父就经常自豪地告诉他的同事们，自家的嫂嫂好能干，一个月可以挣四十多元，比他当老师的收入还要高。母亲却说："我们挣钱是计件非常辛苦，你们还是好好读书争取当老师吧！"

年近古稀的母亲依然记得：顾客来缝纫社打一件灯芯绒衣服的价格是1.58元；棉袄1.50元；军干服0.80元；男裤0.63元；女裤0.57元；被单0.17元；内裤0.16元。也就是说每件衣裳的35%归剪裁工，40%归车工，余下24%归公家，单位领导和会计将余下部分按比例上缴财税局和二轻主管部门。户工的收入最低，完全不纳入比例分成，是锁一件衣裳给一件衣裳的钱，从事这种职业的均是年老体弱戴着眼镜的婆婆们，而最辛苦的则是年轻力壮的车工。

所谓："穷人的孩子早当家"，我也不知道自己是几岁学会导线的，程序是先将麻花一样的线打散抖伸展，然后绷在像风车一样的线绷绷上，找出线的头子后，双脚慢慢踩动缝纫机让其向怀中方向正常运转，用左手将木棍或者锥子穿过线滚子后掘在缝纫机身的轮子上，用右手拿一枚小布巾将线包裹一下轻轻牵引着，否则火辣辣奔跑的线就会如刀一般锋利地钻进手指蛋蛋里，当一个个线滚滚渐渐变得丰满起来的时候再换一个线滚直到一把麻花线完全导入完。要导入小玉梭（也就是缝纫机牙板下的底线）其要求更高，小小的玉梭装不了多少线，往往踩动几脚就可以导入好，但是因为玉梭的材质是钢材，将其按在轮子上导入时不能掘太紧，否则会擦出火花，但手掘太松则会打滑，而这些根本难不倒我，我信马由缰几乎练到炉火纯青的地步。导线工作相似于"军队打仗，粮草先行"。这是缝纫的前期工作不可小觑，导线工作做得好就大量节省了大人们的缝纫时间。

我不仅帮母亲导线而且凡是大人们需要我打下手的地方她们都会叫我，刘婆婆经常让我给她打的灯芯绒裤子翻皮带扣。这是一个技术活路，不仅费时还要小技巧，用锥子慢慢地将皮带扣翻身，说简单点就像翻猪肠差不多，只不过让一个又厚又结实的小布袋子内翻外远远没有翻肠衣那么滑腻，还要将翻好的皮带扣用熨斗将其纹路对好后烫平整，这下子她就可以直接打在裤腰上了。为此刘婆婆经常给我吃糖果与胡豆，她喜欢我，我也喜欢她。

只要一放学，我就跑到母亲上班处等她下班。我只要看见有空的缝纫机，我就会迅速地在地上找几块花花绿绿的布拼凑好后自己踩着缝纫机打几个玩耍用的沙包，所以我的沙包不需要手工缝制，自己随心所欲地想打多少个就打多少个，沙包里有时装细沙，有时装玉米，沙包无疑是那个时代最实用的玩具和礼物。

至今我仍然记得母亲的同事们：焦阿姨、许阿姨、岳叔、肖阿姨、何阿姨、戴叔、颜阿姨等等，其中还有一个叫九云的哑巴阿姨。

许阿姨的嘴角总是挂着一根线，她一边打衣服一边给大家讲《封神榜》，我在旁边也听得津津有味，记得她那次讲到雷震子吃了杏子后立刻长出一双翅膀时，有一个人听着听着一不小心将缝纫针打穿在自己的手指上了，那疼痛现在想起来都令我蹙眉。我看的第一本小说《第二次握手》，就是许阿姨借给我母亲的，我每天从母亲枕头下偷出来悄悄看几页，也许这是我文学最早的启蒙吧。

母亲的人际关系很好，也许源于她温和与憨厚的性格。她们单位上有一个叫"李歪"的阿姨（不是她的本名，而是喻其厉害的绰号）泼辣得要命，工作上的事谁也不敢惹她更不敢轻易分配给她工分值低的衣服，但她对我母亲则特别好，甚至有一回她让母亲陪她去商店挑块花布，母亲选好后她付了钱和布票就将花布赠给了母亲，而她家里还有四个正在读书的孩子，究其原因，母亲说也许是为了祝贺她生了三女儿的一份礼物吧？母亲是懂哑语的，她几乎会用手语耐心地告诉九云阿姨很多制衣技术上的问题，每当得到满意的答案时，哑巴阿姨会搂着母亲的肩膀手舞足蹈。

记得每年大年三十母亲总是回家特别晚，因为必须加班。但我一直奇怪为什么每年大年初一的早晨，在我们三姐妹的枕头边都各自有一件折叠得很漂亮的新衣。自家的衣服是不允许拿到单位上去打的，因为那有揩油的嫌疑，所以母亲攒钱也买了一台上海的蝴蝶牌缝纫机。家里虽然方便了，但这一买不打紧，她几乎要包揽自家亲戚和邻居家衣服上的各类杂活，比如今天帮谁家裤子的后疤打一个像靶子一样结实的圈圈；比如明天会帮谁家孩子的棉衣接一截棉花，总之她上班忙碌，下班也更忙碌了。

改革开放后，成品衣越来越多，曙光缝纫社迅速购进几台电动缝纫机也无法追上时代迅猛发展的脚步，原始的制衣坊和落后的款式逐渐被淘汰。曙光缝纫社转制并与五金社合并，于是处于黄金口岸的缝纫社一半改成了商店，一半改成了旅馆。如此又过了十多年，当县城里的国企也难以生存下去的时候，好的口岸被拍卖，母亲四十多年的工龄被折算成现金来补偿，她用那笔钱买下了四十平方米的公房，单位用拍卖的集体资产安置了所有职工，并在县社会养老保险处买了社保与医保。母亲常常对我说做人要"知足常乐"，她退休时的工资只有三百多元钱，如今退休二十年，工资也涨到近二千元了。

四十余年的缝纫生涯没有给母亲留下任何职业病，是何其幸运。母亲偶尔与我说起当年在单位上的点滴委屈时，我总是悉心地安慰她，毕竟人生中的失落与拥有总是带着一个时代的宿命与烙印。如今陪伴她三十余年的缝纫机放在我家阳台上，满头白发的老母亲偶尔会戴着眼镜帮我把淘汰的呢子大衣翻旧一新，改成一件件时尚的马甲，让我真正体会到变废为宝的乐趣，只是她会幽幽地怨我不向她好好学习这门手艺。

2014 年 10 月 23 日于茂州

乡愁里的父亲

父亲，这是一个宽厚的名词。对我而言这个称谓比"爸爸"更具东方韵味与庄严感。我仅在心里和文章中称自己的爸爸为父亲，而在生活中我与另外两个妹妹则俏皮地称呼他为"老汉儿"，他对这种貌似玩笑且略欠敬意的称呼不仅没责备反而应允得扬扬得意。我们童年时，每逢有人问他有几个孩子时，他挂在嘴边的那句话："我有三千金（斤），一吨半。"

父亲像一把伞，这源于我童年深处的记忆。那年的我仅有几岁，我与父亲刚看完坝坝电影，天上就下起倾盆大雨，父亲立即脱下他的军大衣将我从头到脚裹好后背上，他弓腰反手将我搂紧在喧哗的人群里疾走。哗哗的雨声离我很近又很远，匍匐在爸爸的背上让我觉得像依偎着一座大山那般安稳和踏实，我听见他浑厚如雷的声音充满了激情，在雨中他与路人还津津有味地讨论着电影里精彩的战斗内容。那场雨挥之不去，父亲年轻时魁梧的身影如灯一般在我记忆里定格，每当想起我内心便充满了温馨。

成年后，我们姐妹三人各自陆续安家，三支分流的小溪再难以完整地聚在一起，女儿们轮流陪父母过大年三十，年年都有人缺席。自从2008年"5·12"之后，清贫的父母因拿不出重建补差面积的房款就索性将微薄的房屋财权平分给了我们三姊妹。于是我"独霸"了父母并将他们用了多年的实木家具一并搬走俗话说"家中有老，犹有一宝"我赚了，从此父母跟着我们这家人在岷江的上游和下游随着节假日的节奏而不断"迁徙"，三代同堂的生活其乐融融。

一、影集里的秘密

每逢除夕，家里人边看春节联欢晚会边吃零食，父亲则从他的卧室里捧出几大本影集到客厅里慢慢欣赏。其中有一本红绸印花封面的影集，那是 1986 年 6 月 15 日汶川县县城遭遇特大洪水袭击时，父亲被县人民政府授予"抗洪抢险先进个人"称号时发的奖品，县人民政府鲜红的章像火炬一样盖在影集的第一页，每当父亲看见那几行用毛笔书写的表彰内容时表情就特别庄严肃穆，他的记忆仿佛又回到了当年与众多战友在波涛汹涌的洪水中抢救国家财产时惊心动魄的场景中。

影集是白底压膜的双面相册，相册第二页左上方是父亲的老父亲的七寸黑白照片，我的雷爷爷七十多岁，他头上缠着一圈黑帕子，着民国时期的一袭长布衫，他长了一双枣一般炯炯有神的大眼睛，但他的眼睑下则规规矩矩地卧着一对透明的"蚕茧"，爷爷鼻梁高挺，背微佝偻，山羊须的胡子垂在胸前似乎正有微风徐徐吹来。每当父亲看见自己老爹的照片时就会喃喃地对我说："假若你爷爷还活着的话应该有多少岁了。"我问父亲为什么没有我奶奶的照片时，他说那个时代照相是奢侈的事，他的母亲突然过世而没有留下任何一张可以寄托思念的相片，这成为父亲长久的遗憾。

那几本影集里几乎浓缩了父亲所有记忆：有他哥嫂年轻时的照片，有他与侄儿的合影，有他在草地当兵时众多战友的青葱单人照，还有他退伍后在印刷车间的工作剪影，我们三姐妹童年时代的全家福，还有父亲珍爱一生的初恋情人的照片。

父亲退伍后即被初恋情人抛弃，他的心上人嫁了一个军人后便远走他乡。伤心欲绝的父亲是执拗的，固执到他喜欢那个叫"苓"的事已成了小镇上公开的秘密。时间也许能抚平一切伤痕，后来经人介绍父亲与我母亲认识了，当过兵的父亲身体倍儿棒，帅帅而失意的父亲最终当了王家的上门女婿，我跟了父亲的雷姓另外两个妹妹则随了母亲的姓氏。过去的岁月里我不知父亲以怎样勇敢的心面对初恋情人的背弃，我也不知在爱与相思的河山里，父亲是怨多还是恨多，或者他从来就痴痴地爱着没有任何怨悔。他就那样想着、等着、盼着，直到"苓"的孩子也陆续安家；直到梦中情人当了老祖母；直到"苓"的丈夫去世；直到"苓"退休后重返故乡定居。父亲终归没有勇气去向心中的女神倾诉自己积淀多年的爱与牵挂。我隐约记得大约我十六岁那年，有一次他又与我说起那位叫"苓"的阿姨时，我纠正父亲，愤怒地提醒父亲，告诉他能遇见我母亲这样美丽且善良的女人需要多好的运气时，父亲却说："假如我与她结婚，你仍然是我的女儿，也许比现在还美丽"。呵呵，这就是我的奇葩父亲。

二、心灵感应

我读书时由于严重偏科，最后的结果是令我无法跨入令人向往的象牙塔。那年县上招工我考进县电冶厂，新招工人需要去广汉进行技能培训，我被分配的是学仪表，此工种即是在规定时间内将电极松动后插入熔炉内把石灰与焦炭艘烧成液态，几十分钟后仪表工拔高电极并打开锅炉闸门，炉内流出来的液体凝固后即是遇水燃烧的乙块。某个闲暇的星期，好奇的我与几个同伴相约坐火车去成都玩，伙伴们雀跃唯独我心神不宁，临行前我告诉同寝室里的伙伴，若是我父亲来了请帮我接待一下，并告诉他我下午就回来。在那个座机电话都不太普及的年代，哪里还有手机的奢望？更不会有人于百里之外给我带口信。那天，我永远记得那个烈日炎炎的下午，当我与同伴们从成都返回广汉后，远远地我看见父亲正坐在我住的招待所门口等我……

一年后，我正式上班的地方在漩口镇水田坪村（现在那里已变成了紫坪铺水库），在上完一个长长的深夜班后，我迷迷糊糊去食堂打了一碗稀饭随便喝了几口便昏沉沉地在工人的宿舍里睡着了。雨在梦外下得淅淅沥沥，我仿佛在做梦又好像清醒着，突然远远地我听见公路上一辆汽车清脆的喇叭声，我本能跳起来穿上衣服拿着一把雨伞向厂门外冲去，当我走到公路边时正看见父亲提着一包东西刚从车上走下来，我看着他笑了，他之前也没有打过电话说要过来看我，是不是世间所有父女间都有这种心灵感应？

还有一件事至今令我惊异，]993年3月的某个夜里，我莫名的狂燥内心翻涌着不可抑制的火焰，我愤怒、绝望、莫名地哭泣。我甚至砸坏了几样东西，将被子、枕头丢了一地，自己折腾了半个晚上才慢慢入睡。天亮后，我到单位上班，办公室主任告诉我今天不用参加单位植树了，她说我父亲刚才打电话了让我马上请假回汶川，因为我的大爹昨夜过世了，是父亲独自在寒夜陪着单身一辈子的表哥走完了人生最后的旅程。原来是父亲昨夜悲伤无助的情绪跨越了几十公里外让我强烈感应。在过去和现在的很多日子里，我与父亲的默契度超过家庭的任何成员，我不得不感叹基因的固执，原来某些思维模式、潜隐的生活经验是可以通过强大的遗传来完成。

三、与酒神寒暄的父亲

父亲喜欢酒伴，在饭桌上他从不管对方是侄儿还是自己女婿的同学，甚至是孙儿的朋友也可，只要有人愿意与他举杯，他都会将"少年叔侄如弟兄"这句口头禅挂在嘴边以缓解年轻酒友的忐忑，对父亲而言有人听他精彩的演讲是幸福的，若遇上酒量相当又话题投机的酒伴儿，相约酒的魔力是他一直的追寻。

父亲为了避开母亲和我的过度"关心"，于是将各种粮食泡酒装入各式小瓶子里随身携带，他不是上山找亲戚拉家常就是下河与老友钓鱼。父亲对酒的嗜好不知是从小家庭的熏陶还是他在草地当兵时仅为高原御寒的习惯，或者是因失恋后而才爱上了这一口？酒就像他的宗教，无论出行还是居家皆念念不忘，为了避免机场麻烦的安检而打断他的饮酒规律，他宁愿拒绝一切长途旅行。

不知是因为酒精长期居住在父亲的身体里还是他血液里藏着好斗的基因，但凡遇到弱者被欺之事，他必定拔刀相助，他常对我说："恶人不怕，弱者不欺。"在我的印象中父亲虽有着极火爆的脾气，但他从来都是"雷声大，雨点小"，这么多年来他从不说一句脏话更没有舍得打过我们，哪怕是半次。

我曾为父亲无度的醺酒生过气，他不在我身边的时候，有好几回明明他被车撞伤了却不懂得叫人赔偿医药费。去年的一天，饮酒后的他走路时不小心被一颗李子核滑倒了，他头上摔了一条血包，家乡马上有人给我打电话报急，我在电话里嘱咐亲戚马上将他送到医院并垫付所有医药费，然后我以最快速度赶到汶川并归还垫付的现金，除了照了张 CT，一颗消炎药他也不舍得开，自己生了病需要休息他却愿意和自己的妹妹呆在一起，我只能象征性地给些生活费并请姑妈代为照顾。为此，我藏过父亲的酒瓶摔过他的酒杯，说过难听的话激怒他，甚至很久不见面。

爱酒的父亲是慷慨的，七年前的汶川大地震来袭时，父亲与我一县之隔。待通讯恢复后父亲才打来电话报平安。我不断听到各种关于我父亲地震期间的消息。地震当夜，灾民们为了躲避余震都聚集在姜维城山上过夜，住在野外的人们被冻得瑟瑟发抖。尘烟笼罩的县城里，父亲没从家里抢出任何所谓的财产，仅仅提了两小桶他最心爱的白酒，惊魂未定的人们不知所措，乐观、热情的父亲告诉大家不要怕，困难肯定很快就会过去。于是他邀请山上所有人一小盖一小盖地喝着他从家里抢出的白酒，以此来抵御大地震带来的惊恐与寒冷。

自震灾之后，我已很少唠叨父亲的"酒"事，每次我出差都会为他带回全国各地的白酒，当我的儿子第一次独自旅行回来时竟然给我的老父亲买了两瓶内蒙古的高原烈酒，他到处炫耀欢喜的程度可见一斑。现在当我不再管父亲每天每顿的酒量，他反而比从前更克制，也许爱就是成全吧。

四、悠悠竹根亲

童年时代，我一直不明白我家为何有那么多亲戚，多年以后才明白这源于我的爷爷和奶奶在结婚之前都成过家，在那个缺医少药的年代人们的寿命不够长，所以我的奶奶嫁了两次，她与前夫生有两个女儿，嫁给我爷爷后又生了一儿一女。而我爷爷的前妻早逝也留有自己的孩子。如此一来我父辈直系的表叔、表婶、表姑等等就有三十多个，所谓"一生二，二生三"，错根盘结的亲戚关系就像数根理也理不清的麻线。

父亲和她的妹妹是由自己的大哥大嫂养育成人的，所以父亲与自己的亲侄子年龄仅相差几岁。每逢家族中有大事聚集一堂时，我的父亲、姑妈、几个堂哥就会扯到关于亲戚脉络的话题。大哥会责怪父亲不讲自己的尊严，总与侄儿侄孙辈在一起喝酒时乱了称谓；二哥会埋怨姑妈不论辈分与近房的侄儿打了干亲家；还有愤怒的三哥则会说自家的小孃孃嫁给了侄儿辈很不像话，堂哥们坚持称呼要依老亲的，至于已成定局的联姻称呼中也只能各自各叫了。

父亲的亲表姐已九十几岁，他雷打不动地年年去壁立村山上给自己的表姐过生日，仿佛只有与自己的老姐姐相依才能得到亲情的慰藉，仿佛也只有自己的表姐才懂他的现在和过去。父亲的几个亲侄女也七十多岁了，他依然像一个合格的舅舅力所能及地帮补着众多侄儿侄女，甚至其儿孙乃至重孙的一切。

　　父亲每月的社保工资是微薄的，明显无法承受众多红白喜事的密集邀约，但他总是非常开心地参与其中甚至提前入住亲戚家中"坐阵"。所以父亲荷包里的钱总是骨感，常常出现负数。有几年他在前面借，我就在后面还。每当我想埋怨他时，一想到每次要帮他归还的数目并不算太多也就忍住了，毕竟父亲从不亏待亲戚更不占别人便宜的处世风格算是一种修养。父亲常年资助农村穷亲戚的行为虽算不了伟大，但从另一个角度来说，年过七十的父亲生活完全自理，他几乎没得过什么大病或慢性病要让我操心，所以偶尔给其经济补给也是我的福气，并且我给得高高兴兴。

　　今年是父亲的本命年，春节期间我的儿子悄悄给自己的家爷买了新年礼物：一件贴身绒衣、两双红袜子、两条红内裤。当我父亲拿到这些礼物时欢喜得很。孩子要去上学的前夕，父亲从自己钱包里取出两张红艳艳的人民币交给我儿子，告诉他上大学了包里要多带一点钱，儿子坚决地拒绝了，他说："爷爷，我不要，你有那么多酒席要去吃。"面对外孙的体贴，父亲感动得无语。

　　我记得《读者》里有篇散文，文中里写到"不是所有父亲都是神"，是的，不是所有父亲都是朱自清《背影》里慈父的模板。我的父亲给了我健康的身体、乐观向上的性格，培养了我豪情正义的品格，对我而言这已是一笔丰厚的财富。父亲虽说不是中国传统社会中那种省吃俭用帮着儿女攒钱买房买车、精心照顾儿孙的好父亲，但我宁愿他是现在这种天马行空的状态，他有自己的梦想，他有权享用自己的人生。

　　那年，父亲在他朋友家中看见一本书：《青衣羌》，他感觉此书对我有用处，在不能买又不舍得给复印费的情况下，父亲花了半个月时间用方格本子为我抄了一本。我不能说仅仅是感动，更多是这爱的期许让我更加努力。

　　乡愁里的父亲被故乡的炊烟熏得云里雾里，一眨眼他已到暮年，我希望他可以快乐地活到一百岁；乡愁里的父亲这几天在自己妹妹家里表现厨艺，享受着当舅舅当舅爷的尊敬，他打电话对我说让我休年假时带他一块去广汉三星堆看看。

2015 年 4 月 12EJ 于四川茂县

山微要听故事

美国著名的心理学家、管理学家西蒙斯这样说过："人生即故事本身。一个有着积极意义的人生，亦如那个精彩无限，充满吸引力的故事。因而讲好一个故事，是你对自我的责任，因为生命只有一次。而如何讲好一个故事，不仅是一种自我表达的技术，更是隶属于人生的一种艺术。"

——前言

初次见到我的宝贝是在梦里，婚后几年我一直坚持成为丁克一族，我怕孩子给我带来的无穷麻烦。但是有天晚上我做了一个梦，梦里有一位慈祥的老婆婆把一个非常漂亮的小男孩抱到我的面前，在梦里逗孩子玩，我让他叫我阿姨，结果他不仅叫我了一声"妈妈"，还在我脸上深情一吻，于是我的母性如海啸一般迸发了。

在梦里，我经历了各种各样用语言也无法描绘的神秘，甚至有些玄幻场景是不能让其在纸上曝光，在 B 超也看不清他性别的时候，他在梦里与我耳语揭秘。

怀着宝贝的时候，我没有时间听音乐，更没有时间做所谓的胎教。我的工作不仅要打印单位的所有文件，还要兼任出纳、收发、保管、档案等。不能养尊处优的孕妇像农妇一样忙碌着。怀着孩子有六个月时，我和同事们去渭门乡与乡财政所的同志搞"三八妇女节"联谊活动。与我同组的是单位的副局长丁叔叔，他身体羸弱却是财经学院的高材生，因病他只有一只眼睛，我们两人组合的跳绳比赛是精彩的，给我们甩绳的同事也特别小心，我和丁叔叔居然合跳了 26 个，名次第二。现在回想，勇气可佳却是无知者无畏。

孩子足月诞下，生于农历的七月初七，民间的这天不仅是"七巧节"

而且据李婆婆说那天是土地公公的生日。宝贝的名字来源于他虔诚的祖母，她曾坐车去千里之外向一庙宇高僧求来两个名字，"山宝"和"山微"。在我看来"山微"一词可理解为"一览众山小"及"微笑的大山"，其本身包含了诸多禅意，于是宝贝就叫了此名。

山微才出生两个月，他的父亲就被下派到乡下工作，一去就是三年。带孩子是门特殊技能，初为人母的我不仅不会给孩子洗澡甚至如何给他穿上几层衣服也成了我的难题，当来帮我带孩子的小表妹找到一个好办法时，我俩开心得无边无际。那时的产假仅有三个月，假期一到我就匆忙上班了，每次当我要上班前，他就用那双又大又圆像黑钻石一般熠熠的眼睛看着，令我不舍得与他分开半分钟。于是我一边对他说话，一边用手语告诉他等我一会儿中途回来给他喂奶，他似乎能听懂几乎不哭闹，隔壁的邻居们都很喜欢他，因为大家很少听见他半夜发出的哭声。

山微，长得越来越像中国传统年画里的胖娃娃，他成了我每天快乐工作生活的源泉。当山微试着牙牙学语时，他经常对我说："妈妈，故故。"于是听故事成了他每天必修的课程。每天下班后，我几乎是三步并着两步走，恨不得马上回家就可以抱着我玉一般可爱的乖娃娃，我教他背诗词、念儿歌、数数字、做游戏，很多启蒙都从讲故事开始。

孩子上了幼儿园后，除了白天学校里的老师要给他讲《狼来了》《小白兔拔萝卜》《小红帽》等幼童广泛普及的故事外，回家后每天哄孩子睡觉的任务全交给了我，因为全家里人都会说："山微要听故事。"孩子一经大家提醒觉得有那么多支持者，我就没有推卸的理由了。每天睡觉前的那段就成了他享受精神盛宴的时间，有时我将自己都讲兴奋了，孩子也没哄睡着，反而我们母子俩比白天还清醒。

若逢冬季，我就和孩子早早地洗漱后上床，搂着他从《盘古开天》讲到《女娲补天》；从《夸父追日》讲到《精卫填海》，有时突然想不起要讲什么时，我就给他讲我童年时代看过和听过的故事，比如《龙牙颗颗钉满天》《金瓜和银豆》《马兰花》《半屏山》等。仿佛再多的故事都无法满足孩子不断增长的求知欲，于是我重新复习少年时代看过的《格林童话》《安徒生童话》，甚至重新记忆《中华成语故事》以备他随时听故事的欲望。当他不好好吃饭的时候，我就会告诉他卖火柴的小女孩非常饥饿，或者告诉他鸟妈妈出去给孩子觅食，宝宝吃饱了可是鸟妈妈却很饿，于是他就会认真地吃好每顿饭，知道"粒粒皆辛苦"的懵懂含义。

山微是极不喜欢我拿着书给他讲的，因为拿着书会忽略他的存在，甚至有一种热炒热卖应付他的嫌疑。于是我提前将各种故事大概轮廓记于心中，并随时运用自己丰富的想象力现场发挥，讲述的时候不仅要娓娓道来，而且还要凸显其惊险传奇。听故事时山微特别专注，他的脸上有时挂着泪珠，有时他会为故事中的主人公捏一把汗，当然他也会为故事里智慧和勇敢的人物发出雀悦般的欢呼。

渐渐长大的山微已不能满足仅听《木马计》《丑小鸭》《闻鸡起舞》《金孝拾银》《赵匡胤千里送京娘》等故事了，于是我重读《封神榜》《聊斋志异》，将中国传统文化中"忠孝礼义仁智信"等典故贯穿其中，有时他听得似懂非懂，光是给他的注释都要展开无数的枝枝叶叶，好在我这用亲耐心极好。

其中有一个故事对他来说不仅印象深刻而且非常具有教育意义，故事的名字叫《六斤》，讲述了古代有一位寡妇含辛茹苦地养大了自己的儿子，儿子有一天却将自己的母亲逐出家外，理由是自己的母亲养育自己十八年，而他也供养了母亲十八年，所以两不相欠。迫于生计的母亲无奈将儿子告上公堂，县官叫来接生婆，接生婆证明了孩子是其母亲生，生下来时确实是六斤的事实。于是县官就宣判："来人啊，将儿子身上割六斤肉还给他的母亲……"儿子立即跪地求饶，从此真心悔过，悉心孝顺老母颐养天年。当然诸如此类的故事还有《木碗》，大概内容是："有一不孝之子嫌自己的老父亲老母亲的手抖动，总是把瓷碗打烂，于是他就让两位老人用木碗吃饭，有一天当他看见自己的儿子在掏一个木碗时，问他在做什么，儿子答道："等你们老了，我就用这个碗给你们盛饭吃。"于是其父母幡然醒悟"屋檐水点点滴，点点滴来无差异"。

听着这些故事长大的山微特别尊敬老年人，有一次他看见一位白胡子的老爷爷在酷日下卖草鞋，老人的生意一点也不好，山微心生怜悯但又不能白给老人一点钱，为了照顾老人的自尊，他没有讲价估计了一个鞋子尺寸，给我爱钓鱼的父亲买了一双草编凉鞋回家，父亲开怀，他认为这是"双赢"。

成长过程中的山微也有桀骜不驯的时候，我就与他开玩笑，只说两个字"六斤"，他就会嘿嘿地笑了起来，因为他生下来时也是这个重量。当他听过太多故事后，我俩就用故事里的一些暗语说话，比如他遇到挫折时，我就告诉他丑小鸭不是一天之内变成白天鹅的；当他嫌弃衣服或者棉被有哪里不太好时，我就说：你又不是"豌豆上的公主"。"日复一日，年复一年"，孩子被我用很多朴实、真诚、智慧的故事精心地哺育后，快乐地成长。

当孩子上了小学后，每天他做完作业，睡觉前他依然坚持要我与他说会儿话。他的兴趣已从励志故事转向对"未来世界""UFO""金字塔悬疑""克隆人"等科幻故事方向憧憬。于是我就大量阅读《奥秘》、《科幻世界》等杂志中精华的文章，以"喂养"这个对故事贪婪无比的孩子。

给山微讲了多年的故事，当我问他最最喜欢哪个故事时，他毫不犹豫地说是《西伯利亚的七匹狼》，童年时代他对这个故事几乎是百听不厌，甚至有时还要我讲出 N 个不同的结局，所以我不得不为他编造派生出更多情节让他愉悦。这是一个讲逃生的故事，主人公伊凡因犯了咒骂长官罪被流放到西伯利亚，那是一个没有围墙却生存状态非常恶劣的监狱，他与凶狠的监狱长斗智斗勇，他与饥饿的母狼、公狼对峙，最后伊凡用其智慧将七匹狼训练成能拉雪橇的"狼狗"，得以在冰天雪地的监狱逃生。当我每次讲到七匹狼遇到西伯利亚野生动物食物链终端"西伯利亚虎"时惊恐万状的情形时，孩子听得如痴如醉。在讲这类故事时，我就顺便给他普及一点地理知识，比如：西伯利亚是俄罗斯境内北亚地区的一片广阔地带，让他好好学习，等待有一天亲自去那里看看。

诸如此类的逃生故事还有一个比较精彩，1997 年美国一艘遭遇事故的"核潜艇"沉入 300 米的水下，一位年轻的军官在艇长绝望自杀后，所有军官惊慌失措时，自荐担任临时艇长，他告诉大家一个极好的自救方法，并立即指挥所有人依次排好队用"水雷"将所有人发射出海面，得以解救。从这些故事中，逐渐对冷兵器、热兵器和古今中外的历史故事产生浓烈的兴趣，当其视野逐渐宽泛起来，英雄与智者成为他心中最初的偶像。

山微上小学二年级之后就去外地读书，当我不在身边的时候他已学会了主动阅读，他自己去找书店老板预订适合自己年龄段阅读的《格言》，并将每一期杂志像宝贝一样用书套、书夹装订成册，每次出门前他都会随身携带一本。后来，他自己去书店购买了《爱的教育》这本书又名《一名意大利小学生的日记》，是通过亚米契斯的儿子的日记改编的（原名 Cuore, 翻译为心），是意大利作家亚米契斯在 1886 年写的一部儿童小说。这本日记体的小说，具有启发意义，爱是整篇小说的主旨，山微在最平实的字里行间，感受到世间最伟大的爱：老师之爱、学生之爱、父母之爱、儿女之爱、同学之爱……每一种爱虽不是惊天动地的，但却感人肺腑。

山微通过这些书，以一个小学生的眼光审视身边的美与丑、善与恶，用爱去感受生活中的点滴。当他五年级时，有一次与我交流"宗教的力量""社会的秩序"等话题时令我感到非常惊讶，孩子怎么在我不知觉中已经拥有了自己的思想？

我与母亲都喜欢看《故事会》，书中有百姓话题、东方夜谈、3分钟典藏故事、16岁故事、笑话与幽默世界、民间故事金库、外国文学故事鉴赏等。这本书虽不是纯文学，却老少皆宜，我家订阅至今。在我看来，经典的故事永远不像旧电器、旧衣物那样会过时。从小学到初中，爱听故事的山微想出了一个"以书养书"的办法，他从书摊上买到最新的《故事会》后，首先让自己过瘾一般看完，然后就以五毛钱一本的价格租给自己的同学看，直到最后再以五毛钱一本的价格处理给自己的同学，然后他用租金重新再买一本新《故事会》，如此循环了很多年，直到上高中以后他就不再搞出租故事书的"业务"，因为紧张的高中生涯是不允许看太多闲书的。

在山微初中读书阶段，他则开始阅读语文老师开给他们的读书单子，除了中国的"四大名著"，还有《弟子规》《解密》《边城》《悲惨世界》《红与黑》《尘埃落定》《山居笔记》等。成都七中的老师还规定学生必须写读书笔记，通过读与写不断开阔了孩子的视野与心灵。每逢寒暑假，山微回到我身边时，每天晚上他依然会以讲故事的名义，让我陪他聊天，情形常常是这样：我与他并排靠在床头上各自读书，当我看到精彩内容时忍不住让他速读我推荐的那一段，当他看到令自己哈哈大笑的故事时，一定要与我暂时交换书籍，我们母子俩像姐弟般各自独享的同时又分享阅读带来的快乐。

山微从来都是精神、物质两不误，逢周末和节假时，他首先为自己采购一堆零食，然后再去书摊买十几本书，有时则是在网上购买后从门卫处提回家。有一次，我母亲忍不住对他说："山微，你买这么多书到底看了没有？要是不看的话多浪费钱啊？"母亲刚一说完，山微开始反驳我母亲："奶奶，我再浪费也是买了书嘛，总比谁家的那个孩子花了几千元买游戏装备好嘛。"母亲突然笑了，说道："对，对，对，这个理由真是太充分了。"从此我母亲再不干涉山微是否买很多书的事情了。

　　山微总是会想出很多办法索取故事，当然也有经典事例。他读初高中时不在我身边，于是他从他的爷爷那里开始索听故事，他的爷爷是南下干部，是参加过打阎锡山部队时唯一幸存下来的士兵，由于战争令他爷爷的一只耳朵几乎聋掉。他就写字让他爷爷讲，老爷爷就津津有味地给他讲地道战、游击队、鸡毛信，以及自己经历的几场战争，山微听完这些故事后就去查找相应的史料并牢记于心。

　　只要有空闲，我又不在家里时，山微就缠着我的母亲给他讲发生在母亲童年时代的故事，有一回母亲讲到自己十三四岁时候与自己的伙伴上山采野菜时走迷了路，仿佛远方还有野兽在狂啸，我的母亲一个人在山顶无助地哭泣，直到对面山上有砍柴人听见哭声，绕路过来才将母亲带到山下，听到这段时山微心里无比紧张。当母亲讲到很多人因饥饿吃太多观音土而胀死的事情时，山微沉默不语，他随口说了一句："那是 1959 年至 I961 年三年困难时期。"此话一说反而把我母亲吓了一跳。

　　有一次，山微的父亲带了两盒国外的雪茄烟回来，他告诉我母亲那是他的同学从国外旅游时带回来送给我老爸尝尝味道的，山微听见后毫不犹豫地将雪茄烟藏到自己的房间，等我老爸回来要雪茄时，山微不给，条件是必须给他讲故事，满怀欢喜的父亲让山微自己点要听哪一段？于是山微缠着自己的家爷讲雷家迁徙史，父亲说不清楚了，就说自己的老父亲做的锅盔和凉粉曾是汶川的名小吃，山微就责备我的父亲为什么不把这门手艺学到手里，否则他就可以尝到百年秘方的正宗小吃了。我父亲以为故事讲完了就可以将烟拿走，山微却表态，一支雪茄一个故事。当父亲又耐着性子给山微讲了一个"文革"时期红小兵的故事后，山微觉得没有情节不好听，要求重新讲一个，急性子的父亲与外孙聊了一个多小时居然没有多少成效，于是气得拂袖而去，向我母亲告状。老妈走到山微房间，只给他低低说了两句话，山微就乖乖地把余下的雪茄烟交给了我父亲。

　　当然经历青春期叛逆的山微是不可思议的，那时的他像一只摸不得说不得的"藏美"，有一回在成都，我刚说了他一句，他就冲入汽车汹涌的街道上，我跟着追，不断有车呼啸而来，直到他跑过街道不见踪影，飞奔而来的洒水车将我从头到尾淋了个落汤鸡……我气得呼吸都快要停止了。几年以后他有一次问我："妈，我青春期的时候有没有周阿姨儿子的怪脾气？"我说："有过之而无不及。"他羞愧地笑笑。

　　山微读高二时，有一次他幽幽地对我说："雷阿姨，我们这代九零后至少对国家、对民族还有责任心，我真担心零零后（2000 年出生以后的孩子），这些坐在蜜罐里的孩子以后如何能担起建设祖国的重任？"我想笑话他，却觉得这样的嘲笑对他是不公正的，于是我告诉他不是所有孩子都生活在蜜罐里长大的，一代人都有一代人的使命，先做好自己吧！

　　前年考上大学的山微到了天津读书，他的课外书籍堆满了自己的书桌，上面放着：《货币战争》《一代名相管仲》《李煜诗词》《一代盐商》《悟空日记》《旷野无人》《犯罪现场》等等。从前是我指导他看什么书，现在我却将他购买的书统统拿回山里慢慢阅读。别人家的父母都是望子成龙，而我家的宝贝却望母成凤，我们通电话时就像好朋友一样，将彼此最近的计划和实施的进度一一通报。他看见我写了长诗《三生有幸》，就发一篇他写的小说《错失三生》让我点评；当我写诗《留守儿童》，他就给我发一首他创作的《一览众山小》的赋给我看。电话要挂之前山微提醒我不要打麻将，要好好读书，好好写作，仿佛自己的母亲某一天可以获得诺贝尔文学奖似的。

　　我是一位溺爱孩子的母亲，山微偶尔会指责我对他的纵容，并责备我"慈母多败儿"。当我有时想抱着他狂吻时，他则会用我母亲告诉他的那句话来阻挡我："儿大避母，女大避父。"

　　那天下午山微又打电话给我，第一句话就是："妈，先讲个故事！"于是我答道："好，所谓故事就是故乡的人和事，那我与你说说你表弟今年高考填志愿，你帮助他想想专业的事可否？"他在电话那边咯咯地笑个不停。

2015 年 12 月 12 日

一缕痴念，琥珀碎

那年深秋我出差回到了故乡，走到家乡窄窄的街道看见道路左右日渐长高的楼房时，总会勾起我对童年的无限记忆。于是在某个黄昏的闲暇时分，我约上表妹去逛文友妻新开的服装店，一进铺子我立即被那五彩斑斓的服装吸引，与所有女人一样衣柜里总缺少一件最好看的衣裳。

当我从试衣间换好一件质地与款式较为上心的衣服出来时，我突然听见一个声音在叫我的小名："丫丫，丫丫。"我环顾四周不见唤我的人，却看见橱窗外有一个枯瘦的人影正透过玻璃怯怯地望着我，我向她招招手，她迅速地绕过老板娘的柜台走到我的面前。

这是一位身材瘦弱的中年女人，她的背像一张生锈的弓，锥子形的脸松弛而粗糙，她的皮肤若陈年老腊肉一般又黑又黄，那一头凌乱而沾满灰尘的短发看起来就像一个疯子。"这人是谁？""我不认识她，她为什么叫我的小名呢？"于记忆深处的大海里不断打捞、排除与寻觅中，她那双细长且空洞的眼睛又似曾相识。喔，天啊！突然从我脑海里搜索到她的信息时，几乎在那两三秒的迟疑间，我脱口而出叫了她一声："五姐！"

她望着我的表情像一支潮湿的烟渴望被火点燃，她缄默且目光幽冥。我顿时明白她要表达的意思，我几乎是本能地、迅速地打开自己的钱包，取了一张十元人民币给她。她右手食指和中指已被香烟熏成松脂一般的金黄，几乎就在我的诧异间，她接过我递给她的钱没有半句话，像逃一般转身，其敏捷的速度像裹挟着尘土的龙卷风匆匆地离开。

卖衣裳的朋友是刚到家乡做生意不久的外地人，她非常惊异我认识这个被我称呼为五姐的女人，她告诉我刚才那个女的是街上的疯子，人们经常看见她可以不吃早饭却不能没有烟抽，她总是蜷缩在卖早餐的铺子旁，只为等待蜂窝煤炉上蹿上来的火星点燃她的劣质香烟。

见她之后的夜晚，我彻底地失眠了。何以邻家姐姐居然变成如今这个模样？我的心被刺得好痛。她那敏捷地"逃亡"的方式，不正是说明她常常被人欺侮和戏弄时练就的一种"功夫"么？她总是守着街上的炉火，一定是家里人怕她拿着打火机惹出祸事来，所以没有打火机的她为了抽烟宁愿年年天天在风中等候。五姐是真的疯了还是半疯状态？何以经过 N 年之后，她依然还认得同样变化很大的我？

记忆如河一般涌向我，我的童年时代几乎是这个比我年长五六岁的邻家姐姐带着、拖着一起长大的。那时的她长得极像日本电视连续剧中《血疑》的女主角山口百惠，都是一张圆圆的白皙的脸；都是一双又细又长非常妩媚的丹凤眼，包括她们额前那齐展展的刘海都是那个时代最时尚的符号。只不过山口百惠在日本的北海道演绎了一个催人泪下的爱情故事，而五姐在岷江河畔做着属于自己的白马王子的梦。

五姐是一个思想游走在理想前沿的女孩，在 20 世纪 80 年代的初期，她的理想是当 T 钢，而 O 靖流利英语的导游，光凭这一点想法，无疑她是时尚而且先锋的。她对我的英语启蒙比我的初中英语老师还早，也许是她自我练习的方式之一，她与我玩耍时经常会教我朗读各种单词，英译汉，汉译英的发音正确与否已不重要，重要的是她若是当教师一定是非常敬业的。

五姐是俏皮的，她经常会在我的头发上做试验，给我编织像新疆姑娘那种挂面一样又多又漂亮的小辫子。偶尔我会看见五姐悄悄用铁丝在灶膛里烧热后，对着镜子小心翼翼地将额前的头发向内裹成卷卷的模样，当然也有被铁丝烫过火的时候，扑鼻的焦糊有股腥味，挂在额前的头发像被火烧过的玉米须一样，令我常常爆笑。

五姐在解家排行老五，她之上有两个哥哥两个姐姐，她之后还有两个弟弟唯独没有妹妹。也许她更喜欢有一个妹妹般的朋友吧，我就成了她的"跟班"，她带着我像亲妹妹一样给我吃各种零食，我们避开大人的唠叨自由而冒险地玩耍。有时我们坐在山顶上吹风，那时的生态好得随时可遇见蛇与野猪、野熊；有时我们在河滩上用片石打水漂，看谁的石片在波浪间更会飞翔。夏天我们踩到浅滩处用竹蔑打捞起很多小白鱼和石爬子鱼，收获之后她将小鱼儿用剪刀剖开，在其上面洒一层淡淡的盐巴和花椒面后，用带着水珠的白菜叶一层层裹好就丢进旺盛的灶火里，只需一会儿功夫她用火钳取出外焦内嫩的烧烤，她纤纤的手指像翻书一般剥开层层白菜叶，岷江鱼的鲜便构成了我童年挥之不去的美味记忆。

大约在我十二岁的时候，全家从居民杂院搬到了母亲单位分的高楼里，虽然只有四十平方米；再后来上学、工作，我们的联系越来越少就渐渐得不到对方哪怕一丁点的消息。

等我工作后的某一年，我又回到家乡，偶然听街坊说解家的老五疯 T，原因是个人恋爱问题，进一步打听方知她被帅气的知青抛弃了，她不甘心地去找那个男人想要挽回，负心男铁了心地离开她，于是为了捍卫自己的爱情她不断找妇联为其作主，不断地寻求司法救助，甚至去公安局状告那个男人对其的侵害。终于这个男人悄无声息地离开了这个被人指指点点的小县城，她的绝望如雪崩一般将自己窒息。

五姐的经历在外人口中说出来总有那么一点她认死理死缠烂打的味道，当然有人也为她的遭遇打抱不平。也许正是自己匝死曝光的恋情在公众的点评下，像感染的伤口无法治愈，不仅丢失了隐私同时也身败名裂。

我叹息生命中的各种遇见，若是没有这个知青的出现，是不是五姐生命的轨迹就会改变？她的故事令我的心像被蜂蛰了一般疼痛，可以想象她对爱情的忠诚与热烈甚至达到了信徒一般的虔诚与执着，是她将其自己的灵魂毫无保留地投入爱神曼妙而迷离的火炉中，也许她只想与自己心爱的人熔化成一颗因爱而熠熠生辉永不分离的琥珀，但是那个男人不惜此情而辜负，五姐却永远被爱情的松脂困在无尽的迷恋里渐渐被岁月凝固，直至她冲天一怒，琥珀梦碎了，她的灵魂也被震得灰飞烟灭。

有人说女人抽烟是因为寂寞时渴望那一个深沉的吻。于是五姐便在多少个暗夜里独自点燃香烟，在雾一般幽蓝的青烟里她可醉心于再次邂逅心上人的幻觉，每一支香烟都是她一段记忆的开始与结束；每一支烟都是她的心魂跋涉于沙漠与高山后无助的哀号与哭泣。抽烟，用整个身体去吸烟亦是忍痛的呼吸，是她自己与自己的对话，是灵魂的追问与决绝。

让一种瘾去替代另一种瘾是麻痹或者缓解伤口疼痛的唯一方法吗？爱无助，情无依。五姐的眼泪如融化的冰山倾灭了自尊的城池，于是她像飘浮于天体外的垃圾无限地游离与被游离。

隔空离世的记忆缠绵如梦，痴念的心是被绑架的困蚕，五姐被以爱情的名义扼杀。五姐，曾经美好如青莲的姐姐遭遇了罂粟花之恋，我无从知道她能在恍惚中留下多少记忆，能记住的估计也是最重的烙痕。

去年春节前夕，我专程回到故乡的美丽家园小区，希望能再次见到五姐。因为给她的那十元钱让我一直感到不安与羞愧。

……

冬天的早晨，小区还被裹在浓浓的寒气里，出来的人很少。远远地我猛然看见一个佝偻的中年妇女在小区里转圈子，我不知她是在锻炼还是找什么东西，当她走到我的面前时，我唤了她一声"五姐"，她呆呆地仍然没有给我一句话。突然我看见她指尖快要燃尽的烟头时，我说："走吧，我给你去买烟。"她跟在我身后，就像当年我总是跟在她的身后一样。

在小区的超市里，我让老板拿了两条她平时抽的香烟和一堆估计她会喜欢吃的零食装在口袋里让她提走。她仍然无语也不看我一眼，也许她早就忘记了我是谁，上一次的见面估计是她瞬间的清醒。

直到今年上半年的有一天，老父亲突然问我是不是给解家老五买过烟，我说："你是如何知道的？"父亲说："解五妹回家后告诉自家妈妈的。"她的母亲一定要让我老爸代她向我致谢。

也许五姐的疯病真的好了，只不过还背负着一个疯子的丑名。令我欣慰的是县民政局给她办有城市低保，令我担忧的是她逐渐老去的母亲还有多少精力可以照顾生病未嫁的老女？

告诉自己，今年春节还去探望她，给她准备一样欢喜的礼物，不是因为可怜她而是友谊的另一种表达与支付爱的利息。

两年后，又见五姐。

在我最沮丧的时候见到五姐，那天我丢垃圾时五姐正守在小区的垃圾桶里找东西。我喊她一声五姐，她立即乐呵呵地叫出我的名字，年近五十的她何时掉了上下的门牙，两年未见她已满头白发。我将她喊到花台边，她喃喃地给我说："我抽的是 7 元一包的香烟。"我递给她一包三角酥、120 元钱还有一包她今生从未抽过的外烟。五姐的表情顿时灿若梨花，她说了一句非常正常的话："丫丫，是不是放假了你才回来啊？"我告诉疯子五姐我回来考驾照，她连连点头说好。

我与五姐挥手告别，或远或近我听见年妇女遗憾着惊讶着仿佛是建议的声音"你应该……交给瞄。"在旁人的眼：人，是卑微若野草的女人，但在我眼里"远是我童年的好伴，是亲爱的邻家倾。

2015 年 10 月于茂州

你是我今生珍爱的友情树

我曾告诉自己与你诀别时，一定要含笑，因为你坎坷的经历早已让我读懂了生命的本质是归于土，人活着时要幸福的知足，忧伤时要学会坦然的超脱。我曾以为自己不会在你离世时痛哭！谁都知道一百零一岁的老人在一个小县城里并不多，你早已四代同堂了，再过一年你孙子的儿子也快要工作了。按照民间的说法这是喜丧呵，可是面对闭目的你；面对我永远失去的忘年交，我仍忍不住泪雨滂沱。与你相识时你已是一个八十出头的老婆婆，而我那年却还是一个十五岁的花朵。记得每年的春节我都会在茂县姨妈家度过，你儿孙满堂的家里常常迎接着姨爹的一家也包括年幼的我，最初我以为这种来往是一种亲戚之间的走动，多年以后我才知道你是姨爹母亲少年时代结拜的姐妹和密友，尽管姨爹的母亲是小你十多岁的妹妹并早已仙逝二十多个年头。你却让姨爹当了爷爷之后仍然享受着母爱，对他仍视同己出。善良的姨爹一家也将你当作母亲一般孝顺着，你贴身的衣兜里装着他们家门的钥匙，当他们出差时你的任务就是去管理那些花草和一只调皮猫的生活。县委大院里有一角曾是你从农村上街时休息的家，那是你的另一份亲情自豪的住所。你对任何一家的孩子都像自家孙子一般亲和，你叮咛着他们要健康平安的长大，对年轻人你嘱咐他们要向前进、要好好工作（这些话我曾经笑话你说得多么的老土）。我却不知不觉喜欢上了你，也不知从什么时候你对我的关爱有那么多。

这个县城的人都叫你李婆婆，我曾好奇地问过你的闺名，你说叫作潘月修（我认为这是一个太像道家的名字，虽然你常常热忱地忙碌在方圆几十里的大小庙宇和南庄的上清宫，别人都尊敬地叫了你的夫姓，可我还是情愿叫你月羞婆婆。这是一个可以充分发挥我的想象力的名字，年轻时你一定闭月羞花地美丽过，或者是你自己记住了名字的谐音却让人写错了字？这是一个无法对证的笔误）。这又让我情不自禁的记起你常常所说的"少像观音，老像猴"的口头禅。你说你七岁时就失去了父母，舅舅将你送给别人当了童养媳，苦难的岁月里被人送了一家又一家，十六岁的时候嫁到李家，李家的爷爷是一个种田的汉子，你辛勤地劳动并为他生育了九个儿女，却夭折了七个，这就是你常常所说的："儿多母苦。"当你的女儿招了上门女婿李家从此人丁兴旺，你唯一的儿子娶了单位上的媳妇养了三个儿女，他在一个不错的单位退了休在别人的城市里养老，你却深深眷念着这方乡亲、这青山秀水不肯远走。

你让我曾经怎样惊喜过啊！从来没有上过一天学的你，居然可以帮助自己的孙子看好乡间的小卖部，你算的"老婆子"账却从不会出错。你七十多岁的时候还翻越了海拔四千多米的鹅鸪山到马尔康给在单位上上班的孙子带孩子，直到重孙上了小学。这就是你的爱，你的背上背大了自己的儿女又背大自己十多个孙儿孙女，这就是中国妇女最贤能最慈爱最能承受的一个缩影吗？

直到我在这个县城工作后，我的陋室成了你喜欢到来的场所，你八十五岁的时候还从家里给我背了二十多斤红苹果，我说不吃，你却说："即使不吃可以芳香你的屋。"记得吗？这就是你的妙语多像诗歌！你催促着我恋爱、结婚、生子，我的每一次的喜事你都快乐如佛。端午节你给我拿来清香满齿的米粽满足我贪婪的胃口；每年农历七月初七是孩子的生日，你总是给我最钟爱的山微带来九十九元的祝福，孩子敬爱你就像爱自己的老老祖母；每年中秋你总是给我拿来新鲜的核桃，我们分享可口的月饼和美食，分享友谊可以让彼此心灵相互取暖的火；一到冬季我总是给你送来"殷勤"的木炭、在每个春节到来前为你准备新衣和孩子一样的"红包"让你感觉到另一份欢喜和阔绰。

多少人不理解穿着漂亮时装的我会牵着一个农村老太太的手在大街上试衣、买水果；我惊喜于街头上与你偶遇的那些七八十岁的老太太、老大爷对你非常尊敬的那声称呼"嬢嬢"。我不知有多得意，为你的健康与长寿多么沾沾自喜过，你却回过头来低低地对我说："他们心里一定在想这个老婆子还没死啊，呵呵！"

多少人不会理解啊！你会与我一起风风火火到汶川去"考察"别人如何开的农家乐，回家后你再给你的孙女——地传授。去年你过一百岁生日时，还坐在"翻滚列车"上不晕、不吐，我一直在想是不是应该为你申请一个"吉尼斯世界记录"？去年年末我和《阿坝报》的记者来看你，他们为你写下了《悠悠岁月悠悠情，百岁老人见证历史》的一篇报道后，当你看见自己的照片印在报上时笑得好开心噢！今年春节后县广播局的同志又专程为你过一百零一岁生日作了专题采访，并拍摄了一组为你祝寿的镜头，你平生第一次看见自己在电视里的形象时笑得那么灿烂，笑得那么满足。我本想让你在晚年感受到来自社会的关注，我想那是我对这份友谊真诚馈赠的一部分啊，可是你却在春天的阳光下与这个世界匆匆告别。

记得你总是喜欢在阳光下品茶、打盹，你总是在阳光下穿针引线做一些女红。你的性格里没有那把叫作封闭自傲的锁，你的为人处世明朗得就似阳光般洒脱，你说过："做人一定要记人之恩，忘人之过，那样的人才会快乐！"认识一个老人相当于认识了一个博物馆，我想与她成友是我人生的一个收获！

我常常在想一个长寿的人，一定是一个内心丰富的人，到了晚年时他可以通过往事来刺激衰老带来的伤痕和孤寂？糊涂是一种状态；清醒也是一种状态；只是在年老时一个人如何保持那份真真假假的清醒与糊涂，这是不是需要一种境界呢？与人和睦相处需要一种叫"情商"的东西，而月羞婆婆却是将这种情商把握得如此之好，如此地修行到家了。我曾听见好几个人与她较亲近的人都说起李婆婆已"老颠东"了，可是当我与她相处时我仍然能感觉到她温柔的目光和亲切的问候，那些与我们这个家族有关的亲人和朋友她都挂在嘴边一一地问候，而我则耐心地回答着。我想也许这个世界上我是最理解她的人了，所以她信任我、依恋我才会拥有这份与众不同的情与谊吧！依稀记得她不知多少回说过，有部电视剧是写解放前的大上海，有个美丽聪明的姑娘若兰的人生奋斗经历及若兰的卷毛哥和黑皮哥与她的故事，其间他们如何纠葛的情感细节我已记不清楚了。可是不知为何月羞婆婆对这个爱情故事念念不忘，却从不提梁山伯与祝英台之类传说，也许民国时代的爱情就是她那个时代曾经向往过的真实甜蜜吧？也许在她的青春岁月里自己的丈夫就是那个深爱过自己的"卷毛哥"？再也许那个时代根本没有浪漫的爱，只有寻找哪样生存下去的活路才是爱情的全部？（原谅我如此的想象不是对亡者的亵渎），我相信激情和梦想是每个时代女人都会做的梦。

好呵，我亲爱的老朋友！你才是真正意义上的"老"，你已有一个世纪那么长，历经了多少岁月的风霜雪雨。而作为"朋友"我们从心灵到精神是绝对平等的、是相互关爱的。从年龄上来说她是看着我长大的长者，从情感上来说，若她是一棵因我而站立了百年的树，那么我一定是在她心灵上筑巢的鸟，我的每一次飞翔，她都会深情盼望，我的每一次回归她都会欣喜若狂。这是不是友谊的全部？

月羞婆婆——一生中我唯一的忘年之交。明天你将收获一个繁华的葬礼，这对任何一个老年人来说都是一种终结的荣耀，有多少悼念者会为你送上华丽的花圈和点上绿色的清香，而我会静静坐在离你不远的石头上将你慢慢怀想，我不知自己是否还会继续再为你痛哭一次，你若在我身边一定会用你温暖的手掌拂去我满面思念的泪水。

慢走啊，月羞婆婆！你选择在一个阳光灿烂中走向天堂一定不会迷路；你选择在这个春花绽放的季节里远走，一定会有仙鹤给你引路。

2005 年 3 月 18 日夜 3：50

从班叔叔想到黑水民兵

　　我的父亲是患有重度"战友病"的人，在他的眼中凡是当过兵的人皆可算成他的战友，哪座城市有什么历史人文的东西他没兴趣，但哪座城里是否住着自己的战友，他却清楚之极。退休后的父亲非常热衷于与战友们的聚会，在他包中揣着一本翻阅得很破旧的战友通讯录，至于哪位战友家中有红白喜事他更是积极参与，这构成了他年年月月披星戴月奔波无序的理由。

　　在父亲众多的战友中，有一位叔叔令我特别难忘。童年时代，曾有一位皮肤黝黑，敦实得像灯塔般的叔叔来我家里作客，父亲说那是他的班长，名叫班丁木。班叔叔初次见我就像久别女儿的慈父，他将我搂在他怀中，他的手掌宽厚而温暖，他的声音低沉而又富有磁力，班叔叔是我生命中第一个给我描绘草原的人；班叔叔也是第一个给我讲述战争的人，虽然那时我几乎听不明白却努力地记忆着。临走时，班叔叔给我一张钢铁工人炼钢的五元人民币，让我去买件自己喜欢的礼物，当时的我惊诧却也知道这是一笔巨款，因为一分钱可以买到一粒水果糖，即使过年过节父母也才给我五角的压岁钱。

　　三十年前的那个傍晚夜色很蓝，堆满尘埃的油灯"扑哧、扑哧"地微笑着，家里的火塘因为班叔叔的到来显得特别温馨，我被一位长者宠爱的滋味如此美好，这段记忆未老，温暖至今。

　　随着成长，渐渐感知"因为一个人而喜欢一座城"。多年来，潜意识里我都很关注黑水县的历史文化、民风民俗。

　　直到2013年年初，阿坝州委党校一位老师给我打电话，他请我为阿坝州口述历史中的《黑水民兵》写一个影评。待我仔细看完那部纪录片后，发现此片从选题上就满足了无数观众对"黑水民兵"这个品牌的解密，拍摄更是按照时间坐标翔实地记录了1952年黑水解放前后，黑水人民英勇参加黑水剿匪战役、男女民兵为平息武装叛乱立下赫赫战功的事迹。1964年黑水民兵代表还得到毛泽东主席的接见。顺着时间的脉络，观众可以看见黑水民兵在家务农时仍坚持军事训练、越野比赛，并且该县还有自己的"民兵节"。当国家一遇到危难时刻，黑水民兵穿上军装就是威武之师，他们不仅积极参加森林灭火、奔赴玉树地震抗震救灾、解映秀泥石流堵塞岷江河道于水火、赴甘肃舟曲卸载千吨物资，其好名声有口皆碑。

特别是在 2008 年 6 月 10 日，黑水民兵领命去寻找邱光华机组残骸，直升机残骸在映秀镇西北方向 7.5 公里高山密林处被发现，机上人员全部遇难。到达现场需要翻越 7 座高山 6 处深谷，失事现场海拔高，山高坡陡。飞机残骸散布在约 80 度的悬崖绝壁上，散落区域约 50 米。临近失事现场的山体四周垮塌严重，山顶只靠几棵大树根勉强维系。他们就像"壁虎"一样手脚并用，把身体悬挂在峭壁上，一点一点地向前挪动。即使见惯了悬崖深渊的黑水民兵也会倒吸一口凉气，赶来增援的贵州洞穴搜救队和某部工兵团在实地查看地形后也感到难度太大、无计可施，坦言道仅靠人工转运除非发生奇迹。当黑水民兵历尽艰辛万苦将烈士遗体运到映秀时，济南军区某军官非常感叹地说了一句话："黑水民兵真不是人，简直就是野人！"

写完影评后，我突然记起我亲爱的班叔叔，是啊！正是千千万万个与他一样有着尚武精神的黑水儿女，才在这块神奇的土地上抒写了历史的传奇。

我质问父亲，这些年了，你为什么不去看望班叔叔？他说你班叔早已去世了，听到这样的话时，我感到非常震惊和极度的难过，为什么我忙碌着成长却忽略了对一位长者的拜访？难道童年时见班叔叔是初见也是永久的诀别么？我欲失声痛哭，更多地是无尽的悔悟。

美丽的黑水县宛如阿坝高原的一颗赤红玛瑙，那里不仅有万年的雪山傲视天下，还是我亲爱的班叔叔的故乡，凝望那片土地，我时常热泪盈眶。我无从知道班叔叔的一切，只知他的名字在藏语中是"吉祥、聚集的意思"，而在古羌语中则是"四平八稳，稳坐钓鱼台的含意"。拥有这样一个名字的人，在我记忆的场景里永远定格，令我终生难忘。

我时常哼起远泰老师为阿坝州口述历史作词的片头曲："岷江之畔，歌飞云上，千里峡谷放牛羊，半部青史人人传唱，营盘春秋古羌守望。河曲高原，马蹄声响，五千年岁月留芬芳，逶迤黄河文脉荡漾，大美家园天地吉祥。日月轮回青春过往，花开花落生五谷粮仓代代守望，不离不弃唯有故乡！"

2013 年 4 月 16 日于四川茂县

陪着亲爱的邹老师过重阳

"师者，传道授业解惑也。"多年前我想写一篇关于老师的散文，当然我想写的是我初中时代的一位漂亮的班主任老师—邹佳梅。邹老师是我在汶川桑坪中学读书时的语文老师，她一教我们就是三年，单从这方面来说，我们班的同学是幸运的，都未经历过语文老师被轮番调换的适应之苦，虽然只是普通班，但在五个平行班级里，1986级2班的语文总分成绩总是名列前茅，至于普遍滑坡的数学成绩至今令人汗颜。

初中时代邹老师给我们语文的基础知识打得牢，除了让大家成年后少写错字和不读错别字外，更重要的是良好的自学能力一经培养起来，对文学、美学的鉴赏力和理解力至今受用。但要写好我的老师，这真是一个古老得很难创出新意的题材，我将之搁浅得太久。

我的姑姑和姑父皆是乡村教师，从他们身上我仿佛可以看见"教师"可能是天下最多情的职业。当教师还记得当年那个调皮捣蛋的他；当老师还在为自己某个学生取得骄人成绩而暗自欢喜时，真没几个人觉得自己的成就与老师有关，世间也就少了许多铭恩之举。

初一那年我去学校报名时，邹老师看见我户口本上我的名字与她曾经在乡下教过的一位学生同姓同排行时，她问我是否认识雷耀泉，我告诉邹老师那是比我年长十七岁的堂哥，她莞尔一笑。因为在她的教书生涯中，在不大的汶川县城里，她总是可能教了哪家人的哥哥后再教其妹妹，教了姐姐还会教其弟弟。三年就是一个轮回，她几乎认识每个学生的家长，若是认识的，她就省去了家访时要问东问西找住址的麻烦。

我难以相信，七十多岁的邹老师依然还能记起当年我们班上每个学生，她记得崔爱华的父母是地质队的，只在我们班读了两年就转走了；她能记得某个学生由于家庭变故而早早退学，为此她总是扼腕叹息。班上有家境困难的学生，她总是帮着学生向学校申请困难补助，生怕哪位学生失学。在她的学生中有父母是县上的领导，公务员们也不会利用特权将自己的孩子送进重点班。爱岗敬业、学风严谨、对学生不偏不袒是邹老师最大的特点。

邹老师是严苛的，我们学语文时必须做到课前预习、课后复习。背诵文言文时不能吞吞吐吐，正确后才在我们背过的那一页书上打上一个红勾写上年月日作为标记，过关的同学回家了，未过关的同学继续加强记忆，哪怕华灯初上。我现在还能背《触龙说赵太后》以及《爱莲说》，当我看电视剧时，若屏幕下方有打错的文言文时，我也能一眼指出其谬误。

邹老师同时又是宽容的，她允许我们在作文本或者日记本上随便画上各种漫画人物、花草鸟兽，甚至我们将要办的板报草稿画在作业本上也可，我们班的同学中有绘画天赋和音乐天赋的，他们的艺术细胞都未曾被扼杀过。

商量了很久的同学会，终于在2014年的国庆期间促成。那天是重阳节，打扮得很漂亮的邹老师被其女儿送到我们相聚的都江堰茶楼。

邹老师老了，但依然是位气质优雅的老太太，文化的浸润让一位老者拥有那样的绝代风华。邹老师坐在茶楼的中心，我们簇拥在她的身边。美女们、帅哥们左照、右照，大家摆出各种姿势将相聚定格，发QQ、发微信去艳羡没来的同学。有好些同学是初中毕业后就再也没有见过邹老师了，将近三十年是怎样漫长却又转瞬即逝，同学们的心情是急切的，每个同学都笑眯眯地走到邹老师面前，让老师猜猜自己是谁，令我们惊叹的是她居然没有说错大家的名字。不仅没说错，而且她还道出当年我们几乎遗忘的人与事，她终于可以向我们诉说当年教书时由于太过于较真而受尽的委屈。

邹老师享受着被学生们众星捧月的喜悦，虽然这种爱来得太迟了些。她不断地向茶楼门口望去，她希望可以看见当年的两个"小林妹"；她希望可以看见1.9米高的"涛"同学；也还盼望可以看见毕业后就回家种地的"用"同学。但很多学生皆没来，因为有些在值班，有些要做生意，还有一些已出门去旅行了。邹老师的眼里有失望在潮涌，又有无尽的欢欣在跳跃，她叹息自己当年对那位失去母亲的学生照顾得不够好，因为那时他的身体看起来是因营养不足而显得孱弱，她甚至想为离异的学生当红娘，仿佛有操不完的心。

来了的十几位学生预算够了自筹资金，大家不仅为相聚准备了一顿丰富的晚餐，还给亲爱的老师准备了一个月月红的大红包，因为大家希望邹老师可以为自己买一件欢喜的礼物而不是抱着膨胀的棉被回家。

欢聚的酒等了将近三十年才开坛，酒桌上的师生就像久违的母子。言与不言，红酒与饮料都是世间最浓最浓情义的载体，醉了相聚，醉了过往的岁月，幸福的老师绽放得像美丽的牡丹！

那天的都江堰晚上下着雨，仿佛诉说着这绵长的思念。一行同学将年迈的老师左右牵着、搀扶着，亲爱的邹老师对着天空微笑着。那天邹老师没有去参加自己亲家的寿宴，也没有去参加社区老同事的聚会，她把那天完整地给了自己的学生，让我们有机会将自己内心的爱与感动向她老人家慢慢地述说。

这一年又快过去了，我已有一年多未去看望过邹老师了，心中感觉忐忑。明年肯定没有今年这么忙，我计划于某个季节去泡泡温泉，然后约上几个老同学陪她在农家乐打打小麻将，晒晒山里的太阳。

2015 年 12 月 3 日

美女的低碳生活

芳美人如花,常常给路人留下惊鸿一瞥。无论春夏秋冬,她的锦衣丽裙仿佛从未褪过色,其气质极像从事专业舞蹈的师者。

凤仪镇的美女各有特色,而她,即使你叫不出她的芳名但仅从她保持多年依然婀娜的身材看,你会感叹时光在她身上久久停驻。

芳美女的生活极有规律:白天上班,中午买菜,每晚七点三十五是她雷打不动的跳舞时间。无论有多么重要的聚会,在她舞蹈之前可以赴约,在她舞蹈之后也可以来,但绝不能在她舞蹈的沸点上。于是每晚广场上针针秒秒转动的钟就像她优雅的舞步,不缓不急。时尚与古老的民族舞蹈在她脚下演绎,在一群人中她格外晃眼,其青春的活力就像一朵四季律动的花。

芳美女有一双敏锐的眼睛,她所有昂贵的衣服几乎都是一折至二折买到的,因为身材的优势,能穿得上 S 码的人极少,商家怕积压也就会给她进价或者比进价更低的优惠,光是这一点就让我无比羡慕嫉妒。

芳美女对自己的锦衣自有一套保养的方法,在她的办公室总放着一双袖套保护衣袖免受桌椅的摩擦,只要下班回到家里,她就会迅速地脱掉外衣用衣架子挂上并马上换上家居服,系上围裙做家务。所以她的衣服几乎不会沾上油污和食物的气味,即使去餐厅吃饭,她也会让服务员为其衣服套上一个罩衣,保护得小心翼翼。当然她的衣服更不会送到干洗店去打理,一则她固执地认为化学洗剂会伤害衣服的面料,二则她认为没有用水洗过的衣服不叫清洗,所以她至今没有去干洗店洗过任何一件衣服。那她如何清洗这些衣裳呢?当她将衣服穿过一阵子后,若是皮衣她就用皮衣除污剂悉心清洗,然后用温湿柔软的毛巾一寸寸擦干净,再均匀地涂上皮衣保养油后挂在通风处阴干。至于羊毛绒那类的衣服,她穿一段时间后则仔细察看领口、袖口、门边是否有污渍，若有就用肥皂轻轻涂上后慢慢搓濯，用清水涤洗后再将整件衣服挂在衣架上，用蒸汽熨斗将深度的褶皱熨平，所以她的诸多旧衣虽历经数个春秋都宛若新购。

芳美女还有一个业余爱好即是看电视上的时装表演，这也注定了她的衣柜里几乎没有过时的衣裳。她会在 N 年前的旧衣裙上缀着当年时尚的元素符号，她也可以将胸口前的蝴蝶结改在后背或者肩上，总之长裙会在她手中变成漂亮的小马甲，短裙经她改装可变成披肩，甚至裙裾上的花边她配上松紧后，就变成一朵朵与衣服相配的发花。

"民以食为天"，芳美女不是不食人间烟火的仙女，相反她特别接地气。她从不买反季节的蔬菜，一是嫌价格太高；二是她认为大棚菜有转基因和打过多农药的嫌疑，于是她热衷于为家人采购当季蔬菜和山野的各类野菜，配合她储备的绿色肉类，将一家人的生活打理得有滋有味。

在"5·12"灾后重建的那段时间里，她与单位的同事都暂住在县林场的板房中，平时除了购买必须的生活用品外，芳美女打起了林场闲置花台和田间地角的主意，于是她去农业局的种子站购买正宗菜种后，有计划地松土、播种、浇水、施肥。直到有一天我去板房找她时，只见她板房门口的花台里小葱碧绿，生菜、菠菜像翠娃娃一样可爱，至于挂在藤上红艳艳的番茄简直令我都有想掠夺的冲动。她告诉我，下班时间用来打理菜园不仅锻炼身体而且还节约了一大笔生活费，后来她承诺给我的水果玉米也送到了我家里。

芳美女几乎从不在餐馆里请亲戚或朋友吃饭，若是非请不可，她也只在家里请。经年，她练得一手好厨艺，煎烧炖煮皆有自己的秘诀，这种技艺对一个家庭来说既实惠又环保，这为全家人有个好身体提供了最佳的保障。

至于她对孩子表达爱的方式也与众不同，她从不会轻易给孩子一笔钱让其去超市随便买零食。每次我儿子回家，她绝对有耐心地在她家里用高压锅给我的宝贝要么做一个大大的鲜花饼、豆沙馍，或者做个椒盐核桃锅盔，那芳香四溢的饼成本虽低却酥软可口，对于孩子来说，其美味胜过超市里所有的面包和饼干，她就是以如此方式俘房了孩子的心和胃。

美女住的房子虽只有八十多平方米，却紧凑有序。向来主张简约主义的她在众多人们给自家墙壁贴上花花绿绿墙纸的时，她坚持让墙壁保持雪白，转眼她就将自己手绣的作品装裱后挂在墙上，水墨气韵的山水就在她家里清秀流淌了。

我大概计算过，芳美女一年的打的费不会超过三十元；她的电话费基本就只有座机和短信消费；她从不进美容院，自己发明了一整套保养皮肤的土方法；她爱看书却从不买书，每次都会悄悄从我枕边取走最新的杂志。晚上你若到她家作客，她绝对不会容忍你将她家客厅的大灯开得如同白昼，若是我洗手时开着哗哗的水管，她定会以最快的速度为我关到最小，虽然她口中说着低碳环保，我却觉得那是过于节约。

芳美女最让我羡慕的是其自制力，逢春节她若计划这个节日只花两千，她绝对不会超出一元，甚至还会缩减自己的预算，我羡慕她储蓄金钱的能力，她也常常指责我大手大脚不会计划的毛病，是啊，我总是偷懒从不用心去记城市地铁的站台，也没有搭乘公交车的那份耐心。

对了，许多朋友也许都猜到了，文中的芳美女就是我的二妹，我与她同父同母所生但无论性格、脾气、兴趣、爱好居然有着如此巨大的差异。不过，谢谢有她作为我身边的榜样，优秀的地方我选择着慢慢地向她学习。

2015 年 11 月 20 日

烈士的清明，姑姑的思念

　　每年清明前，我都会在电话里与在故乡的姑姑商量我们要去上坟的时间，一是我们分别要去上坟的地点不同；二是我与姑姑又有必须共同去的地方。最后的结果是，各自忙碌完后在某处汇合，然后两大家人茶馆或者农家乐，将亲情温习再将家常叙述。

　　像我姐姐一样的姑姑是我父亲唯一的妹妹，姑姑虽比我年长二十岁，不知是她太天真，还是我太成熟，总之我俩就像好朋友一般亲密。

　　自从清明节被列入国家法定假日后，我也少了专程请假的麻烦。每年清明，我与姑姑扫完雷家祖坟后，我们就一同去烈士陵园，那里葬着她的表哥（我称之为大爹），大爹终身未娶也无儿女，上坟自然成了我这个辈份的事，但姑姑却坚持每年都要去。

　　每次我们给大爹上完坟后，姑姑总要到烈士墓的第一排右手边的两座坟前，先后扯下坟上的枯草，仔细观察一下坟前有无旁人来过的痕迹，哪怕是上一年是否有人来过，她也可以判断出一二。很多年来她皆如此，有一年姑姑还让我姑父给两座墨迹已淡的墓碑重新填上鲜艳的红字，原来这是两位烈士的墓，一位叫雷光裕，另一位叫宋治平。

　　一年比一年老的姑姑，每年都要去烈士陵园上三座坟，当初我一直以为那位叫"雷光裕"的烈士，只是碰巧和我姑姑同姓、同排行而已。当了一辈子乡村教师的姑姑，终于有一回说了一句让我感到惊讶的话："我若死了，你也要来给他们上坟哈，"我想："不过是同姓、同排行的人而已，至于这样较真么？"但是一年又一年，仿佛确实只有姑姑和父亲来到这两座坟前，她认真地给坟头插上彩色的挑钱，虔诚地上香、烧钱纸时自言自语，说着很多我听不明白的话，仿佛是在看望多年前的一对好朋友，而我的父亲则等自己的妹妹说完话后，催促姑姑走远点，父亲深深地抽一口烟，于是用烟头点燃了火炮，坟头上磨磨啪啪，烟雾弥漫。

渐渐地，我对姑姑的行为仿佛有些理解，也陪着她每年都重复那简单的祭奠仪式。直到去年十月，我告诉姑姑，我想给她写篇散文时，她说自己在乡下教书育人一辈子，生了两个女儿有两个外孙，最远只去过重庆，实在没有什么传奇的故事。于是当我又问起汶川县烈士陵园地里那两个人的故事时，她非常激动地说："当年这两位哥哥是我读书时派到学校的军代表。""啊！？你居然认识这两位英雄啊？"我万般惊讶。

"等一下，我有照片为证。"于是姑姑从她的老影集里给我取出一张黑白照片来，这是诸多学生的合影，照片的左上方有一排字："威州中学六七级全体同学欢送军代表合影，时间 1968 年 11 月 21 日"，我问姑姑，那两位英雄在哪里呢？姑姑看着照片后若有有思，她突然叹憾地说，"我忘记了，出事之后，这张照片上只有乔成军代表，另外两位解放军雷光裕和宋治平，当年他们俩为了救一个红卫兵牺牲了，时间是 1967 年的 8 月 2 日。

为了确定准确的时间，我让姑姑好好帮我想想当年发生的情形，第二天一早，姑姑一脸倦容，她说自己昨晚整夜失眠，她又找到一张照片让我仔细看看。一张黑白的单人照片上，一个英俊的年轻小伙穿着威仪的军装站在岷江河边，河床是那么的空旷，好像秋天的景色，他迎风微笑着。姑姑说："这就是雷光裕。"我瞪了姑姑一眼，责备她从未跟我说过她认识雷英雄和宋英雄的事，姑姑说："你又没问过。"简直让我超级无语，我拿起斑驳的照片仔细一看，在照片的背后写着几个字：赠光华妹妹存念，光裕哥哥。天啊！居然是这样！

姑姑断断续续地说，雷光裕曾经是横渡长江的高手，水性极好，但他万万没有想到刺骨的岷江雪水看起来虽温和却要了他的命。姑姑继续道："当年威师校的师生连夜创作了词曲《赞英雄》，第一句是岷江水浪涛涛，歌唱英雄……人们唱得泪水婆娑，全县人民在广场坝为他们举行了悲怆庄严的追悼大会……"姑姑叹息当年的英雄无福享受现在的好日子，当年她认的家门哥哥竟然以如此悲壮的方式离去，转眼就走了 49 年，转眼就快半个世纪。忠厚的姑姑以自己的方式守望着岁月深处那远去的背影，一年又一年。

姑姑喃喃道，"也许英雄的家人离这里太远了，实在无力年年来给亲人上坟。"这四十多年来，她都注意观察雷哥哥的坟头有没有人来过的痕迹。

每到清明节，她都会叹憾当年被救的红卫兵为什么不来给自己的救命恩人点上一炷香拔掉哪怕一根坟上的枯草也好；她甚至想去找县中队的领导问问，为什么只给后排的英雄敬上花圈，却看不见安睡于前排的老英雄们。我只能劝慰她，英雄们住在烈士陵园，有人守着也就是国家在管了，你不要苛求于何种形式，姑姑听后一言不发。

这是一篇非虚构散文，为了证明这个事件的真实性，我找到了汶川县1991年出版的《汶川县县志》。在书的第 853 页有一个表格记载：

雷光裕，汉，四川省射洪人。"牺牲时单位职务"（1967 年 8 月 2 日抢救红卫兵落水英勇牺牲。追记二等功。汶川县武警中队班长）"何机关何时批准为烈士"（汶川县革命委员会 1970 年 8 月 2 日报中共汶川县委追认为中共党员）。

宋治平，羌。"牺牲时单位职务"（1967 年 8 月 2 日抢救红卫兵落水英勇牺牲。追记二等功。汶川县武警中队战士）"何机关何时批准为烈士"（汶川县革命委员会 1970 年 8 月 2 日报中共汶川革命委员会追认为烈士）。

写到这里，似乎所有关于爱和敬仰的文字都应凝聚成一朵朵圣洁的小白花，献给悲情的岁月，献给千千万万为这个国家和平与美好奉献了生命的英烈！

2016 年 10 月 21 日

第二辑

蓝冰暖阳

马尔康的精神气质

当我的手指在键盘上打出本文标题时，我提醒自己要写的并非一篇论文，而是多年来积淀于心中，对于州府所在地马尔康的种种情愫以及我对这个地区散文式的解读。

我的思绪是散漫的，一如西羌的风从《马尔康县志》的扉页出发，追溯其历史脉络："夏、商、周至秦代，马尔康为蜀西羌地之一部，公元前111年，汉武帝平西南夷，广拓其土，马尔康随羌域入西汉版图……"遥远的东女王入唐进贡得玺书，东女各部移向大渡河流域，求属依附。直到"元世祖征服吐蕃后，马尔康为松潘叠宕威州宣抚司所辖"。"明朝永乐十二年（1414），宗喀巴著名弟子查柯堪钦阿旺扎巴创建大藏寺"。"清，康熙六十年（1721）梭磨土司从征廓尔克（今天的尼泊尔）有功，授给长官司印信号纸"，"道光二十年（1840）鸦片战争爆发后，四土调拨粮奉清军征剿英国侵略军"。"民国二十二年（1933）春，黑水头人苏永和、白脑壳等投诚设立公安局"，1950年2月，人民政府向土司索观瀛发出第一封信，阐明党的政策，指明前途出路"。"1951年1月5日，马尔康、阿坝、黑水、壤塘等地少数民族和宗教界中上层人士会议在马尔康召开。3月，剿匪英雄林大有在松岗被匪特杀害。""1952年2月，四土阿坝绰斯甲临时委员会下令禁种罂粟，将11800亩烟地为粮田，增产粮食130万斤"，同年成立中国人民银行马尔康支行、建立民族小学、成立马塘税务局以及县邮电局等部门……

掩卷深思，多少朝代曾在这块沃土上拓荒、耕耘，无数金戈铁马的声影已遁形于沉寂的大地。六十多年前，在中国共产党的带领下，各族群众砸碎了束缚千年的枷锁——封建农奴土司制度。如今，藏羌回汉各族人民在川西北高原这块热土上自由、幸福地繁衍生息。

"马尔康"，藏语中意为"火苗旺盛"，弓伸为"兴旺发达之地"。

解放前这里为卓克基土司属地，因境内马尔康的寺庙而得名。这里曾经是四土与川、甘、青三省藏、回、羌、汉商进行各类贸易的交汇、集散地。当时间的轮盘转到 21 世纪的今天，作为阿坝藏族羌族自治州州府所在地的马尔康早已是全州政治、文化的中心，它集古朴、现代、文明、美丽于一体，宛若一颗做的明珠，镶嵌在雄伟的雪域高原，闪耀着迷人的光彩。

我喜欢马尔康，不仅仅是因为那里有厚重而传奇的历史文化，更重要的是这座小城里居住着我的亲戚、朋友、文友、同学、老乡以及曾经的老同事，当他们以各自的人格力量分散与汇聚时，就绽放成一股不可抵挡的高原城市人的独特魅力之花。

马尔康是包容的。在这不仅有来自省城的汉族干部，还有藏族、羌族、回族等各族群众。于是马尔康就拥有了十多个县不同民族人们的综合性格，比如：汶川人的明晰、茂县人的勤奋、理县人的豪情、黑水县人的威猛、松潘县人的霸气、九寨沟县人的婉约、红原县人的辽阔、阿坝县人的彪悍、若尔盖县人的开朗、壤塘县人的洒脱、小金县人的才情、金川县人的神秘、马尔康县人的庄重，以及外来大汉民族的睿智与远见等等。历经岁月的磨砺，这里的人们无论通婚还是交友，无论学习还是就业，人们在社会秩序中逐渐学会收敛自己性格里的尖锐和偏激，每个人在社会交往活动中都会自觉地尊重对方的习俗与信仰，学会欣赏并共享瑰丽的民族文化。

马尔康是热情的。之所以如此，是因为温馨的阳光总是荡漾在马尔康人的心田。我偶尔去州府出差，总会邂逅久违的朋友，有些甚至还是我手机里没有电话号码的友人，但这些并不重要。若是中午时分，朋友会马上约你去吃一碗地道的金川手工面，然后就近请你在茶楼喝茶、晒太阳。背对阳光、戴一顶草帽，平时懒得擦拭的皮鞋有专业人士为你打理，在来来往往的招呼与聊天中，在你不经意间已有朋友悄悄为你买了茶单。若是你中午有约，她（他）会迅速记下你的电话号码，然后就会问你还想请哪些朋友一道共进晚餐，并且替你提前逐一通知，只为共同欢迎一个远方而来的朋友。当这种习惯被这里的朋友一旦培养起来后，我一到马尔康忙碌完正事，就会提前给某些朋友们打电话，让他们在某处露天或者室内茶屋先去占一个位置，然后朋友带着自己的朋友，我带着自己的同事或者友人在某处相会，惬意地享受高原雪山水浸泡的好茶，听朋友高谈阔论，任阳光尽情抚摸，享受友谊涌来的温暖。

许多从外地来此工作的人员都会被这种氛围或者习惯感染。若是他没有时间与你相约品茗，朋友也会为你准备一盒"雪松牌"的耗牛肉干或者一桶来自草原的酸奶，每当拿到这些礼物时，我心中都会涌起阵阵暖流，因为那是一种尊敬与另一种爱的表达。

马尔康是豪气万丈的。也许是这里的人们离天空很近的原因，他们总有放牧万千流云的气魄。在平时的工作与生活中，他们遇事不计较、不撒谎、不推诿、不躲闪。若有朋自远方来也绝对是一掷千金的气度。我甚至知道曾经有些朋友为了给外地客人接风，因囊中羞涩找朋友借钱而为之的困境。当然，在当今倡导的"光盘行动"中，越来越多的马尔康朋友的接待方式更以食品绿色环保、简约为时尚。

马尔康是春风拂面的。我总是难忘20世纪90年代初，我和县财政局的同人年底去州财政局办决算时，每走进一个办公室，无论是科长还是办事员都洋溢着笑脸，他们不仅会从热气腾腾的柴炉上提下水壶为你泡上一杯热茶，而且还在业务方面对你予以悉心指导。我至今还记得当年州财政局有一位叫作康乐的阿姨，她当时是政工科的科长，对人的那份真诚就像春风拂面，那种亲切让人久久难忘。

马尔康是时尚的。至今在我的衣柜里还挂着一件改良过的"西藏裙"，那是1998年前后曾经风靡高原的款式，几乎所有在那里工作的女士都会在店铺里挑选自己喜欢的布料和花色，然后找专业的裁缝制作一条或者数条。这种裙子里可以套上任何款式上衣，露肩像马甲、束胸、收腰、大摆，上半身又貌似旗袍，穿上后会令女子的身材看起来既窈窕又具浓郁的民族风情。真正的时尚是永不过时的经典。每年夏天，我总会找一两个欢喜的日子配上白色蕾丝上衣，穿上高跟鞋，让那条裙裾伴我悠闲地走过街市。

如今，越来越多的服装专卖店丰富了男人女人们的衣柜，这也是马尔康的消费水平在全省榜上有名的原因之一。多年来，我几乎练就了一种眼光，常能一眼就从人群中找出哪些人是在马尔康工作过的。因为男士们除了气质上与众不同之外，要么西装革履，发型一丝不乱；要么穿着休闲的牛仔裤、冲锋衣，并配上各种款式的帅气帽子。当然了，他们中有些人是拍客，相机的咔嚓声皆与他们独特的视角就构成别样风景，而各机关单位的女士们则有县级部门妇女们缺少的那份从容与自信。

马尔康是具有尚武精神的。这种精神是一个民族的精神脊梁，是人们千百年来对生存安全的自觉追求。这里的男人们总是气宇轩昂，也许是马背民族的祖先们，早已将骁勇善战的基因赋予了他们后代的子孙。无论哪个朝代，马尔康的男子们都有着非常强烈的守卫疆土的责任与意识。解放后，每年征兵的名额从来就不够，大量青壮年男子都会踊跃报名，那不仅是个人梦想更是一个家族的荣耀。因为他们深知一个民族、一个国家，如果没有武装力量作为生存的后盾，就不可能自立于世界民族之林。"爱好和平与崇尚武力是相辅相成的，没有爱好和平的良好愿望，尚武就成了穷兵黩武。"至今在藏区，民间传统的体育活动例如赛马、摔跤、射击、奔牛、顶拳头等仍然被人民群众喜爱，这些活动锻炼的不仅是一个民族的体魄，更是一种勇敢、顽强、坚韧的民族精神。

清代走远了，当年参加"宁波战役"的武士们早已战死沙场，魂归故里的还有那座迷路的"辫子坟"。这里的人们永远都不会忘记为国捐躯的先祖们的种种英雄壮举，他们明白，正是这些从世世代代马尔康人身上焕发出来的坚韧不拔、蓬勃向上的意志与不阿的秉性，才奠定了一个地区非凡的底气。

马尔康的文脉是灵动的。且不说多少年前仓央嘉措到过马尔康的大藏寺修行过，也不说当今的电视银屏上有多少阿坝的明星。2013 年 6 月，我有幸参加了"相约马尔康"笔会。笔会期间国内有名的评论家、作家、诗人，以及《诗刊》主编等老师们一起来到马尔康，为阿坝州的文友授课。每位老师在课堂内外都会或多或少与我们讲起阿来老师的作品与其独特的人格魅力，无论是深层次的剖析还是对其诗意的解读，他们都会在追问到马尔康的历史文化之后恍然大悟。王彬彬教授说："外界所有人对阿来的疑问，只有到了他的故乡才能找到答案。"他在课堂上给文友们解析了《空山》《格萨尔王》《尘埃落定》的文学价值及其文学地位，文友们从老师的解读中再次认识了这位熟悉多年的本土作家，可谓"不识庐山真面目，只缘身在此山中"。阿来，很多人几乎遗忘了他最初的名字，但他已成为四川省乃至中国少数民族文学的一张名片。

从马尔康走出去的还有诗人远泰。由他撰写的阿坝州口述历史之片尾曲《故乡》被多少人深情传唱："岷江之畔，歌飞云上，千里峡谷放牛羊，半部青史人人传唱，营盘春秋古羌守望。河曲高原，马蹄声响，五千年岁月留芬芳，逶迤黄河文脉荡漾，大美家园天地吉祥。日月轮回青春过往，花开花落生命绽放，五谷粮仓代代守望，不离不弃唯有故乡。"诗人龚学敏，作家牛放，他们都带着高原阳光的烙印去了省城的文学期刊，当了主编，那是阿坝文学人的另一种征程和新的挑战。

我州各族艺术家们曾获得过令人瞩目的成就，在文学界有优秀的羌族作家谷运龙、叶星光，学者耿少将，诗人欧阳梅、羊子、白羊子……藏族作家克林、康若文琴、阿朗、晓鸿、蓝晓、心垠……汉族作家杨素筠、雯萍、静子、王庆九、向瑞玲、远星、远勤等等。茂密的森林、高山的湖泊、奇秀的峡谷给了他们所有美的感悟，他（她）们以各自独特的视觉与笔触，吮吸着高原雪山之水，行走在如诗如梦如幻的民族文化中。文字让历史定格，文学让一个地区更赋传奇。

马尔康具有浓郁的人文关怀。我总是难忘 2008 年"5·12"那场大地震向我们家园猝然袭来时，由于交通、信息中断，我在马尔康的亲戚忧心如焚，他们通过电台在汶川的广场，一遍遍焦急地呼唤着我父亲的名字；我的文友们，有的坐在电视机旁边以泪洗面，为灾区祈祷，有的用手机反复拨着我的小灵通电话，直至拨通；还有一位叫谭可的大哥请货车给我家带来了米和面，我们收到的关怀远远超过了食物本身；直到地震两个月后，我带母亲去州医院做胆结石手术时，又得到表弟一家悉心照顾。朋友们见到我满脸震斑时，无不予以热忱的关心、抚慰，那时的我常常泪水盈盈、默然失语。所以我想表达的是，马尔康具有高度的人文关怀，其人文素质的修养源于他们中的学者对历史、文学、政治、法律、艺术、哲学、宗教、道德等各门类知识的深度理解，那是传统与智慧交融的地方。

马尔康，我无法说它似翩翩风度的男子，也无法定位它是婉约、豪情、巾帼不让须眉的女子，在我的眼中它是凤也是凰，它是一只美丽吉祥的凤凰在青藏高原的南麓自由飞翔。

深秋的马尔康诗意且大气磅礴，以蓝若水晶的天空作背景，雪山巍峨屹立，庄严沉默，画一般的彩林又抖动起一个季节的华美，红叶与黄叶深深浅浅地笑着，在轮回的岁月中挥洒阳光与月色。

古老的梭磨河依然唱着一首不老的歌谣，始终不离不弃地温润着川西北高原。高耸的碉楼、神性的母语、舞动的龙达、粉红的养花……所有生生不息的生命流脉构成了马尔康卓尔不凡的气质，在这片肥沃而慈爱的土地上，声响铿锵，生命迎风生长！

2013 年 7 月

红原，诗意流淌的高原

是大自然无私的杰作，绝妙的纬度让红原县南部丘陵状的查真梁子以海拔 4345 米成为川西北高原最令人瞩目的山峰之一。这里山无奇绝丘陵左右有两水发源，一水入长江，一水入黄河，这两条中华民族的母亲河在"世界屋脊"青藏高原东部边缘的第一次相遇后，各自绽放着清澈的笑容，用激越的波浪挥手，携带着草原的芬芳后再次起程，背靠背为各自肩负的使命于历史的长河中尽情奔流。

红原，史诗的草原，它被烙下了中国革命历史上二万五千里长征中最为艰难、最为悲壮的记忆与征程。多少可歌可泣的动人故事在这里开花、结果，有因病因残而失落的红军静静留守在高原，他们一生都在遥望远去的部队，思念着魂牵梦萦的故乡，红军精神像启明星一样照亮了蛮荒蒙昧的高原。

向往红原，那里有百看不倦的雪山；向往红原，那里离九曲黄河第一湾仅"一步"之远，谁曾数次约我去海洋一般的花浪里游弋？还有多少云朵一样的诗行遗落在璀璨的高原？

高原云族

在我看来，唯有水晶般透亮的蓝天才能捧出高原巍峨的云团。高原的云族来自冰川雪野、江海湖泊，因太阳热烈的蒸腾而幻化，注定其与众不同。高原的云是属于童话和仙界，无需刻意冥想，只需静静仰望与注目。看，浩瀚的云峰是雪山的倒影，晶莹的云朵是天空流淌的冰河。呵，万朵雪莲在天空次递绽放，洁白的哈达迎风欢舞。虔诚朝拜的人们一步一叩首，人间修行的故事每天在天空精彩演绎，没有导演，无需排练，云族自由，拥有自己的神圣与安详。

偶尔，有一群白马从天边疾驰而来，巨大的冰熊穷追不舍，快要追上了，白马在悬崖旁悄然侧眸，就要被追上了，在月亮的背后躲藏吧，有雪白的沙尘暴突然席卷而来，奇幻的森林瞬息将白马隐入丛林，伤心的冰熊坐在蓝色的海洋上抹泪，梅影一般的泪花洒满绝尘的天空……

只需一个转身就见天空的那一边，有巨人与怪兽在天空厮杀，寒光闪烁的宝剑横天划过，有风来，有狂风呼啸而来，转瞬白旗与黑旗相拥狂吻，黑白的云团扭成中国水墨画大写意的千河万山，随着紧密的雷声敲响，它们终于变成铿锵有力的暴雨飞向草原，淋漓、磅礴。

高原的云有时是雄性的，它们乌黑如漆，似所向披靡的云旗与战马，招展着，风驰电掣般横天而过。黑色的云巅坐着各自的王者，这位王比那位王更狂傲与强悍，对弈！用冷兵器时代最冷的武器杀戮，对弈！再用现代战争中最灼烫的核武器冷酷对峙，正义与邪恶永远对立，辉煌与屈辱皆铭记，谁来阻止天空的争锋？谁来令世界止戈？

我偶遇过高原的早霞与晚霜，因阳光的底色分外耀眼夺目，那是一幅幅浓墨重彩的油画，层次分明，奇幻瑰丽。当阳光被彩云过滤照射到草原与河流时，暗的悠然，明的辉映。霞光里的雪山是冰与火的缠绵，谁被燃烧、被结晶、被融化、被炽灼，如此循环生生不息的景象令人赞叹鬼斧神工的大自然。我喜欢月牙像银质般的钥匙幽幽地挂在天空，常常有一种想将它摘下来挂在颈上的冲动。我无法像童话里撒娇的公主，向自己的父王要一枚弯弯的月亮当项链。当太阳绽放着万道光芒占领浩瀚的天际时，羞涩的月牙像一枚冰片雕琢的美少女，她浅浅地笑着，诗意地滑向天边，直到一朵它最喜欢的云儿将她送走。

高原云啊，豪气冲天。高原的云无尽地缱绻缠绵，它是世界最初与最后的浪漫。"高原的梦，一半在结冰，一半在燃烧。"

俄木塘花海

在我抵达红原壤口乡之前，俄木塘花海已开过了千年，也许我错过的不仅是时光，更重要的是我遗失了千世轮回的花海。

是谁向大地撒下如此美丽的种子，让它们吮吸着天地灵气在川西北高原自由生长。每年六月至七月，这里是花的世界，花的海洋。格桑花以薄薄的花瓣迎风招展；狼毒花以其凌厉的名字让人只见其惊艳；将海水收纳于叶片的马兰花古老而隽永；矢车菊温柔可爱，像思念一般静怡；妖娆的山丹丹如火焰一般燃烧着草原……还有很多叫不出名的蓝、黄、白、粉的花朵如繁星点点缀满大地，三万亩不同的花语弹奏着空灵绝美的吟唱。

清丽的天空下，黑珍珠一样的耗牛在地平线上滚动，清瘦的骏马驮着藏族美女、帅哥疾驰而过，你的相机会迟钝，你的心神会迷路，你会心甘情愿地失去思想，身心如风筝一般在天地间自由徜徉。远方，远方有被冰雪濯洗过的牧歌传来，你想跟着她大声对唱，将所有的疲惫与压力放空。你恍惚在梦境还是在拍 MTV，或许你已不经意间闯入画家的彩笔中。

旷古的高原之魂是翱翔的苍鹰还是傲视大地的雪山？高原之灵是奇幻的云朵还是浪漫的花朵？走近花海你就跌入惊艳的高原，绿色的草织得像细密的地毯，它们是灵动的，浮涌着、流淌着如波浪直冲天边。禅意的花错落有致地开放，高处的花儿常赏地平线上熔金的落日，她们从不炫耀自己的优势，低处的花儿晨起独饮雪露的甘甜，偶尔被一枚流星砸伤，她们不抱怨却暗自收藏流星的碎片。

草原上的花千朵、万朵、亿朵，若银河里的星星无法计数。她们绚烂若绸，却不争、不吵，没有尘世众花芬芳斗艳的羡慕与嫉妒。

我只想坐在花海的岸上，可哪里有岸？我怕自己的双脚无意伤害任何一株美丽的妖艳。可我还是抵挡不住金色花海的诱惑，那是凡高笔下无尽的狂野与灿烂。我想没入花海游弋，一直游到天边；我想喝一杯美酒醉倒在花海，然后眯着我的小眼睛看湛蓝的苍穹，若有小蜜蜂嗡嗡地飞来，我就告诉它让它喂我一丁点高原的蜜甜。

面对花海，我失语。用什么来礼赞高原生命的坚韧与挺拔，那些微小且薄如蝉翼的花花，是怎样抵御烈日的灼烫以及彻骨寒夜的摧残？

如果有一天，让我静静仰于高原，化成高原的一块冰也好，变成花海的一朵花也罢，我相信这里的生命皆以不同的形态轮回、永生。

月光帐篷

多年前的某个夏夜，我曾独自驾车来到一片我不知名的草场，夜晚的气温低得让我瑟瑟发抖，我静静坐于车里，让车内的音乐缓缓流淌。凝视窗外，深邃的草原是巨大的托盘，横空出世的皓月泊在离我触手可及的地方，平生第一次离月这样近，它竟然如此圆润与澄明，它散发着亘古不变且神秘的光芒。我的周围没有一丝躁动，更无美群的狂哮，整个草原已入梦，我忍不住下车，静静走入一场千年梦中。

皎洁的月光下，草原的夜有一种高亢无色的质美，草海犹如宽广无垠的大海，酣畅恬美，豪迈葳蕤。

远远地，我又看见另一轮月亮泊在草原深处，我驱车驶向那里，欲敲开那扇月之门。近了，原来这远离人间烟火的草场上一轮像月般圆润的帐篷，从内到外泛着淡淡的金光，寂寥的草原因它有了粼粼脉动的生机。我突然好羡慕住在月光帐篷里的人，我相信这是远足而来的人，也许里面住着一对浓稠得化不开的情侣。是啊，爱情有多美？最美的爱情也许是开放在芬芳的花海中；也许是相守在月光的帐篷里；或者定格在茫茫天地间，那不舍老去的青春里。

草原的夜晚是浪漫的，雪山发出冰凌般清新的呼吸，广袤的黑土地发出微弱的低吟。飞虫、彩蝶拍打着弱弱的翅膀在黑夜里翻身，琥珀般温暖的小帐篷令我产生无尽的遥想，人生若能在没有污染的天地间诗意栖居，那是多么的惬意，我且让心爱的越野车激情驰骋，奔向朋友们欢歌的篝火旁，奔向不再荒芜的诗句。

2015 年 5 月 2 日于四川茂县

焚，醉在蓝冰暖阳里

九寨，至清至纯、美轮美奂的海；九寨，半梦半醒托涌着生命永恒的高原之海。我今生的脚步只为寻觅前世的梦，踽踽独行在这湛蓝的冰川世界。

一百零八个海，一百零八枚硕大、晶莹剔透的翡翠。她们似抽象的雕塑保持着卧虎藏龙的缄默；她们招展的玉树琼枝拂扫着冰雪世界的胸膛。

这是世间唯一的蓝冰，她收纳了天空的色彩，那里隐匿着飞鸟掠过的痕迹，还有万片云朵滑行的逍遥，且听那松针一样密的风呵，在九寨晨曦的冰肌玉骨里浅吟低唱。

这是世间最纯粹的蓝冰，大海的脉搏在其间轻轻跳动。她遗传了海的气质，有瀚海荒蛮初始的记忆，童话般美丽的枭头贝永世不老，一滴蓝冰里倒映的是雪峰彩林的初夜，凝固着亿万年前海洋的月色如画，一冰一世界，一片蓝冰就站成了世界屋脊东南处卓然伟岸的独立。

我是驮着梦的阳光走来的，沧桑的额头是思念的海，绝望的冰是搁浅的岛，怀揣孤独的心曲在这世界弹起，上世的你在何方？

我捡起蓝冰暮色的星叶草，那仿佛有你的影已熟睡，像一柄收拢的伞收拢了关于我的所有记忆，散发着古老而濒临灭绝的清冽。

被云雾波光洗涤过的盟誓呢？被藏在雪域天际，还是幽蓝的水晶融进你的笑容里？

是怎样的诱惑，让我站在红叶烂漫、绝尘冰雪的世界寻觅；相隔一世手握蓝冰，风华揽尽。

阳光的温度如一枚燃烧的野草莓，一组诗歌里失踪的词与语是梦与梦的相遇，是唯有你能解读的谜底。

六瓣冰翅的雪花是飞翔的精灵，乘着风，掌控着生命的高度飞来去兮，冰之所以蓝，是神秘的事，是来自遥远来自庄严，是旷野的契约，是处子的坚贞，是浩森的绚丽。

且在梦底回味永不离弃的铮铮誓言，天地为杯，盛装白露苍海的风云，把岁月沉淀在欢愉的黎明。

相思是我前世今生唯一的行李，闭上眼，晶莹的泪摇曳成柔情的春呢。

冰层的蚕茧会在阳光重逢里舒展轮回的记忆吗？这动物、植物巨大的乐园，收纳着多少梦的蜕变？多少诗词堆积成雪的冰川，这里是世人精神的皈依。

不朽的梦，淡泊的神情，清丽的月，构成魂牵梦萦的冰珠玉醉，是谁的鬼斧神工琢造了九寨的阴阳壮美、妩媚奇幻？

所有的语言在此化为诚恳的霜雪；所有爱的色彩凝结成种子埋在这最华丽的天庭。

梦的酥油灯在 2012 冬季的九寨慢慢燃起，内心的力量穿过山川河流，穿过平原大海，任我的心在蓝冰的世界寻觅，目睹多少美丽的诞生与消融……爱自己，爱这承载着一切洁净与纯粹的蓝冰、阳光、星火、藏寨，还有你，更爱这个包容一切美丽的童话世界。

如昔的心境，蕴含着多少不朽的时光，心灵的青鸟自由飞翔在诗意的天地，即使今生你没有认出我的模样，我依然会坐在书卷灵光的山河里，享碧水听月鸣，在梦的河畔等你。

2012 年 1 月于九寨沟

站成沙棘林，再醉千年

遥望连绵起伏于横断山脉东部边缘邛崃山系的最高山峰——四姑娘雪山，威仪的蜀山皇后，我心中的圣山。夕阳的光芒已镀你经年的灿烂！

行走于川西北高原的阿坝州小金县，我诗意的心被牵引却不敢随心抒写文字，因为这原始壮美的神秘乐园有一个声音将我召唤。

群山雄踞的地盘，是众神栖居的雪山。我充满敬畏地叩拜，将思维放飞于龙腾虎跃的云海；任思绪若鹰一般翱翔，看森林的彩河自由徜徉、绚烂。

我于峰回路转的悬崖边，我于悠然灵动的时光河畔，将自己回归于那一片千年的荆棘林，将朵朵橙黄的流云编织成金色的皇冠。

沙棘，雪域高原被刺青的果实，荆棘鸟飞过睇目顾盼；
沙棘，峡谷里最漫长生长的"珊瑚"，似金舍利奉果实于蓝天；
沙棘，可诠释为爱情的果，相思太久就渐渐浓缩成绝味的酸甜。

与我一起生生不息的还有成片的桦木、柏杨、青枫、云杉、冷杉以及红杉树的祖先。历经蹉跎岁月，对抗山洪肆虐，还要见证多少地质的峥嵘变迁。我们，川西北高原上骄傲的树群，吮吸雪山泉水的甘甜，扎根于无垠的沃土相濡以沫，让树族的生命以基因的力量开绽，果实于沉睡中重生，借春天的风涅槃。这个秋天让我借雪花的手指拭去你额头的秋霜，唤一只只灵性的鸟把葳蕤的种子于传播山涧。

慢慢生长的沙棘一如凝思的雪，不急不躁，不紧不缓。

谁赐名于这种植物叫沙棘，五月的花蕊像禅修的菩提悄然绽放，施放淡淡的仙味于弥漫的森林，吸引雾一般迷路的惊涛，那就梦一般吮吸阳光与月色吧！趴在花瓣的窗口看宇宙中流星断裂之光，再静默倾听山林之神发出磅礴的叹息与奔涌的忧伤。

梦笔山在左，夹金山在右，四姑娘山在上，巴郎山在下。被重重雪山和森林包围的小金县像鹰，被神山们戴上七彩的光环。

这世间还有比这里更美的沙棘林么？树龄 2000 年的沙棘树比一个个骄傲王朝站立得还久。

这世界还有什么果实比沙棘树更真诚？它六月的硕果就可以一直一直捧在枝头直到来年的春天。鸟族们秋冬的果实不会凋谢，它延续鸟族鲜活的生命也给自己远行的风帆。

妙曼如少女身影的沙棘树，像一张白描的国画勾勒过往春秋；

佝偻如老人的沙棘树，像遗世独立的智者，任荒凉的岁月停歇于枝头；

还有那些百年不死，千年不腐的沙棘树站立于珍珠涌动的沙滩或者静如明镜的水中间，它们日夜将自己虬髯的身影默然凝注，也许枯了的树叶不展，也许化石的花朵不再重开，唯可等待昔日活跃的鸟雀以及落在水中熠熠生辉的星火仍与俏皮的鱼族在树枝下戏玩。

当金钱豹走远，大熊猫遁入箭竹林海。沙棘树汇同所有叠叶将浓墨重彩的情绪挥霍成绝美的画卷：这里一团杏黄，那里一缕酒红；这边燃烧着固执的青绿，那边的晚霞映照着圣洁的雪山。

小金县如一朵幸运的雪莲花开在东经 102.90°，北纬 31.1。的地理坐标上，我早已遗忘自己是千年或者万年前的某一天从天空跌落的种子，不经意就站成经年的沙荆林，这里成了我最初与最后的故园。

我且将柳叶的衣衫挂于枝头，将金色的果实依然裸露于冰雪的寒天。任枯枝老藤的音韵高蹈于苍穹，约一群树仙、几个树妖打一壶晚霞酝酿的葡萄美酒，畅饮！一醉再千年！

2014 年 10 月 30 日于茂县

八十里彩林入焚来

黑水县，每当我把这个地名在唇齿之间反复默念时，就仿佛感觉到一块古朴的砚台端庄站立的姿势在那里已有百年，已有千年，甚至已恒久了多少无从追溯的岁月，让你产生一种渴切挥笔的豪情。

可惜我不是画家，无从把她欢快奔流的奶子沟载动的四季一笔笔勾勒在你的眼前；我叹憾不是摄影师，无力举起灵感的镜头为你展示一幅幅神秘莫测的照片。呼吸着冰雪的达古冰川，洞悉着绝蓝的苍穹，似一个传奇故事的封面，那山坡上苍褐的树皮搭成的藏式民居，诉说着一种精神独立的沧桑之美。当个性的美远离了喧嚣和杜撰文化的包装时，蕴含的那份倔强和原始的淳朴让我不由自主地想起一个朋友的画。如果说音乐是埋藏在人类灵魂里的种子，那是因为他可以如弦般萌动你内心深深的情绪，那么黑水的音符就是那遥遥而来绚烂而不凌乱的色彩错落有致的呼应，是静卧的奇石任由雪山之水的浸润，敲响了无比空灵的世界，弹奏出如烟如云如丝如雪的梦境。

多少年来，我总是穿行在必经黑水的那条去马尔康的路上，当我每次一走进八十里彩林的地段时，我总是失语。如果说面对九寨的至纯至美你得屏住呼吸，怕惊醒了一块活翡翠的梦，那么这八十里彩林则给你一个无限放松的空间，你可以无比悠闲的走在那蜿蜒的大道上纵情歌唱，甚至大声呼唤你心仪已久的那个名字，宽容的山林总会将你的秘密收藏。你可以在银色的河滩上信手捡起一枝含着绿苞的枝条（也许连树枝也有故意忘记季节的梦想），且在沙地里写写画画、涂涂描描；或者化成一只飞鸟吧，啄食美丽的仙果染成胭脂的红唇引颈歌唱，再扬一双美丽的翅膀艳羡那暗藏在片片月影后风情万种的林妖。

沿公路逆流而上，奶子沟的水晶莹剔透，洁白若玉若浆，或许正是这极富营养的纯洁水质，才滋养了这世间如此缤纷的八十里彩林、八十里"梦幻画廊"。沟内茂密的灌木，杉、松、杨树及桦树从远山到半山坡，由远而近一直绵延到小河边，千株万株的树组成的画面可以随你的眼睛、你的画笔或者你的摄像机任意切割、组合却绝不会有呆板、凌乱的意象，更不会让你的作品背上应酬之作的嫌疑。一棵树就是一幅风景，它犹如晴空下举起的雨伞，枝头的片片绯红醉似那如酒的夕阳；一棵树也有神似皇冠的威仪，它不像纯金那么凝重，却有那月一般的澄明和金色的芳香。让我觉得奇妙的还有一种俗名为："老人须"的蕨类植物，它们牵牵绕绕攀附于山腰，攀附于各类野生植物的身上，银绿的茎脉像爬山虎，更像一把在山林里自由舒展的丝线，聪颖的鸟儿把它选作筑巢的材料该是一种何等奢侈啊！后来，一位热心于黑水旅游开发的朋友告诉我，这是一种很古老的植物，在世间几乎绝迹，只有在未被污染的地方才会有它生长的踪影。呵，这沁人肺腑的奶子沟，这让人如此痴迷的彩林。

当车子行至四十公里的地方，你可曾看见那汹涌奔腾的彩霞若水般在林间穿行，这片叫作："相思林"的地方。告诉我最红的红有多红？告诉我最淡的粉有几分？那水红的胭脂呢？还有富贵的朱红和妖艳的嫣紫呢？一种红被大自然的妙手调制出三百种甚至三千种的红韵也尽在其中了。你想用中国传统的国画手法绘她的空灵和幽远呢？还是将心中的万般豪情把她变成一系列凝重而狂热的油画？若是手提相机，相机也会无语狂拍这信手组成的 一幅幅缤纷的图画。这是一个色彩的海洋：无序的绿或翠托起有序的红、橙、黄、青、蓝、紫，由深入淡，从倔强到温顺，从阳刚之力度到阴柔之极美，八十里彩林诠释了色彩的每一种性格。色彩的海洋包容了世间所有颜料的情绪，谁是这画界的大师？谁是音乐界的泰斗？谁又是文学界的先锋？是神奇的大自然！大自然慷慨馈赠的世间美景，让你远离烦嚣之后把疲惫的心交给宁静，交给重新萌动信念的彩林。

没有春的激情何来夏季的绿荫？没有秋霜的浸润何来红叶的钟情？没有冬的苦难何来我们生命里的那份感动和超越？用心去倾听落叶的低吟，同时去丈量一个个生命的高度。当一片彩林入梦奔涌到你的渴望里，请站立于那层层彩叶铺就的地毯上，那是阳光的胸膛，是你生命走向博大和灵魂逐渐丰厚的过程。

定格这个季节的绝美吧，来年她又是别样的风情！

2003 年于茂县

星月流转里的黄龙

一、不问出处

我总是固执地认为，你是亿万年前某颗金星与一枚橙月缠绵过后碰撞出来的奇迹；你诞生于一场天地柔肠千结的爱恋；你吮吸了古老的闪电霹雳成铿锵的呼吸；你带着多少天界迷一般的梦幻与绝尘的高贵来到世间。黄龙，你是最后孤独的龙族还是永远归隐于雪山的高人？世世轮回我只为见你千变莫测的风云却永远不变的伟岸。

雪宝鼎，圣洁的山。飘渺的云纱日日飞奔向天际，因为你是可以触摸天界的神山。

瑟尔嵯，金色的海。碧波连天、盈光灵闪的水夜夜叩问明月，因为你是站立得最高的海。

这是怎样一条蜿蜒的钙化金龙呵，他从莽莽的原始森林里奔腾而出，一路踏醒的是三千六百盏绚彩争艳流动的玉灯，他的眼睛是沉香的琥珀在阳光照耀下闪烁着怡心的灵药；他的龙须是银松飘洒在若有若无的云层中；他的龙足坚实如鼎踩在层层堆积的眩丽华台，摆上一架七弦的古琴弹奏空山水语的风流年华。英雄，我不问你的出处，你可以一卧千年甚至万年，只怕龙脊一辗转世间又将是沧海桑田。

二、等你千年

我的眼睛应该追寻天空飞逝流转的星月，还是盘腿坐在瑶池旁边撩起你与我千年不休的记忆。

第一次见到你是四千年前的一个冬天，治水的禹王走了。你独坐于松州高原，你枯瘦的背影有一股摄人心魂的威严，那是一个勇士的刚毅充满了正义和光明的内涵，你的脸颊还残留着治水后焦灼的斑点，我听见你的叹息如刚从夜暮搬走的战鼓，我是那缕红色的云霓呵，当我轻轻搂着你的颈项为你拂去脸上的尘埃，你是否感觉到一点点冰凉从你额际掠过，我渴望与你畅游于天地笑谈人生百年，可你安祥如佛坐立成苍龙，冰凝的飞瀑因你而伫立，我把自己的千般思念凝炼成寒剑，生生世世砍伐着对你绵延不绝地思念。

第二次见你是三千年前的一个深秋，你健壮的身体流淌着滚滚的金沙就像昨夜地火里喷涌而出的强悍，在冷却与燃烧之间，在婉转与一泻千里的挣扎之间！一种叫作金鳞银片的翅膀放开灵魂的绳索任你在水中翱翔，那是一片因你而放浪的高原之汪洋啊，那是因你而浑厚苍茫的沃野啊，那是水之千娇百媚拉开的魔幻交响乐！

你是属于自己浩浩荡荡的波，你是属于自己天真泛滥的水珠，你是荣了又枯，枯了又荣的瑰丽金秋，于是那世我情愿做了一条高山裸鲤，整天畅游在你的手掌与耳际间，我陪你倾听了千年松林的潮动，你的精血浸润了原始的厚土，潮红的岩石如镜不见你岁月的蹉跎，羞涩的月晕空灵着多情的薄雾，落叶的指针碰响了温柔的时光之钟。此生我在水底游弋百年心满意足，我绝不说出对你的爱慕更不贪图与你相濡以沫，因为那种境界是一种绝望的渴，我情愿自然的老去，我祈祷秀水滋养你至永生，因为与你相守寥寥寂寂的日子已是另一种最美的幸福。

第三次见你是两千年前杜鹃花开的夏天，你悠然的睡姿投映在霞光万丈的苍穹，那一世我是那林间飞翔的鹰，你仍是那条出神入化的神龙。梵音响起的远山所有生灵对你顶礼膜拜，我看见他们低颂心语，眼前的暗河升高了，七彩的虹从水底升起，清冽的神水漫过金碗游到琉璃杯中，水底的珊瑚枝被阳光复活。黄龙！你仰面畅饮明月清风的神情看起来更像一位穿着黄袍的仙风道骨尊者。

我收拢天空的翅膀跟随你这一世，众星静默，日夜垂目静坐。袅袅青黛的林中站起了一座庙宇，我的羽毛上布满信徒的足印，你的脉搏涌动着智慧人生超然的哲学，那绵延的思想站成水印的经书。

第四次见你是上一个千年的春天，高山的迎春花迈着婀娜的步子，在花香纵情的峡谷，春雪对你含着多情的眼波，飞禽走兽在你的口哨里闯进春的福界。你张狂时如无上的王者，静谧时如处子在旷野的春天，把女娲补天留下的美玉溶化在你欲饮的杯盏中。

你会为谁举杯？你会常常醉么？森林里几千年对你的传言多得就像遗落在银河的星朵。你的至爱呢？在夕阳的眼窝里吗？在月影清辉的某个角落？我知道我的渴望是要我为之耗尽一生心血的等待，爱你千年已成为一种习惯，还悔得起吗？还需苛求誓言对天的世俗？

等你千年我不悔，我索性变成彩池边静卧的"睡美人"吧，我的美丽与否并不重要，就任世人对我指指点点，我无需在你的旁边轻言软语的娇羞，我只用一种姿势仰望蓝天，我只用一生的专注做梦，用梦的语言与你传递这一千年的守候。

三、相思是一生的承诺

也许我的微笑真如我的名字一般美丽，所有人都叫我卓玛，人们都说"卓玛"是下凡的仙女。

今生我又来到黄龙脚下，我不再是流云，不再是裸鲤，不再是苍鹰，不再是沉默的"睡美人"。我是 2005 年黄龙管理局的一位管理人员，我和我的同事每天都穿着美丽的藏族服装接待着世界各地的来客，他们惊叹世间居然有这样的"瑶池仙境"，我向他们如数家珍的介绍我的"爱人"，我为他拍摄了无数神光写意下的照片在各种有名的杂志上被登载，我为他写下了绝美的歌曲在世间被传唱……

我听见黄龙的笑声了，我看见他英俊的面容上绽放着金色的光芒，原来爱一个人是让他快乐！黄龙飞舞起来，龙也快乐活泼！

今生我掌中的相思花只剩下了最后的一朵，日子总会过完，大笑人生三万六千五百天吧！就把相思当作一生的承诺！

2005 年 9 月 17 日深夜

蜀地之美，九鼎称绝

位于四川省茂县南新镇的九鼎山是龙门山断裂带上最高的山峰。九鼎山因有九峰而得名，是一处远离喧嚣、诗情画意、天人合一、古朴宁静的自然境界融为一体的景区，最高峰名叫狮子王峰海拔 4989 米。这里以高山自然风光为基调，这里常年云海翻腾，雪花堆积的山尖若天边翻动的经书……

20 年前，以余家华为首的野生动植物保护协会的一群羌民们自发地走到一起，开始了义务巡山活动。

20 年来，正是由于这群农民草根队伍义务的积极投身到保护生物多样化和直接面对猎人反盗猎的行动中，成就了九鼎山大美的风光，也为建成长江上游生态屏障和美丽四川默默贡献着那一份爱与对自然最亲近的呵护。

九鼎山溪流交错，河流一泻千里，溪泉随山势逐级跌宕，形成众多大小不一、高低不同的瀑布、滩流、海子……浓荫滴翠，飞泉流瀑，群峰叠嶂、高山天作。其山景、峡景、水景、气象景观、森林植被和文景齐集一地，藤蔓扶壁原始苍翠，奇岩怪石星罗棋布，集幽、奇、险、秀、迷于一体，构成了独具特色的自然生态风光。

九鼎山景区内还生息着大熊猫、金丝猴等珍稀动物群，生长着琪桐、红豆杉、银杏、水杉等珍贵孑遗植物群。其纳布飞来峰构造全球驰名，具有典型的背斜、向斜、断裂地质特征，罕见的海绵珊瑚礁化石，堪称地质研究的聚宝盆，每当游人至此，宛如走进了童话世界，给人以入诗入画之感。

九鼎山的风光中最独特的是它的数十万亩野生杜鹃花海，五月的九鼎山，万亩野生杜鹃欲吐芳颜，让人期待神往，那枝头上一朵朵含香带露的杜鹃花在淡淡的薄雾中仿佛轻纱掩面脉脉含情的仙女。高原的夏季不缺野花，从五月到十月，杜鹃花、报春花、鸢尾花、紫菀花、翠雀花、马先蒿、绿绒蒿、西藏杓兰……不同海拔高度上的数不清种类的野花依次开放，就像一座绚丽多彩的天际花园。

独特而唯美的九鼎山，融合奇山异峰、峡谷溶洞、高山草甸、高山杜鹃、高山海子、古树森林、绝壁山崖、溪泉瀑布，珍稀动植物是自然而原始的，这里有夏的精灵，春的回眸。山笔立，骨俏俊，那幽幽的蓝色之魂，浸透山川，浸透日月。竟是那么的入木三分，力透心灵！

一言九鼎，神山为证。九鼎风情，万千妩媚。茫茫雪域，何处追寻。暮然回首，滑雪畅然，犹在眼前，似奔放，犹狂啸。欲拔剑，挥毫天地间！

九鼎若剑泉如龙，羊角花开气吞虹。
金树银梯登天处，氤氲紫烟释比踪。
苍鹰背云真亦幻，萨朗神女舞袖空。
诗怀美景呈醉卧，山巅喜纳八面风。

我羌我美

羌绣，永不凋零的花朵

我的羌绣处女作是我九岁那年在家婆的指导下完成的，因为快过年了，母亲已提前给我打了一件新衣裳，那是一件的卡面料的宝蓝色小翻领上衣，但我总觉得缺少些什么，于是家婆笑眯眯拿来针和几种色彩的线悉心地教我，三天后我新衣服的领口上绣了一对金色的小花花，我一低头仿佛就可以闻到花香（刺绣过程中最关键的补针和救针都是由家婆帮我完成的），这样的创意远比在传统的布上刺绣更大胆，每当我被夸奖一次就欢喜一回，都不知道他们夸的是我的衣服还是自己那点小小的能干。

成年后我曾追问母亲我家婆的名字，因为她是我生命中的第一位羌绣老师。母亲说她嫁给了我家爷别人都叫她王唐氏，我不甘心地让母亲想想家婆的乳名，母亲说实在不知道时我才善罢甘休。

家婆无疑是位合格的老师，小时候她教我识色彩，她说色彩分为上五色和下五色，上五色是暖色（即大红、水红、橙、白、黄）用来绣花，下五色是冷色（即绿、紫、褐、青、蓝）用来配枝干和叶子。在曾经贫瘠的年代是无法想象到今天单是红色都有三千多种，何况其他色彩派生出更多支系呢？家婆常说："红花配叶子，香色配杆子"，"花要绣得好，全依靠长针拉得好"。针角要平整、均匀，不能拉得过紧也不能拉得过松，要有花朵恍若放在布上的立体效果，这实在需要一定的悟性和多年的训练。一般情况下，绣花若是从花蕊向外绣，色彩就由浅入深，若是从花瓣开始绣，色彩就要由深到浅，然而这简单的理论，我尚未在任何关于羌绣的资料上看见过。

也许羌人从游牧文明到农耕文明的过渡，人们对明快的颜色特别喜欢，要衬托这些明亮的色彩，只有用蓝布、黑布和白布作底色才会有衬托效果。配以羌区常用的八种针法：游针、挑针、直针、辟针、抢针、乱针、滚针、散套针。这些针法可独立使用，也可根据自己设计的图案使用需要的针法，唯心灵手巧的妇女才可飞针走线，令鲜花活色生香，令动物栩栩如生，当然这种境界是羌绣妇女们一生的追求。

我的外祖母教我的则是最常见的三种针法："挑""绣""扎"。"挑花"是按经纬纱子数线，逐眼扣挑十字；绣花俗称"辟花"，平针法，是按布纹经纬和图案结构布线；"扎花"是指按一定的图样在面料上用五色彩线填扎出所需图形，只有到了技术娴熟方可创作新图案。

于是我的岁月见证了羌绣怎样山花烂漫，我曾看见过同村的一位姐姐出嫁时，在她婚礼那天司仪要向所有人展示她的陪奁，那五彩斑斓的绣品从堂屋摆到羌寨的巷子中，有三十多米长！从花帽到衣服，从坎肩到鼓肚；从飘带到香包，从鞋垫到云云鞋；从门帘到窗帘，从枕头到被子。最关键的是那些绣品不是一件、一双的孤品而是各种款式的双双对对，五彩缤纷的对对双双，几乎生活中所有日用品皆被她缀上了美丽的花朵与云团，我看得眼花缭乱，垂涎三尺。在我看来这些艺术品绝对是世间最丰厚的嫁妆。那位姐姐除了她陪嫁的锅碗和板凳上没有绣上花，她几乎要带走一个山谷的鲜花了，村寨里的人们对这位姐姐的赞叹声似乎今天我还能听见。

我的家婆也是村里少有的能干女人，她不仅会各种羌绣手法，她还有织羌式羊绒长袍和耗牛毡桂子的技能。其制作时间要两三年左右，首先是要将牛羊身上的毛剪下，细心分理出长毛、短毛和绒毛，然后用火塘里含碱的子木灰反复浸泡，清洗十几二十次后再将其在太阳下晒干，然后用柳条枝反复抽打使其松软，接着将分类的毛经过捻、拧、吊、搓等程序才能成毛线或者毛绒线。一件男式羌袍约需九斤左右的羊毛绒，家婆将拧好的线在土织布机上调整好经纬，开始织衣，织的过程中聪明的家婆直接将羊图腾织在衣服的背上，并且按衣服的进度将万字格直接织进领口、袖口和衣服的门边上，这个过程最快也要十个月。当一件雪白若月的羊绒袍子做成后淳朴浑厚，古色古香，用手细摸图案有立体感，整体不仅平整、细密而且匀顺、保暖。家婆让伟岸的家爷穿上后再系以红腰带，其英姿宛若一位即将出征的美男子。家婆说穿这样的衣服即使躺在雪地里睡觉也不会扯上潮气，更经典的是织得好的羊毛袍子用来装水也不会渗漏一滴。之所以任何一位羌族妇女都不会为自己织哪怕半件羊绒衣，因为她们觉得自家的男人们太辛苦，不仅要上山打猎还要去山中采摘中草药材等等，所以让自己的丈夫、儿子和孙子穿着这样费心劳神的衣服才更适用、更划算，这就是羌族妇女默默表达爱的一种方式。

直到今天，羌绣的诞生依然在羌族妇女们劳作的田间地头、在做小生意、睡觉前的所有所谓的空隙时间里进行的。做农活时羌族妇女无论是挖地、背物、抬东西其出的力绝对不比男人们少，当男人们休息时抽几口兰花烟的功夫，女人们也会迅速地从背包里取出一块布或者已剪成形的鞋垫，争分夺秒地绣欧。

我可以想象在遥远的、漫长而惨烈的迁徙过程中，我们的老祖母、老老祖母们是不是在风餐露宿之前和疲劳奔波之后，不仅要照顾好老人和小孩，还要赶好马匹与牛羊，依然不会放下手中的针和线呢？我相信这是肯定的，否则她们不会将隐喻着花开富贵的牡丹团花绣在围腰的中间，她们将象征着古老生殖崇拜的那片叶子巧妙地嵌入花的中间。是啊，在那苦难的迁徙中总有不断走散的亲人，总有不断逝去的老人和一个个夭折的孩子，这是多么令人悲怆的事！一个族群即使用尽所有的力量也要去呵护那最微弱的火苗，族群的兴旺需要一种借喻，需要美的暗示，更需要一种吉祥的象征，于是这个古老族群的女人们借喻芬芳的花朵为旺盛的子宫，在青翠叶片的呵护下，顽强地繁衍着，在诞生中前行，直至抵达新的家园。

羌绣图案看似简单，实则缜密饱满，自小我虽然对羌绣耳闻目睹却不能绣出佳品，但我依然欣赏锯齿纹、绳纹等组成的抽象几何纹样；我喜欢品味意味深长的万字格，它让我看见先祖艰难迁回走过的路；我遥想羌绣古陶器上的缸钵边水纹，那定是绵延不绝的河水从我们族群的生命里浩荡而过，我们已经受了岁月无情的洗礼。

在爱心人士"一针一线"的扶持项目中，朴素的羌绣不仅走出了大山更是走向了世界，因为在它的图案里无不凸显着宇宙中无穷的壮美；在其色彩里无不跳动着交相辉映的乐章；在葳蕤的羌绣里有人与自然和谐的声声朗读。怜惜山花的尔玛女人们邀约世间所有花草在羌绣里诗意地栖居，于是一根根雪针跟随时光旋转，羌绣永不凋零，岁月无限灿烂。

2015 年 12 月 5 日

凤飞凤舞

民间有句俗语："茂县的风、松潘的葱。"这句谚语流传了多少年已无从考证，至少有一点可以说明，茂县的风以其独特的风姿吹出了自己的名声，如今它已仙化成一张清凉的名片，诱惑着城里的人夏季到这里来避暑，吸引着艺术家们来这里采撷古朴的羌风。

自古以来，凤仪镇这个称谓从未更改过，"凤仪"取自"圣人出、凤凰来仪"之意。唐代在此筑城，后一直是郡、州、县驻地，茂县的叠溪镇是古代的"蚕陵重镇"，为西南边陲军事重镇。北宋著名文学家范仲淹，曾在岷山题词："岷山起凤，汶水腾蛟。"龙门山断裂带上最高的九鼎山就在茂县境内，民间曾有传说此地是中国的龙脉所在地。细数当地带有龙的地名可真不少：水龙坝、龙洞沟、龙坪、龙池、黑龙池、白龙池、龙溪、玉龙等数不胜数。不知是龙爱上了凤，还是凤吸引了龙。与之相对应的有：凤毛坪、凤仪镇。

无论有关龙还是凤的地名，是谁为其最初命名，都无不充满着玄机与地理的契合。但我仍然相信是金凤凰的翅膀扇动了风，同时风又捧起了凤凰的翅膀。凤凰于火中涅槃千世轮回，但她永远栖于此地，而风擦着眼泪将历代战神的魂魄吹进了白石神的额头中。

那猎猎的风曾吹醒蚕丛、柏灌、鱼凫；那神秘的风将营盘山与古蜀国的神话吹皱；那生生不息的风将豪情吹进释比①雷霆万钧的羊皮鼓；那葳蕤的风将经年的祝福吹进古老的碉楼；那雄性的风吹出羌山千年威仪；那浪漫的风吹出瑞雪端坐晴空。羊毫吐纳着图腾的记忆，羌风抒写历史的悲歌。

云云鞋足下生风，西羌大峡谷悄然延续了冉駹②的血脉；万年不衰的正气，充实着民族不屈的脊梁。彪悍的疾风卷走了刀箭的仇恨，留下痴情的羊角花独绽万亩山坡；慈善的河风，擦干悲伤的血泪，留下羊皮筏的温柔；

与时俱进的清风，成就神树林的夙愿，放飞羌红升腾的梦。

凤仪的风吹呀吹，将春天的花吹成秋天红艳艳的苹果，凤仪的风吹呀吹，将青油油的青稞吹成月光下豪情万丈的竿竿酒。

凤仪的风追寻碧波千里的岷江，抚摸其冰肌雪骨，凤仪的风从云端低到波浪里，一路相送缠绵述说。

无影塔上的皓月倒映了多少游子思乡的梦，凤飞凤舞抒写着一个时代的蓬勃！

2015 年 11 月 25 于茂县

注：①释比：羌语中对端公及巫师的称呼。
②冉駹古羌人的一支，主要分布于阿坝州汶川、理县、茂县、黑水县、松潘县。

六月，岷江百合开

　　六月的雨下得淅淅沥沥，我心情抑郁显然是受天气的影响。这天清晨，当我突然发现花园里的几株清新、俊逸的岷江百合花陡然绽放时，心中甚是欢喜，立即用手机拍摄了 N 个角度后发到我空间里，让亲朋好友们分享这个雨季花开的喜悦。

　　我移栽的岷江百合其鳞茎乳白似玉，六瓣花片绽放时白得就像凝固的雪，一根花蕊优雅地立于花身腹底，她悄然吮吸着晶莹的雨露，浓得像黄金蜜汁的花蕊已不知于何时将花壁内晕染得像远古的羊皮灯那般华贵温馨。有三朵未开的花蕾呈椭圆形，其姿态是羞涩的，她们努力地将身体收缩得很紧，深怕抢走了新生花蕾的无限风光。已盛开的岷江百合花朵硕大，像花店里百合一样洋气或者比之显得更有勃勃生机，其叶片细长如斜窄的韭菜叶。我将家里的百合花当着一枚季节的钟表，只有她们准确地"报时"，我就不会错过欣赏野外那海浪一样优雅欢腾的岷江百合了。

　　选择一个周末，我约朋友去欣赏县城附近山脉的野百合。岷江的对岸不仅有浓密的百合花还有茶马古道，古道上那座小小庙宇形状的门楣还在，但那狭窄的山路如今看起来依然惊心，不知当年马驮人背的年代，在这样崎岖的山路上人们如何驾驭马匹，若是来往的人潮汹涌将如何回旋与转身？若遇花开的季节，会不会有一个男人于悬崖边摘一背芳香的百合送给自己喜欢的女人？

　　生长于峭壁的岷江百合注定是必须仰望的，湛蓝的天空就是她们浩瀚的舞台，这让我想起多年前的一部电影《羌笛颂》，电影画面里有悠扬的羌笛横吹天地间，生生不息的百合花在羌寨、在绝壁上摇曳着她们浩荡的身姿，其诗意弥漫的意境令人回味。

　　无论是在呼啸的风中，还是在密织的雨季，每年三四月川西北高原的植物都会遭遇冰雹无情的突袭，但她们仿佛知道这一生存法则，当石块一样的冰块砸下来时，她们淡然地潜伏于稀薄的土中，不怨不怜。即使遇上烈日酷暑的旱年，她们也会捧出根须储蓄的水分将生命之花绽放得惊心动魄、无边无际。

在我不知道喇叭花还有"岷江百合""帝王百合"之称前，羌语中称之为"热格喇叭"。在我童年记忆里，每逢夏季，我总是与小伙伴们背着蔑条编织的背冤在岷江大峡谷的各处悬崖上采摘喇叭花，我一直很奇怪，为什么它们总是长在绝壁处，难道它们有脚会奔跑么？或者它们知道若是长在平川大路就有被牲畜吃掉或者被人们连根拔起的危险？

关于岷江百合有一个小故事："1997年初夏，一辆满载游人的旅行车沿着岷江上行，当车子穿行在弯曲的山路上时，美丽的岷江百合正在悬崖上绚烂盛开，车上的外国游客几乎同时喊道：'Stop!''Regallily!''Wilson!'（停车！帝王百合！威尔逊！）车门一打开，他们全然不顾来往的车辆，穿过公路，径直走向在风中摇曳的岷江百合，有的赶紧趴在石头上不停地给百合拍照留影，有的甚至激动得热泪盈眶……"让他们如此疯狂的岷江百合，是一百多年前就由著名的英国"植物猎人"欧内斯特·亨利·威尔逊引入欧洲的。1907年，威尔逊第三次来到四川时，他发现了前所未见的"百合之王"——地上茎高达1.8米，巨大的白色花朵长12-15厘米，直径12-13厘米。因其在喜马拉雅造山运动中分化和繁衍，在山麓和峡谷地区躲过了第四纪冰川袭击，具有强健的生命力。而19世纪后期，由于病毒的蔓延，大多数欧洲原生的百合品种正面临着灭绝的险境。欧美园艺专家正是利用这批中国野生百合原种——岷江百合，与欧洲原生百合进行远缘杂交育种，正是岷江百合优良的品质和抗病毒适应性拯救了欧洲百合，使欧洲百合在世界园林中重放光彩。

是啊，古老的种子有着强大记忆，无论被移栽到任何地方，强大的植物DNA都会令她们于约定的季节无拘无束地绽放。她们用属于自己族群的独特密码，于风中、于悬崖、于广袤的时空里呼唤自己的同类，交流着美妙的花语，为繁衍、为传播，让整个世界都在这个季节能听到她们铿锵的歌。

童年时代，我也爱摘喇叭花回家，花虽好看但因其过分浓郁的香味却难以令人亲近，家长们都会提醒孩子此花闻多了会让鼻子失去嗅觉，至今我对百合花也只是远观心赏罢了。本地人有用其来炖肉吃或者煮成花汤的习惯，但因花的质感让人觉得像在嚼白菜根，味道也一般，有点像萝卜汤。不与舌尖献媚邀宠的百合花，渐渐让人们遗忘它是一道菜也是一味药，这种特质也许正是百合花生存久远的一种智慧吧！

据资料查证：中国是世界百合种类最多的国家，约占世界百合种类（共约 100 种）的 30%。百合的花期因海拔、地区不同，岷江峡谷一带的百合花从六月开到七月，而有些地方则是从七月开到八月。我国对百合的记载最早可以追溯到汉朝，现代医药科学证明：百合入心肺经，有止咳化痰、抗哮喘、耐缺氧、提高免疫力、抗癌美容、治疗烧烫伤等功效，还是防治"非典"的主要中药之一，所以可以说它浑身是宝。

千万朵普通的"热格喇叭"花，已在岷江峡谷生长了百年、千年，甚至上万年。她们的坚韧和美丽象征着很多精神，但我不想将各种明喻与暗喻强加于她们。

年年我只等岷江百合开，岁岁她们见证风起云涌来。

2015 年 7 月 26 日于茂县

汶川手背上的萝卜寨

一、父母说我是从萝卜寨捡回来的

都说熟悉的地方没有风景，在我的印象中萝卜寨不过是站在汶川高山上的一个地名，曾听长辈说过我们家族中有一些远房亲戚就住在那里，我想去拜访他们不过是早迟而已的事，所以之前每当有人提起萝卜寨时，我总是漫不经心，却不知我与萝卜寨的相遇至少推迟了二十多年。

我是在汶川县威州镇长大的。童年时代，我常常与街上的小伙伴们在满是泥泞的公路上躲猫猫、跳橡皮筋，我根本不管路上的汽车如何行驶，当大货车开过时扬起的灰尘不是蒙了我一脸就是衣服上溅起大面积的稀泥，为此总被老妈责骂，她威胁我，说我是从萝卜寨捡回来的，若是不听话就要把我还给我的亲生父母。当槐花飘香的季节我特爱和小伙伴去掏街道树上的鸟蛋，甚至拈着胖乎乎的毛毛虫去捉弄别人，可我最喜欢的还是夏天挽起裤脚在岷江河的河边用撮箕去撮岷江鱼和石爬子玩，父母告诫我要注意安全之类的话全当了耳边风，大人就又会继续威胁道："你再不听话就把你送回萝卜寨背太阳过山。"我一直在想："太阳那么大，我如何背得过去呢？萝卜寨到底在什么地方呢？"这些往事并不重要，重要的是我记得那些爱抽兰花烟穿着麻布长衫和羊皮褂子的男女老少们，他们说着我听得不太清楚的羌语，当然那些语句中夹杂着有我听得懂的汉语（羞愧啊！我的身份证上印着羌族，可我是一个不会说羌语的羌人）。在汶川的老街两旁常有他们的身影，他们有时会提着用山上藤条编得很漂亮的兜兜，兜里装着十多二十个土鸡蛋在街道上叫卖，记得当时的价格大约是一角二分钱一个，当他们卖了自家土特产之后基本上购买的都是盐巴、火柴和煤油之类的必需品，那时的汶川稍微偏远一点的地方根本没有电灯。在我心里却一直藏着一个小秘密，我多希望拥有一个草编的小提兜啊！我常常独自猜测在来来往往的那么多人中，哪两个人会是我的亲生父母呢？若真有这样的父母我就跟他们回去，他们肯定会用草或者树枝给我编很多很多大小不一样的笼子，那样我就可以装许多只鸟和好多只蟋蟀提着玩，在朋友面前炫耀，我想待我拿到我要的东西后我就悄悄地从山上跑回来。但这个想法却一直不敢告诉我的父母，假如他们真的把我送回去了，我就见不到我的同学和伙伴，该会多惨啊！

记得有一回，一个萝卜寨的老年妇女在街道上号啕大哭，原来是小偷偷走了她一元六角五分钱，这在那时可是一笔巨额的钱，看她那个伤心欲绝的样子，好像她非得从威州大桥跳下去才能原谅自己的过失，围着她的人有些在安慰她，有些在帮着骂贼，还有一些人就一分、两分、五分的给她筹钱，我暗想："她会不会是我的家婆或者奶奶呢？假如她真的自杀了，以后我回萝卜寨就看不见她了。"我犹豫着手心里捏得冒汗的六分钱，那时的一分钱可以买到一粒县糖果厂生产的小棒棒糖，糖的味道像甘蔗一样好吃，即使吃完了舔一舔嘴角也是甜津津的。我突然想起我有一个好朋友，她们一家人都在糖果厂工作，她偶尔趁着手工包装糖的时候会偷几粒糖出来给我吃，一想到即使想吃糖没有钱也有一个好朋友可以给我吃糖解谗时，我就爽快地把自己仅有的几个硬币放到她的手中，我不敢仔细看她也不好意思看她，怕她真的认出我是她们家的人她会来把我带走，于是我藏到一边去了。当她一边抽泣着哽咽地给所有人道谢，一边从泥巴的地上站起来拍拍身上的土抖抖衣服上的灰背着背兜走的时候，我悄悄地跟在她后面走了一段路，看样子她不会自杀我就放心地回家了。这就是我对萝卜寨最初的情结，因为从小就怕父母真的把我送到萝卜寨去背太阳过山，所以我一直抵触到那里去，至今我也没有去考证过从前萝卜寨附近到底是不是有很多个寨子，为何在老辈人口中有"萝卜九寨"的说法呢？

二、萝卜寨的掌故

近几年，当被誉为"东方古堡"的桃坪羌寨被炒得如火如荼的时候，汶川县的萝卜寨恍如被一夜春风吹出了百花盛开的繁荣景象，在雁门乡附近一公里的路段上打出了"天上的街市、古羌王遗都"的旅游招牌，路边飘扬着鲜艳的旗帜和一眼就可以看见的雄伟寨门让谁看了都会为之动心。我是真的诧异了，俗话说："手心手背都是肉。"以前汶川县成功地打造出绵虒镇"西羌第一村——羌锋村"是以羌族建筑和羌绣为主的旅游点，引来了许多游客观光还有名人为其题字，当地老百姓因旅游收益不小，而现在"手背"上的萝卜寨仿佛因得天独厚的原始风情得到了更多人的关注和宠爱，网上网下报纸杂志的宣传把我的心惹得痒痒的，于是我想去萝卜寨的愿望越来越强烈了。

回忆起童年时代关于萝卜寨的出处居然和宣传资料上是相差不大的。传说，萝卜寨最早被称为凤凰寨，提及萝卜寨的得名，有着诸多说法。一种说法是：千年前的_次外族人入侵寨子，寨主凭借英勇顽强以及这里得天独厚的险峻地理优势，带领大家勇猛抗敌，历经一个多月敌人久攻不下，不幸的是敌人最终使计攻破了村寨，敌人进寨后见人就砍，寨子里很多人的头颅像砍萝卜一样被砍下，整个寨子顿时血流成河，躲进地道和原始森林里的幸存者为了记住那场战争中死亡的战士和无辜的村民，所以把村寨更名为萝卜寨。如果说这种传说是真的，那么曾经萝卜寨的规模一定很大，它附近至少也有八九个寨子，人口一定也在数千人以上，否则"萝卜九寨"的民间称谓就是空穴来风，更不可能有管辖百人的羌王之说 To 至于后来的另一种说法是：这里的海拔高气候条件以及土质非常适合萝卜生长，长出的萝卜味道如何爽口回甜故得名萝卜寨，我想不过是杜撰的，因为小时候就根本很少看见那里的人卖过什么萝卜，若有大规模的栽种也是近十多年前的事情，不过一个地方有多种传说其实也不算坏事，我又何必较真地去纠正呢，说说罢了。

三、链条上的古羌寨

去年金秋的一天，我和几个朋友从茂县专程开车去萝卜寨采风，当我们的车沿着新修的盘山道盘旋而上后，映入眼帘的首先是索桥村，接着是小寨子村，之后便是萝卜寨——这个以黄泥建筑风格享有盛名的古老羌寨。

从地图上看，萝卜寨的地形像一把凤凰背上的梳子，错落有致的梳理着凤凰的羽毛，而岷江则从凤凰脚下缓缓流过，从远处看这是一只吮吸着雪山之水的凤凰，难怪不得这里的黄泥碉房有一种朴素里的清秀，当家家户户的门上、房檐上都挂满了金色的玉米时，一个寨子的风情便如桂花般的芬芳沁到人山里去了。

萝卜寨山高，高处的植被皆在雪山之下生长，真正要到达那里需要走很远的路，其中一条山路与茂县的攀川相连。坡陡是这里的一大特色，与公路直线有数千公尺的距离，形成鲜明的高山田园牧歌式的农耕文化。萝卜寨的村落大都建造在高半山腰陡峭的坡上，依山却缺水，给人一种危若累卵的感觉。好在现在的自来水能抽到山上了，国家给予一部分资金修建了大型贮水池，解决了村民生活用水和浇灌的难题，难怪在这里流传的很多民间故事都与求雨有关。也许过去这里曾是强人的世界，所以为了安全大多数的房子建造在陡峭的坡上，这就是羌式碉楼最大的一个特征吧。从车窗向外看，一些废弃的土墙其色彩已不鲜艳但其宽度足足有一米多厚，我想不出古代的羌人是如何把黄泥夯得如陨石一般雄实，所以黄泥碉房历经几代人甚至上百年、上千年都不会垮塌，这实在是建筑史上的奇迹。萝卜寨家家户户都有独立的晒坝，每户之间又有独木梯和地下暗道，听说在20世纪90年代初最后的暗道也因种种原因消失了。也许是人与人之间的信任度的渐失，也许是因为从安全问题考虑吧，这里缺水是众所周知的，比如怕调皮的孩子藏起来惹出祸端，若是遇到和我小时候一样淘气的孩子也许会在哪个暗道里划根火柴玩或者放一串鞭炮之类搞恶作剧，所以暗道的消失也许也是情理之中的事情，但作为旅游开发是不是有些可惜？在古代每当遇到险情时，人们不仅可以从这家的房顶到另外一家房顶，而且还可以互通到暗道里躲藏，整个村寨如同一条变幻莫测的链条，而每一户人都是必不可少的那一环，这就意味着羌人之间不仅有骨肉相连的深情，更多的是精神的团结和共生共死的无声承诺。建立一个庞大的迷宫作为一个民族居家和备战的场所，这就是战争激化出来的灵感吧。有人说羌人的智慧在那个时候就耗尽了，但我知道现在的羌人是幸福的。

四、阳光下的银朵表姐

小车顺着盘山公路行驶着，在峰回路转中我看见或远或近的群山，苍凉而古老，而萝卜寨山更像一只巨大的手正弹奏着一曲古老的秋之韵。

高山上有山歌飘来，旋律简单，起伏却大，先是一阵低沉的胸音像从草尖上滚动的露珠，然后突然一下子高上去，在高音区婉转起伏，像一只云雀在天空自由飞翔……

进入寨子，我突然看见一张熟悉的脸，虽然已明显老了，但她眉心上的那颗痣没有老去，她就是我二十多年未曾见面的表姐银朵，曾经听父母说过她嫁到这里来了，记得小时候她到我家来住过两天，当时的情景是她要购买结婚用的瓷盆和水瓶，我妈则送了几张布票和粮票给她，说是结婚礼物。

当我叫出她的名字时，她是惊讶和非常喜悦的，拉着我就非要到她家坐坐。我说："等一会回去吧，你陪我去山坡上看看这里的风景。"我们牵着手有种说不出的亲热又有恍如隔世的感觉，山上、山下二十多年的时间为什么居然一晃而过？二十多年的时间为什么我们就没有想着要去看一下对方，即使只是写一封信或者打一个电话。

晴空万里秋阳高照，天蓝得如水晶，水银一样的山峰让人感到高贵、宁静、超然和神秘。我靠在一棵大树下，闭上眼……沙沙的风从耳边吹过，旁边有银朵姐姐的唠叨，我真想把自己内心沉甸甸的东西掏空，然后长一双翅膀如凤凰一般在这里飞翔，哪怕只有一分钟。

江水切割群山时不会去考虑到人类生存之需。因此，跨越江与峡谷就成了人们征服大自然的重要课题。这里早期的原住民用古藤拧成一条长长的藤索架在江面上，人从藤索上飞越过去。而眼前这座渡口上架的已是一根钢绳了。尽管这根钢绳是林场淘汰的旧设备，但毕竟标志着一个划时代的进步。

一个汉子从腰间解下滑轮挂在钢绳上，那是用废弃的轴承做成的。汉子又把自己挂在滑轮上，脚在岸边的岩石上猛一蹬，大吼一声便向河心滑去。过了河心，钢绳开始上坡了，汉子手脚并用往上攀。快上岸的那一段坡度很陡，汉子几乎是攀几步就用脚勾着钢绳倒垂着歇气。河心浊浪滔天，罡风猎猎摇打着他的衣袂，汉子渺小如泥丸，使你不由生出隐隐担忧。汉子终于上了岸，头也不回地朝大山腹地走去……步履坦然、自信，透出一股违时已久的绿林意味。

我突然听见远处传来隐隐约约的歌声：

在你离开之后

我守候了一个春天的苦寒孤独的心在刀尖上守望

凤凰山也为此悲哀

爱人啊，你在何方流浪

当我去山上放羊的时候，

我的心丢失了

是否我的心也跟随你去了远方？

我问银朵姐姐这是谁唱的这歌，她说是村子里的一个姑娘，她刚考进四川音乐学院，放假后她就开始收集整理萝卜寨老人所唱的曲子，她根据羌族民歌的音韵自编自创了一些歌。我不知是她在练声还是哼着玩，但从她清凉歌喉里哼出这样的歌曲时我突然想落泪，也许世间所有无助的思念都是如此伤感吧。

晚上，我让朋友们留宿在银朵姐姐家里，理由是我二十多年不见表姐T，大家也想感受一下羌寨的夜色，她们都留下来陪我了。晚饭时分，我们围在火塘边等银朵姐姐煮饭，她为我们煮了羌寨的五花猪膘和香肠，还有玉米面混和白米的"金裹银"，还有解油腻酸菜粉丝汤和一盘香喷喷的洋芋丝，大家吃得满意极了。

聊了半天，得知银朵表姐生了一儿一女，她的大女儿已经21岁去九寨沟打工了，其目的主要想学一点手艺，准备回来后在自己家开一个羌族农家乐，随着萝卜寨的旅游环境好起来，许多人不想出门打工了都愿意坐在自己家做生意。表姐的老二是儿子已经19岁，去年刚考起北京的一个军队院校，而表姐夫去西藏打工主要是为一个地质勘探队做一些杂活，每年还能挣三万多元钱回来全交给表姐，说是要修房子备用。我问姐姐一个人在家是否难受，她说虽然现在家里只有她一个人管理着圈里的几头猪和几分土地，但她觉得很有盼头，因为希望就是快乐的源头。她边说边笑着拿出全家福给我们看。我后悔应该给表姐买一点什么东西，但仿佛任何物质都显得那么轻，那么浅，我想我真的迟到了。

夜里我失眠了。

月光从窄窄的窗口泻了进来。

外面的光是蓝色的，月光下的萝卜寨一定也泛着蓝色的涟漪。

2008 年 2 月 26 日凌晨

水墨世界的亘古绝唱

——岷江有石，水墨韵

古羌风，羊角花，卧龙雪，九寨月。诗一般的意境，在川西北高原如花绽放。

仰望碧海青天，俯首青藏高原，一块块凝聚着岷山岷水精魂的水墨石，那是大自然无私的赐予。

一块块浸润着沧海桑田记忆的石头是远古的种子；是地球风花雪月的记忆；是如梦如幻万壑交流的奔涌岁月。

日月轮回，大自然的鬼斧神工。时间沉淀得气宇轩昂，水墨石在地质变迁的辗转反侧中，任如云的呼吸变成世间万物万象，神州从此拥有此绝美奇石。

黑、白永远经典的色彩，一如东方人智慧的眼眸，在顾盼生辉间把仁爱与智慧传播。

黑、白将八卦易经的弧度挥洒如虹，贯穿在中国人金木水火土、阴阳平衡的世界。

光滑若玉的水墨石在岁月的沉寂中忘却热恋般的疼痛记忆，偶然中骤见天日，从容而又大气。

许是神的旨意：东方人的国画总是从水墨出发，一切灵感源于水墨石上"破竹的春""蜿蜒的云朵""祥瑞的牡丹"无一不挥洒着古朴的气韵，水与火的煎熬与翻腾，游弋于黑白辗转反侧之间定格，一刹那至永恒！

一块缄默的水墨石即是与你守望千年、万年的誓言，它凝固成你懂得的图案，若心灵、若眼眸、如山川，在每天以东方古朴的禅意让你抒怀，回归心灵的家园。

2013 年 9 月于四川茂县凤仪镇

羌山隐有惜字塔

"世间字纸藏经同，见者须当付火中。或置长流清净处，自然福禄永无穷"。
——《二刻拍案》

  曾听朋友说过在茂县富顺乡团结村太阳庙组有一座专门烧纸的塔子，起初我以为那是民间烧钱纸的望乡台，寻问后方知那是清代的一处文化遗迹，听到这样的介绍后，我肃然起敬，很想去富顺乡看看。

  曾在羌族作家梦非老师的诗集《唱游茂县》中找到一段关于字库的抒写："行程向沟内／山道几里／溪沟流水／太阳庙远听鸟语／峡谷幽深飞瀑／峰险树高鹰落／板板房子像传说／飘逸文气／千年银杏／字库完美令人敬／惜墨如金／字字千钧／耕读传家古人心／库身石头建／如宝塔／层层叠／孔老夫子观山色／羌山仅存为一绝／遥望往昔／文人墨客／品酒抒怀写心得／烧字纸／飘青烟／诗情画意好地方……"

  一个周末，文友李兵和张明陪我去寻访文化遗迹，我暗想："神秘的字库深处一定隐没了很多传奇故事，希望可以在那里找到哪怕星光一闪的灵犀。"我们三人坐着车子约半个小时就抵达了富顺乡团结村太阳庙组的村口，村子婉如一首古词错落有致，几十户人家散落在竹林和树林间，一条清澈的溪流从山谷间欢腾而过，两边的绿荫宛若华盖擎顶，给我们阵阵清凉。耳边是不同种类、不同旋律、不同节奏的鸟各自引吭低唱，令人心旷神怡。

  我们步行从山坡上远远望过去，远处有一座近似小塔的建筑。我不顾夏日太阳的炙烤爬坡上坎，终于在荒草丛生的杂木林中看清了这座巍然屹立的小塔。塔为基座加四层塔身，通高 3.485 米，塔身为四边形阁楼式仿木结构，雕花青石和乌金石筑成，每层均简单饰以飞檐翘角，立吻兽、挂铁风铃、饰龙柱、攀飞凤，四周曾雕刻的古典戏剧神话传说均已模糊。塔身逐层向上渐收，其正北面均建有焚烧字纸的炉口。炉口处还有对联，因为风化的原因，对联的大多字都看不清了，但第一层的上联镌刻有"字比黄金"的行书，正对着路的顶部有文曲星的雕像，龛中供奉仓颉、文昌、孔圣等神位，并配以相应的楹联与吉祥图案。其余各层的另外两面分别刻有我看不懂的文字和图案，在塔身正背面刻有"清咸丰九年三月"的字样。

我只能说自己孤陋寡闻，见过无数的塔，但作为一个文化爱好者竟然不知世间还有专门焚烧字纸的塔。查阅一些资料方知在古代惜字塔又名惜字楼、字库塔、文峰塔、圣迹亭、敬字亭、文风塔、焚字炉、焚字库等。出于对文字的敬畏，古人提倡"敬惜字纸"，一纸一字均须好好珍惜不可浪费。即使席地而坐也不能将写有字的纸片垫在屁股下面，即便是废纸若写有字也不能随意丢弃，须收集起来到特定的地方焚烧成灰。这种文化俗成约定已有千年，尚不知这种文化习俗于何时消失了。我时常看见新闻里有报道某地高三毕业生在高考结束后举办狂烧书本的"篝火晚会"，那不是惜字，而是对当今几近严苛的教育体制的发飙，实在让人失语。

看完隐于深山的惜字塔后，我随文友到他们的熟人家里吃午饭、喝茶，当我问那家老人这里的字库塔还有什么传奇故事时，他说自小父母就有"不能用字纸擦屁股，否则眼睛会瞎"的告诫。当然，听老人说，这偏远的乡野在古代也曾出过不少读书人，至于是谁修建的此塔无从知道，只知它建于清朝咸丰年间。受汉文化"敬天惜字"的影响，在羌区也逐渐形成此种习俗与观念。

我们的先祖信奉万物皆有神。山有山神，水有水神，火有火神，天上还有天神，一字一纸中皆端坐有神明，所以人们敬文字与对待神明、孔圣、祖宗无异。而前人的思想智慧、文化结晶皆以文字的方式传承和传播，文字如何不值得敬畏？写有字的纸具有无穷魔力，古人将文字写在纸上制成"符"点燃辅助以咒语，就可以使用各门道法引天地神力为自己用。这种以文字组合谱写成的"符"在道家编辑成册的典籍里就有好几千种。

我查阅了一些资料得知：古人焚烧字纸时非常郑重，不仅有专门的礼仪，并且还建有专门的场所和设施。民间组织有"惜字会"，人们义务上街收集字纸，也有的由地方政府、大富人家或祠庙宫观出资雇专人收集。读书人家所有用过的经史子集，磨损残破之后，是不得随意丢弃的，要先将其供奉在字库塔内十年八载,然后择良辰吉日行礼祭奠之后,再点火焚化。

一次出行,一次收获,我心潮澎湃。"惜字塔"这个久远的名字,那是一代代文化人精神图腾崇拜的载体。如今已虽没了昔日的袅袅烟火,但透过那塔身的小孔,我仿佛看见古人焚烧字纸时的那份虔诚与膜拜,我真想穿越到古代去体会那种古风和浓浓的文化氛围。

看看当今各地区为了旅游发展,争抢注册某地是西门庆的故乡,抢注孙悟空的出生地,抢注《琅瑘榜》《阿凡达》的原生地等等,其行径实在是荒谬和匪夷所思。旅游,旅游若无文化就没有灵魂,但是强加在旅游地上的灵魂那是诱拐还是抢劫?

我喜欢卢巧音的一首歌《垃圾》中写道:

如果

我是半张废纸

让我化蝶

如果

我是个空罐子

为你铁了心

2015 年 9 月 16 日

一个"释比"的羌寨

羌族是一个信奉原始宗教，信奉"万物有灵"的多神崇拜的民族。依羌人观念，视天地日月、山川树石为神，笃信大自然有无数法力无比、威严神圣的神灵（含民族祖先、英雄神）治理其间。在羌族社会中，一年中祭山、祭庙、还愿祈福，都有规定祭日，时必隆重礼祀。而在众多祭祀活动中，不但有一套约定俗成的仪程、仪规，且必须请一位德高望重、知识渊博者任祭祀主持。由擅长占卜、能驱鬼邪，并且能歌善舞，唱颂经典，还能编演由上述神祇、先祖、民族英雄业绩为故事的诗歌、传说与戏剧表演的人出任主祭。这种人，即释比。

也许很多人有机会飞越千里、万里之外，也许很多人会对异国他乡的历史文化说得头头是道，但他却是故乡的陌生人。我这个土生土长的"小汶川"在 2009 年之前只知故乡有个龙溪乡，却不知龙溪乡内还隐藏着神秘浓郁羌文化的阿尔村、东门口、垮坡村、昔格组和直台组。

从威州镇到龙溪乡约有 15 公里，从龙溪乡东门寨到垮坡村有 3 公里，再从跨坡村第一小组到昔格组约 4 公里的崎岖山路却只能步行。2008 年"5·12"汶川大地震对整个龙门山断裂带和整个岷江山脉的破坏是巨大的，撕裂的山道、崩裂失踪的泉水、从山巅砸下的巨石侵占了为数不多的耕地，给羌民们的生活带来更多艰辛。

我清晰地记得这个日子：2009 年 5 月 8 日，我与几个汶川文友在当地"草根教授"余永清的带引下踏上了去昔格的"采风"之路（其实我非常不愿意用这个词，在历经大灾大难后，人们的生活、前程还迷茫无序，他们的内心是处于对故土难离的焦灼状态，而我们的"采风"是否显得不合时宜）。余永清不仅主动帮我们背着睡袋与食物，还时而风趣地给大家讲大地震中的各种惊险趣事以分散我们路途的疲惫。永清面目清瘦像个书生，但一说起羌族释比文化就如数家珍，是个标准的土专家，我们却都听得云里雾里。他的脸上没有留下因为地震让家里受损后故意要渲染的悲怆与娇情，他的一静一动像是自由穿行于山林的猎豹，他带着文友们去拜访传说中道行高深且非常神秘的老释比，一为初见深谷高山的羌族同胞；二为见证这场已让历史记录的迁徙与送别。

回望六年前的五月八日，两个村组搬迁过程犹如打仗一般激烈，小孩子们也是家中必不可少的劳动力，他们配合着大人提着、背着哪怕最小的家居用品；各家壮年男女则背着油渍污垢的大家具从坡度极陡的山坡走下来，步履稳健绝不趔趄。中午火辣辣的太阳在天空燃烧，他（她）们额头上的汗水长淌，我却看见两个字"坚毅"。一位满脸皱纹包着头帕如油画一般凝重却精神清灌的老婆婆，她佝偻的背上背着一只大红公鸡、怀里却紧紧搂着一张 20 世纪 60 年代毛主席在延安时的铝皮挂像，虽然历经岁月烟熏火燎，但毛主席亲切的笑容依然在山道上显得温暖和怀旧。同行的摄友们在狭窄的山路上左拍、右拍，拍到无数令人震撼的好图片，我却将这一幕牢牢地记在了心底。我当时仅仅担忧如此艰险的山路，他们要赶在明天太阳升起之前赶到东门寨集合，今天他们会披星戴月在漆黑的山路上往返几回？

当然，我花如此多的笔墨来讲述这件事仿佛与我的文章标题无关，我只是想说 2009 年 5 月某天，昔格一行的文友有罗子兰、余永清、周吉祥老师，他们加入了送别的队伍，男女老幼一同前往，牛马牲畜不得随迁（由于时间紧，牲口几乎全部贱卖）。罗子兰姐姐的眼眶通红，她拉着将要离开的人们抱头痛哭，我不知自己属于后知后觉还是因为观点不同，在我看来昔格组目前的生存状态比从前更加恶劣了，"走"永远比原地踏步更好。回望历史，我们祖先从甲骨文时代就一直在岁月的缝隙里，在战争的追杀中苦难、悲壮的迁徙，从青藏高原到羌塘大地，从甘南高原到大西南，华夏大地到处都曾有过古羌人的足迹。"迁"永远是这个族群为适应生存的最高法则，只是千百年以来每一次搬迁过程中最艰难的总是第一代和第二代拓荒者，何况这次迁徙要比历史上的任何一次更加备受关爱与注目，这是一次幸运的迁徙。

我不愿自私地为了保留某种所谓的历史记忆和传承使命，让我的族群中那一小部分同胞（与我流着同样古羌血液的阿爸、阿妈、姑嫂、兄弟、儿女们），悄无声息地在高山峡谷中自生自灭，我相信有他们的地方一样会让自己的文化重新生根、发芽、开花、结果，所以我不悲戚。

当我们于夜幕降临前抵达昔格组老释比杨水生老人家里时，著名摄影家、独立电影导演高屯子老师和他的两位战友早在一个月前就扛着大型摄影器材抵达了这里。

2009 年 4 月，高屯子老师与他的两位摄影师旺甲、严木初就来到了汶川县龙溪乡昔格羌寨释比杨贵生（杨永生四弟）家里，他们用敏锐的视觉和朴素的镜头深刻记录了羌族历史上第"N"次与众不同的祭祀、耕耘和悲怆的迁徙过程。2013 年高屯子出版了图文并茂的《羌在深谷高山》一书。这群有良知的艺术家以微距、微镜头、白描写实的方式，抢救性地记录了羌族部分释比的珍贵影像，这些书与影像会为世人反思人类共同面临的生存处境与"反思传统与现代的命题"。

那次艰辛跋涉令我终生难忘，当时我认为这里将是我第一次来，也是最后一次去。何况迁徙后空荡荡的羌寨只会飘着远逝的云，这里还有什么值得我留恋与回访呢？

可是在六年后的今年四月底，我又满怀激情地踏上了那条曾经令我望而生畏的山路。几年的时光仿佛一场走得很急的梦，发生的很多事淡得就像山顶上飘过的云烟，经历过的一些事宛若河流带走的落叶不再回首。今年春节前夕，我打电话给文友余永清，请他陪我去山上探望一下那年去了邛崃南宝山并迁走户口的杨水生老人。当年迁走的次月，杨水生将儿孙们安顿好后又带着自己的老婆婆返回了老家昔格，从此这个有着外地户口且年事已高的本地老释比，在这个没有水电的羌寨与眼神越来越差的老太太相依为伴，相依为命。

友人余永清居然告诉我，冬天的昔格山上根本无法攀越，对此我表示怀疑。当我真正再次走上那条泥水混合的洼地时才知道冰雪的山路冻着厚厚的桐油凌，其危险的程度相似于每一步都像在悬崖边行走。我突然追问永清，二老这几年是如何度日的？永清告诉我不用担心，他们亲戚每月都会送些粮食到山上，有时杨大爷自己下山购物，何况越来越多的人们背着摄像机跨进那深山密林中，也常常为他们带去一点生活用品。我怀着疑惑等到今年四月底，永清告诉我一个令我吃惊的消息，他将与一位川音的老朋友董耀华拜杨水生老人为师傅。我和文友杨素筠及几位研究羌文化的教授又有幸见证了这难得的拜师仪式。

我没有看过高屯子老师拍的电影影像，但听说他主要拍摄的是杨水生（排行老二）的四弟杨贵生（排行老四），其大哥杨德才充当两兄弟的"刮斯姆"（助手）。羌寨的杨家是释比世家，兄弟三个皆是释比，在羌区远近闻名，其中三哥早夭，他们三兄弟从小就从父亲和舅舅那里学到各自相同又不同的释比技能绝密真传，所以想亲自去体会这种文化。

我之所以还想去探望释比杨水生老人，其原因是地震后的第二年九月，我的孩子突然在学校发病，医院诊断为胃出血，当时我对此诊断万分怀疑，坚决不允许医生为其做胃镜，后来省医院诊断为　　感染了一种新型病毒。所谓的"神、医两改"，一方面我急忙找车联系省医院的挂号，准备第二天一早带孩子去成都治疗，一方面当晚我就请释比杨水生老人背着他的宝贝法器从高山上下来，来到家里他为孩子做了整套的驱邪，当我第一次看见他做驱邪仪式的表情时不仅庄严肃穆，甚至有种逼人的阴森与恐怖，杨释比念唱经的声音如雷霆一般，若有邪物也定吓得不知踪影，那时的他根本不像一位古稀老人。约三四个小时后，杨水生大爷让我取出一件孩子的衣服并在衣服领口上盖上了一个鲜红的方方正正的释比印章，他悄悄地微笑着附在孩子耳边说："幺幺（本地老人对小孩子的爱称）不要怕，爷爷帮你哈，这件衣服你一定要穿够四十天……"四十天后，现代文明的医术和远古时代神秘的释比古疗法让孩子奇迹般地康复。对老人的回访是我的一个心愿。

关于杨水生释比还有一段传奇故事，1968年他年满28岁，一天一只体型肥硕的大灰熊从高山上的牛场下山，来到村寨即将收割的庄稼地里撒野，将大家辛苦了大半年的庄稼碾成一地草毡，为了捍卫劳动果实，村民们拿着各种家伙对着老熊又喊又吓，那时杨水生正站在悬崖边握着棍棒大声吆喝，不料，一位村民用明火枪打中了熊的肚子，发怒的老熊转身攻击离其最近的杨水生，扬起熊掌打到水生的脸上，熊与人立刻扭打在一起，摔打过程中，他与老熊从葳孤山山头的百丈悬崖凌空坠落。人们跑到谷底时才发现老熊已摔死，而躺在熊肚皮上的水生还喘着气，杨水生右边的鼻翼头被打掉了或者是与左边的鼻孔粘在了一起，总之那个时候杨水生的鼻子就是那次生命中奇遇的标记。而这种形象是难以上镜的，所以，他在官方的名气没有自己兄弟杨贵生大，也就少了很多出门的机会，更无法享受任何一级的非物质文化传承人的津贴,但一直想拜他为师的余永清却悄悄告诉我们,他是"全卦子"。在民间有很多人请他,其中有一位因为地震惊吓而发疯的人,他用传统的释比物理疗法为其治好了疯病。

我此行不仅要去看望杨师傅夫妇,同时我还可以目睹释比收徒弟,这真是千载难逢的机会。两位想拜师傅的徒弟从山下背了两桶十斤的白酒和一只大红公鸡以及拜师时所需要的一切"装备"。夜幕时分,我们一行人吃过晚饭,将一只念过咒语献祭的"神鸡"也消灭了,水生师傅说只有今晚参加这个拜师仪式的人才能吃它的肉,任何陌生人的闯入都是忌讳的。

春寒料峭的夜没有电灯,羌寨仿佛回到了远古,唯有杨水生师傅家八平方米左右的火塘柴火明亮,厚厚尘埃的窗台上有一个用玻璃墨水瓶制作的煤油灯,同行的三位教授不断地寻找光线与角度,狂热而虔诚地为老释比拍照。为了增强拍摄的意境,我建议水生大爷点燃他的铜质长杆兰花烟烟斗,除了木柴油脂芬芳,屋子里又飘起一股浓郁的兰花烟味道,我对这种味道是贪恋的,因为我从小就是玩着我大爹的烟斗长大的,所以对这种熟悉的味道充满了亲切。

我提醒着为什么这么晚了还不举行拜师仪式,杨水生大爷嘿嘿地咳了两声对我说,时间未到。约 23 点的时候,仪式开始了,上香、向自己的祖师爷通白自己收徒弟的理由,我仿佛听懂了,水生大爷说由于自己年龄已高,若是再不教弟子,道法将失传,恐怕自己死后无颜见祖师爷。

据说培养一位释比不是一件容易的事,首先要拜师学艺三年是基础,师傅传授的经文全是古羌语有上万行,必须每天早晚背诵,记忆要好,悟性必须高,要精学所有技能无论如何都要十年时间。释比师傅认为可以出师了,举行仪式,要经过德高望重的释比盖封。盖封前算好吉日,盖封当日,要把附近村寨的老释比请到家中,大家围坐在灶塘边诵经,唱到三更,点上香腊纸钱,用预先准备好的羊给神还愿,祷告天神来领授,要盖封的学徒需一个人走到神树林,跪拜在神林前,如听见任何响声或叫声,认为天神显灵,约过了半个时辰,他转回家里径直走到房顶纳萨碉前,众释比端坐在上方位,不停地考问经书的内容和所用的场会,新释比要不厌其烦地回答,众释比相互点头认可,考试则合格。年长的释比给新释比戴上猴皮帽,师傅交给钢印及全套法器,一场别开生面的盖封仪式才算结束。

释比收徒弟,这是一场宏大而神秘的仪式,所幸我见证了,我只能以这样的方式浅浅地记录。回望过去，历经千年，正是一代一代释比在艰难的迁徙过程中像保护那最微弱的一点火苗才让古老的羌走到今天。

　　见证一个释比的羌寨有了新的传承人，令我欢欣。他们在那里不会孤独，因为有神山、神树，还有那辽阔神性的天空与之为伴！

2015 年 3 月 18 日

水果膘

"减肥"一直是我挂在嘴边的口头禅，每当我说出这两个字时，就有亲戚或者朋友将我审视后认真对我说："不算肥。"另一类朋友则说："不用怕，按比例，我比你胖。"最受不了的是另一类极度苗条的女朋友见到我时则大惊小怪地惊呼："你怎么会胖成这个样子？"于是羞愧难当的我下了一次又一次决心，希望可以瘦到98斤或者105斤那种婀娜的体态，回到曾经我也有过妙曼的年代。正是当年那个体重，我亲爱的大姨曾责问我是何原因让我的脸颊瘦得只有三根指宽？我回答："因为经常上夜班。"

于是，大姨将我从那个空气潮湿但可保持皮肤白皙的地方，调到县城海拔1600米，常年阳光灿烂，同时让我拥有"高原红"的水果之乡——茂县。

茂县的"金冠""黄元帅"苹果在多年前是得过国家农业部金奖、银奖的，算是有口皆碑。我二十多岁时，可以一口气吃掉六七个茂县苹果，甚至更多，母亲曾笑话我吃水果的形象像野猪、老熊。谈恋爱时，男友怕我一时犯了想吃水果的"瘾"，他总会悄悄地留存两三个，以备我突然心血来潮。直到现在我也可以不歇气地吃上两三个三两左右的苹果，这让我的美女文友们感到非常惊异，反过来说，我面对她们分食苹果的行为也觉得好奇，这样的吃法哪能过瘾？

居于风水宝地，不知是这里土壤里的矿物质特殊，还是阳光、经纬度正好。经过雪山水浸润的果实特别美味，加之每年野生的沙棘、桑基、拐枣、马漉儿、油柿子、脆柿子、核桃、野松子等都提醒着一个季节又一个季节的到来，这无不迅速地提高我对"幸福指数"一词的理解。

几年前，我有一西藏的文友，名叫班丹。他路过茂县在购物中心休息时，我给他提了三五个苹果去，简单交流了几句，与之挥手告别。都是苹果惹了祸，与他同路的朋友吃了我赠给的果子后赞口不绝，他后悔自己只吃到一个冰糖心的苹果。就是这样一个苹果让他对茂县魂牵梦萦，他在电话里曾多次真诚邀请我去拉萨采风，偶尔他问我要不要帮我买点价格便宜的印度黄金首饰，我皆谢绝了。但是我还是收到他从西藏给我邮来的尼珀尔的披肩和他的小说集《微风拂过的日子》。

每年四月淅淅沥沥的小雨牵着岷山的阳光，把农家果园里弹珠一般大小的樱桃点染得异常可爱，它们的皮肤若婴儿一般娇嫩，果肉若雪花般冰甜。在我的宝贝还小的时候，我喜欢抱着他上街买樱桃，总是让他先尝尝味道，他若点头我就买下，孩子喜欢吃水果的习惯一直保持到现在。

四月底的土樱桃持续一个月左右，不经意间昂贵的车厘子像骄傲的公主登市，车厘子的品种可谓五花八门，不仅有阴山阳山之分还有公树和母树之别。其中有一种水晶车厘子其外形虽像土樱桃但味道却是好之极。车厘子一上市，我总是等不及它们大量上市后批量降价，我必须一口气买几斤，慰藉我垂涎了一年的相思。车厘子吃不了的那部分，我干脆将它们洗干净后滴尽水，泡成车厘子酒。经过粮食酒的浸润，酒色灿若夕阳、甜蜜蜜，口感极佳，若不作特别说明，举杯人就把它当作葡萄酒饮了，必定大醉。

若不是我的一位朋友因为吃太多车厘子后把腮帮子都吃得肿起来，我还不知道这种水果居然如此大补，我平时不会在意包装盒上标注的功效，我认为那不过是营销的手段而已。慢慢地我发现，只要我放开胃口地吃车厘子，我的身材就会像一只幸福的红气球般迅速地丰盈，原来车厘子居然比阿胶还补血？

当我将车厘子也吃得毫无兴趣时，黄澄澄的枇杷已领先挂满羊毛坪、凤毛坪村里了。相比车厘子，这种水果的价格更趋于平民消费，不仅味佳，关键还有润肺止咳的功效。我继续狂买，每天与家人吃得津津有味，当然也有经常买重复的时候，不要紧，只要不破坏其果柄，就可以多放几天。

有一年我将要去北京出差，我连忙给在天津的三妹打电话，告诉她我要给她带点水果去，她非常果断地制止我的行为，说天津各大超市都有来自全世界的水果，免得我费力，把"豆腐盘成肉价钱"。但是固执的我还是将用冰镇过的车厘子和两箱山野的枇杷先带到北京后，然后我迅速坐车给三妹送过去。妹妹受不了我这种方式的宠溺，我受不了她"不解风情"，于是她家老太太出面说话了，她婆婆一边夸茂县的水果好，还说我带去的枇杷叶不仅挂着好看，而且将会发挥巨大作用。直到三妹全家对我带去的水果赞不绝口后，我才善罢甘休。

六月的枇杷丰收之后，汲水梨儿、玉黄李、鸡血李等又迫切上市，当七月的白花桃堆满街市，我欢喜得只想吃它而不想吃饭，若是我出门几天，转眼可口的白花桃就退出了视野，我只能等待来年。八月的葡萄和提子的品种多得我数不过来，名声在外的青脆李又诱来外地的水果老板疯定狂收。空闲不到多少时日，茂县的红脆李又堆满了我的冰箱，我走在路上时要吃几个，办公室来了朋友，我不泡茶直接用红脆李招待，晚上看电视时，它们就成了我当季的零食。

每年农历十月前后，茂县从高山到河坝，红彤彤的红富士便又占据了人们的视野。有资料介绍苹果含丰富的果胶，有助调节肠的蠕动，美白皮肤，苹果中含有大量的维生素 C，常吃苹果，可帮助消除皮肤雀斑、黑斑，保持皮肤细嫩红润。由于这种水果贮藏的时间较长，于是每年各家各户都会备几箱等到春节期间吃，而我每年家中的苹果是等到来年苹果花开时才吃完。

那天我去一农家购苹果时，年轻的果农听完待我尝完他的苹果后所发表的言论后，他惊诧地说道："我从来没有遇过像你这种拿着水果刀，可以分辨每颗苹果口感差异的人。"

我终于找到自己无法顺利减肥的原因了，那归咎于茂县连绵不断生长的水果将我的计划一一打碎，若没有水果相伴的人生是否会丧失人生的太多乐趣？也许，比起别人身上长的酒膘、肉膘，我身上这点水果膘根本不算什么吧！

一天下午，我站在县城的路边等的士，一阵风吹来像台风那般肆虐，将我吹得左右摇闪。那一刻起，我突然觉得长得稍胖些真好，至少桩子稳，水果膘让我更具定力。若太瘦，我定会像纸片一样被风无情地刮走了。

2015 年 11 月 21 日

汶川，记忆的鳞片

这些日子，故乡的云影像深深浅浅的脚印在我的脑海里穿行，冬眠的往事如经历了惊蛰之后突然复苏，它们像猝不及防的震波时时撞击我的记忆之门。呵，汶川！

这里的天很空，空得足以让我仰望的生命无法触及到尽头。这里的山沧沧，若被生生揭开裸露的伤口，尘与埃呼吸得很急促，风的引力将我的思绪带向远古。

一、远古的文明

在距今 7000 年前的一个秋天，阳光正好，天空如水晶般湛蓝，山峰的积雪闪烁着耀眼的光芒，那是高贵、宁静、超然的神山。山峰绵延如巨大的臂膀将苍穹也搂入怀中，彩色的原始森林被云烟涂抹成一幅五彩斑斓的油画，挂在枝头的是红与黄真诚的野果。飞禽啾啾、憨态的熊猫在嬉戏、狼昂首阔步、美丽的狐狸蹑脚跑过、狮与虎偶会狭路相逢，仰天长啸谁是森林的霸主？还有一群穿着兽皮头戴花环的人们举着棍棒、拉开弓驾追逐着猎物。高高的山坡是他们繁衍生息的家园，生命的华章在日月轮回的节气里展开，谁在阳光的明媚下闭目那是最诗意的生活。

千年前的汶川地形像一把古琴，而岷江、杂谷脑河则是琴上的两根琴弦。琴弦不知被谁拨动，横断山脉摇荡出一曲惊心动魄的旋律：高山峡谷、水湍、坡陡。从山坡到谷底相差数千公尺，让这群远古部落的人们行走与狩猎的过程都不敢轻心大意，两江水野如猛兽，远古的先民常有被江水卷走的噩运，水是福亦是祸。人们逐渐将原始的泥屋建造在高半山腰陡峭的坡上。一则防兽，二则防水患。

十月是丰收的季节，也是先民祈祷神灵保佑，人们还愿的季节。筑起神圣的祭台，燃烧熊熊的篝火，奉上美味的兽肉，用水纹的彩陶盛上果汁的美酒，众神啊，请归位！站立在巍峨山巅的山神、逡巡在森林深处的树神、端坐在火塘里的火神、隐居在大地深处的地神以及高高在上的日月之神，请接受族人最虔诚的膜拜吧！部落的首领用如歌的古语与神们交流，"感谢神恩赐我们水与土地！感谢神恩赐我们智慧与猎物""神啊，让我们远离邪魔撕裂大地，保佑族人兴旺富足！"

当高亢的歌谣还在山谷里回荡，当原始的舞蹈还在身体的节奏里慢慢释放，刹那间山崩地裂、尘埃弥漫，一些人被抛入了河谷，一些动物被卷入地裂巨大的缝隙中挣扎无助，彩陶与骨针、石斧与记忆、人与兽一道被湮灭。亡者去了，生者还要在这块土地上坚韧地生活！

二、历史的烙印

找寻历史记忆的鳞片时，忧伤的羌笛在我的追忆里展开飞翔的音符。史料记载："公元前316年，秦惠王统一巴蜀后，在岷江上游地区设置了湔氐道，氐羌人在此开垦，到了秦末汉初逐渐形成强大的冉駹部落，汶川属冉駹地，为蜀郡同冉駹交往的要道，也是后来中央王朝同吐蕃等少数民族争战的边关重地。"从文字可以追溯到关于汶川的记载是从西汉（前206–25）开始的，司马相如出使西夷平定冉駹后，即以蜀郡北部冉駹地设置汶山郡，辖绵池等5县。后经历东汉、蜀汉、西晋……唐、宋、元、明、清、中华民国到中华人民共和国的成立。

历史悠悠漫长又仿佛瞬间即逝，至今留在汶川的历史遗迹尚有几处。遗迹之一：在绵池镇有一巨石上刻有"禹生石纽"四个古老苍劲的大字，距石纽山远处即是涂禹山，在布瓦山上有一个巨大的碑，传说是为禹王而立。有一个村的村名叫禹碑岭。据说从前在他的出生地到儿坪建有禹王庙，"文革"被毁。后来在绵池镇又建有禹王宫，至今姜维城山上的禹王庙里仍是香火不断。一个小小县城有多处其庙宇，这在很多地方是不多见的现象。禹王治水"三过家门而不入"的故事虽已走过千年，很多地方仍有佐证争论某地是大禹的故里，足见人们对禹王的热爱程度。

至今，生活在岷江河谷一代的人民仍以最朴素的方式默默地缅怀禹王拯救百姓于洪水的丰功伟绩，关于他的种种传说就像生命力非常坚韧的草根一般扎根在这片承载太多记忆的土地。

遗迹之二：姜维是三国风云里骁勇善战的羌族大将，汶川县威师校背后就有座姜维城，传说是姜维为守关所建，城墙连绵起伏像在陡峭山脊上锁上了一组组钢铁的花边，城墙的土被夯得如陨石一般结实，是什么赋予了黄土凝固如钢的坚定的信念，可以让它们在山顶一站就千年。千年的弓弩已腐化、血腥的厮杀已在旧泥的往事中缄默，姜维城上曾有一块黄土夯筑的高八九丈高的方型点将台，传说是姜维点兵时所用，我可以想象当年的他披着牛皮的铠甲在风中、在雨中、在漫天飞舞着雪花的天地间是如何凛凛威风，他手中的长剑冷凝着信念的光芒让他笃定地守望家国，他一喝惊风雨，再喝惊鬼神，历史的夕阳因他烛照着羌地的传奇。三国的风云去了，孩童时代每当我站在点将台玩耍时就能感受八面来风的快乐，让心灵的手指去触摸远古的鼓点，梦的种子就可以绽放成一个春天飞翔的梦。

在历经了"5·12"八级大地震之后，点将台被撕裂垮塌了，人们叹息，人们仰望，筑有姜维城的山叫什么名字，我和很多本地人都记不起了，一些人干脆将那座山叫作了姜维城山，铭记一个英雄，他就是永远一尊不会倒下的山。

遗迹之三：汶川烈士陵园。烈士陵园处在离县城不远的半山坡上，任何陵园永远装不完有名与无名的英雄。县志载："清道光二十一年(1841)，英国侵略军攻陷厦门，占领定海、镇海、宁波。清政府急从各省调兵增援抗英前线。瓦寺土司索衍传奉调，遣土舍索文茂士兵千余人出征。在宁波与英军交战。敌虽有枪炮，但困于潮沼，被羌藏士兵斩获百余人。在道光二十二年（1842）三月初十，清军仓促进兵，想一举收复三城。英国已得情报并作好防御，四川屯士兵于反攻宁波城战斗中，争先奋勇攻城。瓦寺土守备哈克里率士兵攻夺招宝山，揉升而上，抢入威远城，敌舰自金鸡山翦江至，用炮仰击，遂不地而退，后亦殉难。士兵在战斗中皆"矫健奋勇、战辄争先，但因不习性水战，不适江浙一带气候，在长途行军和征战中，无数民族英雄英勇战死和染疾病故。在当年属瓦寺土司辖境的三江口，有为埋葬当年出征将士发辫的毛辫坟"。

在汶川的烈士陵园里长眠着无数的英烈。他们来自祖国各地，为解放汶川，为成立新中国。各民族儿女参加了中国共产党领导下的工农红军，在 1935 年 5 月 15 日，红军在汶川打响了"雁门战役"，同年 8 月 11 日展开了非常惨烈的"马岭山阻击战"。在这次战斗中，红军阻击战中打退了 3 个川军团连续进攻，胜利完成了阻击任务。红军在汶川共歼灭 1 个团 5 个营，缴获武器三千余件。但在战斗中牺牲的红军就有两千余人，被地方土豪武装杀害两百余人……这是一片被热血浸泡过的沃土，所以雪山上的野杜鹃花年年开得那么灿烂、那么凄美，因为那是用英雄的鲜血浇灌。

在陵园里有"抗美援朝""黑水战役"以及为平叛土匪而牺牲的无数烈士，他们为民族解放而英勇战斗，走的时候他们是那么年轻，留给我们的只有一行行曾经鲜活的名字。孩提时代的每个清明，我和我的老师、同学们都会佩戴着小白花唱着哀思的歌缅怀念他们，而今又有多少官兵和志愿者为救汶川人民于水火，悲壮地长眠在这块虽然受伤却得到无比关爱的土地上？每当想起他们，我的眼泪就开始狂奔，只能在心中燃起一炷心香为之深深地感恩与默默地祈祷。

三、史志流光

本以为走进记忆之门，我就可以顺着童年的脚印把许多风土人情和陈年旧事拿出来侃侃而谈，但我突然发现，以我生命的长度和阅历，无法丈量故乡的长度与厚度。故乡的往事是记忆河底游动的鱼，灵动的它们是不会被人一网打尽的。我选择从县志的脉络去了解我童年之前的掌故，在震前我用自己多了的一本《茂汶羌族自治县县志》与文友杨国庆调换了一本《汶川县志》。恰好地震时这本书没有被损坏，我真是为之庆幸之极。阅读，文字里的汶川就凸现在我的面前，从前扑朔迷离的概念竟渐渐地清晰。

县志上记载："1950 年 1 月 140，中国人民解放军 179 师 535 团进驻汶川县绵池镇，2 月 24 日正式成立汶川县人民政府，隶属茂县专区。1952年 2 月将理县之威州、克枯两乡划属汶川。县治仍建威州（1951 年 9 月开始迁治，1952 年迁完）。1958 年 4 月 22H，国务院全体会议作出撤汶川县、茂县，设并建立茂汶羌族自治县的决定。县治威州镇。同时将原理县所属杂谷脑、米亚罗两区六乡一镇也划归茂汶县管辖。1963 年 2 月，国务院第 126 次会议通过《关于恢复四川省汶川、理县的决议》，阿坝州人委通知茂汶县县人委迁回凤仪镇。三县分置后，汶川、理县复名，茂县保留原茂汶羌族自治县。1987年阿坝藏族自治州更名为阿坝藏族羌族自治州，茂汶羌族自治县更名为茂县。"天下大事，真的是应了"分久必合，合久必分"的古话。

若没有县志的引领，我只能含糊地听着老人们不确切的回忆。当"汶川"因遭遇一场8.0级地震后，一个普通的县名突然变成让世界聚焦的动词甚至是倍受鼓舞和充满着凝聚力的形容词时，我想起童年时代，我曾经骄傲的在作文里写道："我的故乡在汶川，这里有千年的姜维城在高山的云朵上蜿蜒；崭新的县城像一颗明珠嵌在岷江河畔，她是阿坝州的南大门……"汶川县通过多年的发展，她已成国道213线上重要的旅游驿站，都汶公路成为阿坝州人民非常重要的一条生命线。童年时代，我想用美文为故乡画像，为故乡扬名。谁不曾想到，让她出名的居然是以一场极度惨烈的大地震为代价让其闻名于世，这实在是让我骄傲不起。

四、跳动的文脉

追溯羌的历史源远流长，"炎帝，姜姓，羌之始祖"。炎帝是我国农业文明的始祖，"乃始教民，播五谷""神农耕而作陶、女织而衣""神农尝百草""伟大的炎帝便是这个文明世界的使者"。

羌族自称"尔玛""尔麦"，西戎牧羊人。在羌人近千年的苦难流亡期间就有近百支羌的部落分支，皆以动物和地名地号或以父名为号。比如有：青衣羌、党项羌、耗牛羌、诺羌、广汉羌、白马羌、罕羌、且冻羌、虔人羌、东女国、巩唐羌、参狼羌等曾分布在整个华夏大地。部分羌人与其他民族混血形成其他民族；一部分羌人则流亡到异域。其中李元昊建立了一个长达190年余年的西夏王朝，他就是党项羌，虽是昙花一现但毕竟在历史的天空，他灿烂地绽放过。纵观华夏几千年历史，羌人的血液默默地滋养过泱泱华夏的文明。

在岷江、杂谷脑河谷一代的汶川、理县、茂县、黑水、松潘等地至今还居住着古羌人的后裔，羌人在历尽坎坷苦难的迁徙中文字丢失了，但他们依然保留着浓郁的、不同风情的古羌文化。其中最具神秘色彩的则是释比文化，"释比"即是"许"，民间的统一称谓是："端公"。释比在整个羌区中有着至高无上的地位，自古以来，释比一职皆由杰出的长老担任，其诵的经书涉及内容众多，无书传播仅靠口授心传，有些则以梦的方式阴传充满了玄机。释比法器种类有二十余种，一切敬神、驱邪、治病、送穷、婚丧、还愿事务都由其操办主持。在羌区最重要的还是千年不变的祭祀活动，各地"许"都会在特定的日子带领族人祭祀和祷告，在篝火升腾的烟雾中，羌人吟唱着古老的曲调、跳起原始的铠甲舞，你就会看见那是一段浮动在时间光影里的从不变奏、从未腐朽的经典与古朴，仿佛时间从不曾流走；仿佛战争的硝烟还未散尽，古老的勇士就会在那一刻复活，我曾经被那一幕幕祭祀活动感动得泪流满面，语言负载不起其那份厚重。

在羌区有震前已整理出的《西羌古唱经》，其经书一般分为上堂经、中堂经、下堂经，经文内容分门别类，其内容分别侍奉不同的神灵。从阿坝州内的羌区中已收集的《羌戈大战》《木姐珠与斗安珠》《赤吉格朴》《大禹治水》民间故事中，我们依稀能看到羌的雏形以及华夏民族的童年。

至今在羌区还有很多流落在民间的瑰宝，特别是在经历了 2008 年的这场特大地震后，随着许多释比和羌族民间艺术传承人的去逝，羌文化到了面临断代与濒临绝境的地步。庆幸！！抢救羌文化就是抢救整个人类宝贵记忆的行动，在全国乃至全世界得到了举世瞩目的关注，在震后国家拨了大笔资金来做此项工作。从碉楼维修到民间艺人的培训；从建立羌族博物馆到挽救羌绣的专项资金；从发展民间羌文化"以奖代补"资金的兑现到培养羌区专业人才，这充满关爱的一个个项目凝聚了党和多少专家深切的关怀，作为一个汶川人，作为一个羌人，我们如何不感恩？如何不感动！

五、刻骨铭心，1976

我从没有意识到童年的印迹对一个人的影响力有那么深刻，就像我能回忆起童年时所看的书。1976 年，我 6 岁。有一天，父母把我们家的床单、被子抱到了县幼儿园的操场上集体搭建的蓑条和牛毛毡棚子里，我坐在地上抱着还是婴儿的三妹一点也不敢放松，父母忙碌着整理床被。所有的小孩子们都觉得特别好玩，因为脱了鞋不仅可以随便在地铺上跑来跑去，而且晚上参加捉迷藏的伙伴也特别多，即使玩得久一点也不用担心父母老催促着回家。我问大人为什么住在外边，大人说："躲地震。"我不知什么是地震，也没有人来讲解。我猜不出它到底会是什么东西，也许是鬼吧？

或者是有敌人来打我们就像躲避打仗一样藏起来，我不明白大人们为何不准备抗击的武器却家家户户都备有一把电筒？难道地震怕电筒的光芒吗？大人们对地震有如此之高的警惕，甚至对它有点害怕，我猜想地震会不会是妖怪要吃人呢？我的疑虑没有人会为我解惑。

躲了很久的地震没来，我不知是什么时候搬回家居住的。记得有一天晚上，母亲带着我和妹妹坐在广场坝看露天电影《铁道游击队》时，正当看得精彩，我突然感觉自己没有坐稳当，大地仿佛倾斜了一下又立即恢复了平静。有人说那就是地震。后来听说唐山发生的7.8级的大地震，死亡人数达二十六万七千多人，我的几个父辈们热血沸腾地想去唐山帮助那里受灾的人们，但却因各种原因被迫放弃了。

年幼的我从那时起恐惧死亡，死亡就是与潮湿和黑暗相伴？从此我恐惧地震来袭，但我真的无法想象在32年后的5月12日汶川映秀竟然成了地震的震中。

1976年绝对是不平凡的一年。一天下午，汶川窄窄的街道上挤满了男女老少，人们相互搀扶着哭得悲痛欲绝，大人哭，吓得小孩子也跟着哭。我不知发生了什么事情跟着庞大的队伍居然走到了县印刷厂，那时我的父亲是县印刷厂的工人，人很多，我根本进不了他平时上班的车间，喧哗的人山人海被穿着解放军服装的战士拦在厂房外面，我不明白为什么那些人哭成这个样子却要挤到印刷厂来，人们仿佛在等待什么东西，非常渴切地等待着。

父亲很晚才回家或者根本就没有睡觉，他说加了一个通宵班。早起时，他递给我一个印有白色"悼"字的黑色孝套，父亲庄重地、悲痛地告诉我："我们敬爱的、伟大领袖毛主席逝世了。"第二天全县的人民都参加了纪念活动，街道被人挤得水泄不通，每个人的胸前都佩戴着一朵小小的白花，有些人把白绸、白布缠在头发上，公路两旁的树上都挂满了白色的长条纸巾，整个汶川都充满了悲戚。

同年，朱德爷爷、周恩来总理也去逝，那年仿佛是用泪水浸泡的一年，每当人们看一次运送伟人们的灵柩的纪录片，银幕上和银幕下的人们就会集体地、认真地哭泣一次，所有人都哭得无依无助。那年国庆节，当县新华书店将印有毛主席、周总理、朱德的画报挂出来时，立即被人们抢购一空，家家户户都将他们的画像挂在自家最至高无上的位置上，那个时代的人们以无比纯真的情感去纪念成立新中国的伟人。汶川，她从没有被抛弃在历史的边沿。

汶川很小，它在中国的版图上只是小小的一个点，但这一点却是中国乃至世界的唯它承载着许多历史的时光也包容了世代生活在这里人们的情感与理想，她如一本沧桑的书记录着我们厚重的过去、正抒写着我们向死而生、从此崛起的现在，也必将勾画出我们更加美好的未来。站在这片走过无数生命的热土上，凝望汶川，她是如此深深地打动我，一如千年奔流不息的岷江在我的血管中低回婉转、澎湃激荡。

2009 年 2 月 7 日

风花雪月九鼎山

九鼎山以其神秘而雄健的姿态，站立于龙门山云海雾涛中；九鼎山，一座静谧得令人无比神往的雪山，千年、万年仿佛皆在她弹指一挥间。

九鼎山位于四川省阿坝州茂县南新镇安乡境内，最高处海拔4989米，面积190平方公里。九鼎山因有九峰像酒杯鼎而得名，在民间又有关于"九鼎"的传说，故当地人用"鼎"字来形象地比喻九个顶峰的雪山。景区以高山自然风光为基调，融奇山异峰、峡谷溶洞、高山草甸、万亩羊角花（野杜鹃）、高山湖泊、古树森林、绝壁山崖、溪泉瀑布、珍稀动植物、宗教文化和民俗风情等绚丽多彩的自然景观和人文景观，是一处以自然风光为主旋律，人文景观为点缀的省级风景名胜区。

今年春节前夕，我与达州挂职干部李麟相约去九鼎山青龙坪滑雪。车子从县城出发进入安乡后沿着弯曲的山路前行，已是深冬季节，茫茫的雪已隐藏了往日的绿意，一座座连绵的群山披着白色的披风，阴山处的山峰呈黛青色，硬硬的山脊如刀砍斧劈，刚峻，狰狞，透着远古的浑厚。而那一片片曾经茂盛的树林舒展着抖落绿叶后的虬枝，刚劲地摇曳在微风里。

从七星关到白龙池有37.8公里的路程，那是灾后重建山西对口援建的项目，凝聚着爱心的景区公路一下子缩短了游客攀登的危险与艰辛，这条通道揭开了九鼎山神秘的面纱。

汽车在盘山公路上穿行，我感受云海或浓或淡漫延在山道，仿佛出入于如诗如画的国画里。路边偶尔没套绳索的牛羊、马儿像风一样自由，它们恬淡不羁的散漫，优雅得让人生出许多艳羡。也许羌山村寨的美就在于曲折与辽阔的错落有致吧，风裹着云雾让我也惬意得飘然若仙了。

到了九鼎山的青龙坪滑雪场，下车后迎接我们的是朵朵如絮的雪花，一团团，一簇簇。在有阳光的地方，它们晶亮亮，如展翅的蝶，情趣益然；

没有阳光的地方，皓雪若巨大的绢书干净得令人不舍得去踩上一个脚印，我们的心呵，早已经飞进了滑雪场。

我与李麟妹妹迫切地换上滑雪的衣靴，当然是在工作人员的帮助下才能穿上那一整套专业设备，负重的脚小心翼翼地踏进宽阔的雪地，两根雪杖成了唯一可以依靠的工具，我凭着对童年滑旱冰的记忆，以为在雪地里稍微找一下感觉就可以健步如飞，却不知这样骄傲的想法令我的脚不自觉地在原地颤动且摇摆不定，差点就摔了跟头，当初想从坡地滑道上滑下来的想法顿时烟消云散。滑雪场上的高手们如鱼一般在冰上穿梭，又仿佛是弄潮儿席卷着雪涛呼啸而来，那一道道漂亮的弧线简直就是美妙的五线谱，我心中除了无比的自卑就是极度的羡慕和小小的嫉妒。

可爱的孩子们很快就掌握了滑雪的技巧，转眼就可以身轻如燕。我只能蹒跚地挪动脚步，试着力度去追求一份速成的轻盈，我突然有些怀念在敦煌鸣沙山滑沙的那份快感，突然一个趔趄，就在我将被重重摔下去的刹那，我索性一下子坐在雪地上，顺着初学者滑道飞速地梭下去，惊起四周一阵阵侧目、喝彩，那种笨得不得了的措施居然成了新式的急救方法。

朋友说这里会有130公里的滑雪道，其规模将是世界前十的国际一流高山滑雪场，我不知以后将有多少国内外滑雪高手在这里云集？单是听说在滑雪道旁边建精致的小木屋可供游客度假时居住，我都无法想象居住在云霞飘逸的山间是何等美哉与惬意。

滑完雪后我已是大汗淋漓，卸下笨重的"盔甲"，踩着咯啦咯啦的雪，独自来到滑雪场旁边的木屋茶馆里，要了一杯绿茶，尝尝雪山上甘甜的泉水，心情与上下游弋的茶叶一般自由舒展。

天空如水晶般湛蓝，白云就在身边仿佛触手可摘。温暖的太阳照在身上暖洋洋的，中午的微风带着我的想象去触摸高过我头顶的白龙池、黑龙池，总觉得他们像世外修行的高人，又像一对深爱的恋人在古朴宁静的高原，以处子般的热烈与纯粹远离城市的喧嚣，用亘古的情怀彼此深情凝视。那水深幽蓝、花开叶落的四季是他们独特的依恋与守望的方式，白龙池、黑龙池就这样静静细数岁月的沧海桑田。

站立于九鼎山，忘却了纷繁，也忘却了自我。在大自然的怀抱中，呼吸清新起来，心境朗净起来。清幽中多些迷离，旷远中多些凝思。

我同滑雪尽兴后的同伴一道吃过丰盛的午饭后，随即下山。我的眼睛依然在丛林里寻找清雅脱俗的羊角花（野杜鹃），明知它们卧在雪被下悄无声息，我却盼望着春天之后的阳光快点唤醒她们。什么地方的花可以阶梯式的灵性顺着海拔的低处向高处不断攀岩？什么地方的花可以如此规模的阵势漫延于群山沟壑间？唯有羌山万亩羊角花可以在每年四月到七月底以铺天盖地的方式灿烂的点燃苍茫的九鼎山。

我曾经被那一组组繁花似锦的羊角花惊得失语，千年盘根的老树枝头捧出的是清水芙蓉，她们粉如绸缎，白若娇雪，淡紫色的花蕊恍若淌着檀香的月光。那一丛丛、一丫丫的花枝宛若隐匿于云雾中的花仙子。

且不说唐代诗人成彦雄写的"杜鹃花与鸟，怨艳两何赊，疑是口中血，滴成枝上花"。中国古代有"望帝啼鹃"的神话传说。望帝，是传说中战国末年蜀地的君主，名叫杜宇。后来禅位退隐，不幸国亡身死，死后魂化为鸟，暮春啼哭，直至口中流血，其声哀怨凄悲，动人肺腑，名为杜鹃。杜鹃在中国古典诗词中常与悲苦之事联系在一起。李白诗云："杨花飘落子规啼，闻道龙标过五溪。"甚至我可以遥想当年望帝杜宇治水曾经从岷山汶水出发，他为治水、治国奔波一生，故乡的野杜鹃就是他永不褪色的花魂。

我突然发现茂县的诸多妙处：茂县不仅是中国最大的羌族聚居区，是研究岷江中上游羌族古文化的重要基地，也是羌族非物质文化天然的活态博物馆，还拥有非常丰厚的旅游资源。春天，你可以约朋友赏九鼎山的花；夏天，最凉爽的风让其成为避暑天堂；秋天，九鼎山和松坪沟拉开上百公里的绚丽彩林；冬天，你可以展开热爱生命的滑雪板在九鼎山自由地翱翔。

相约九鼎山，在人生路上做到"一言九鼎"，你便拥有了属于自己的风花雪月。

2013 年 3 月 11 日

世间最浪漫的"拜寄"

世界的历史文化就像一本浩瀚深邃、神秘诡异的书；各地的民风民俗像五彩缤纷的海底世界，即使穷尽我们一生也难以攀越到磅礴的顶峰。也许文化的魅力在于跌宕起伏的悬念，也许智者与先贤之所以伟大是因为他们与神一样可以俯瞰人间，可以预言未来，可以穿越文明的时空。

我，是甲骨文上那个被镌刻着一个族群标记的那个"羌"；是历史上先祖们曾骁勇善战却几度沉落，最后被历史之箭追逐到隐幽山谷那个古羌的后裔。我曾在百度中搜索"羌"的词条，上万条关于"她"的信息就像一根力透苍穹的骨笛将苍凉、浪漫的音符放飞于宇宙。

羌族的原始宗教源于"万物有灵"的观念。天神、山神、地神、水神、寨神（地盘业主）、祖先神等均受人们世代崇拜。羌民由崇拜敬畏自然，发展到用虔诚之心与上苍攀上亲缘关系，形成天人合一的理念。于是人们拜风雨雷电、神碉，拜桥、岩石、树神、火神，还有拜家禽（一旦将其拜寄，只能善待任其老死）为干爹。因为人们笃信原始自然力量的强大，被拜托的万物万象即是羌人一生一世的守护神。

村寨里把初生的婴孩拜给天、地、山水等，在取名字时就要用其羌语的名称取名。是男孩子就在其名称后加一个"甲"或"许"；是女孩就在被拜名称后面加一个"子"或"米"。无论男孩、女孩都还要在被拜名称后面加个"特"。"特"是托付、拜给、拜寄的意思。羌语中"祖"是水，是男孩就取名"祖甲特"；是女孩就取名"祖子特""祖子米"。另外还有用天、地取名的。例如："莫"是天，是男孩就取名"莫甲许""莫甲特"；是女孩子就取名"莫子特""莫子米"。"日"是地，若是男孩取名"日甲特""日甲许"；是女孩取名为"日子特""日子米"。寨里有叫"罗布特"的，汉译为"拜托给神山的孩子"。也有叫"日玛祖特"的，汉译为"拜柏树和山泉水为干爹的人"。这些名字将为终身所用。当绝大部分羌区的孩子进学校后，为了方便和分辨各自的称呼，有些家庭改成了汉族姓氏，有些则由老师为其学生亲自命名。

我刚出生一个月，我的父母就将我"拜寄"给天空当了干女儿。取羌名"子瑟目都特"，汉语译意为："拜托给天的漂亮女儿"。我出生时，父母提前准备好山里的野柏香枝（据说野柏香枝是联络人与神的一种信号）、三根香、一对蜡和一饼火炮，父母举行仪式时要在太阳升起之前，他们面向东方，向天空虔诚祈祷，完毕后就重重地磕三个头，表示对上天深深的谢意

童年的记忆在川西北高原碧蓝的天空飘荡，老祖母的歌谣还在我耳边萦绕，于是我的每个生日即使我不回到村寨，我也会静静地凝视天空，注视宇宙的高远与辽阔，默默感谢天空之父赐予我的灵性与幸福。

2015 年 9 月 3 日

羌音若咒，灵魂劲舞

这是一首无法查证诞生于何年代的情歌，这是一首宛若被注入咒语的神曲。此歌羌语名为《恰不扯》，又名《野尔抱啧》，译意为："羊不扯单，羊不在山路独行"。这首歌流传于阿坝藏族羌族自治州理县蒲溪乡，收集此曲的是当地一位叫韩树康的羌族男子。

点开此曲，时间的闸门打开。古老的口弦像气势恢宏的蝉鸣在神树林奏响，哗哗的山泉水如银练从雪山上飞泻而来。听！钢质一般的男声充满铿锵的诱惑，银质一般的女声用婉转的歌喉回应，分音阶的男女声二重唱此起彼伏就像巨大的彩虹在天地间自由逍遥。

这是怎样一种魔音？每当音乐响起，无论在任何地方都会令根本不懂舞蹈的我情不自禁沉醉其中，我的肩、颈、腰、腹、腿，乃至身体上所有肌肉都会跟随音符摇摆，这让我想起被魔笛引诱翩翩起舞的蛇，同时被古音唤醒的还有沉睡的灵魂，它们挣扎着抖落覆盖于身体之上慵懒的叶片，吐气、舒展、复活。

《恰不扯》是一首略带俏皮男女调情的羌歌，讲述的是在古老的羌寨里，一群老年男女坐在冬日暖阳的土墙角聊天，一位老年男子对一位老年妇人说："年轻时我曾是多么的爱慕你，可惜受父母之命，媒妁之言，我娶了别人。好在你没有嫁到外村，我只能在村寨里默默守望你一生。你看单独的一只羊子出去会被狼袭击，我们若相互照应着就会抵御一切外敌。"

这原生态的羌音像鲜花艳潮一般直抵听者的灵魂，这样素朴的表白即使在暮年说出也不迟，已经超然的人生无需太多顾忌。想想看假若当年我们的父母将我们配成双双对对，我们将会养育多少聪明、漂亮的儿女？现在我们都老了，只能将那美好的青春尽情回味。

羌族的歌曲因为苦难迁徙的历史，多属苦闷悲怆的，但像这种欢快得令人心襟荡漾的曲子则为数不多。我猜想这一定是中国最古老的摇滚之一，听着令人疯狂，仿佛有健壮的马匹从身体里飞奔而出，仿佛有名贵的麝香正从古老的羌月里慢慢流淌，溢满山冈。

阳光正好，羌寨不老。不知外面的世界如何变迁，我们只知十月的羌历年是一个轮回，有太阳神、山神、水神、白石神的护佑我们村寨就会一世吉祥。有丰收的粮食就好，把甘甜的咂酒酝酿，有歌舞就好，身体里的星河随着古老的羌音摇摆，心中的鸟儿背着太阳飞翔。

2015 年 12 月 8 日于四川茂县

我羌我美

　　我知道这是一个突兀的标题，但仿佛唯有此标题可以诠释我对一只羊尊灯的痴迷。这只羊尊灯是茂县中国羌族博物馆的镇馆之宝。2008年的那场天崩地裂的巨震，瞬间令上千件陶罐、玉器破碎零落一地，据说有十余件国家级文物罹难其中。在新的博物馆建成之前，经四川省文物局批示，在济南军区装甲师和茂县武警战士的全力护送下，茂县近万件文物暂存放于成都金沙博物馆，一放就是四年。国家投入一点五亿元，建设者们历时三年重建了具有浓郁羌碉风格又有现代化防震技术的博物馆，新建成的中国羌族博物馆有一万多平方米，是所有出土的岷江上游宝贝文物们漂亮又安稳的家。

　　不知是何缘故我唯对羊尊灯情有独钟，心里总会莫名其妙地被它牵动，我庆幸它不是陶器也不是玉器，否则早就被摔成了一堆旧土陈泥，我更庆幸摆在博物馆的羊尊灯不是仿制品，即使隔着厚厚的防弹玻璃，我也能感受到它逼人的灵气，若有外地朋友请我当向导，中国羌族博物馆定是我要带去看的地方之一，因为有个小秘密，那就是我绝不会吝啬时间去见见我的"老朋友"——青铜羊尊灯。

　　这只存放在"重宝厅"的汉代青铜羊尊灯美丽生动，堪称一绝。其高9.7cm,长14cm,宽6.4cm，羊尊灯温柔静卧、优雅清丽。羊昂首，双角自然卷曲，身躯浑圆，全身遍布精细遒劲纹饰，短尾飘逸。羊颈后有一活钮，臀上安一小提钮，使用时可将羊背向上翻开，平放于羊首顶部作为灯盘。灯盘呈椭圆形，子口，一端有一小流嘴，便于安置灯捻。羊尊腹腔中空，可储灯油。我时常想象千年前荏苒的时光如何在羊灯背上燃烬？

　　"人类生命与文明源于太阳、海洋、肥羊"，而羊是尔玛人的图腾。炎帝姜姓，姜、羌本一字之分化，姜、羌均像头戴羊角头饰之人，故在甲骨文中"姜、羌、羊、美"四字同义。先祖们造字时与羊有关的精品字有：鲜、美、羹、糕、馐、義、养、善等。把"羊"和"祥"连在一起喻为吉祥。这些与羊为偏旁、为部首的汉字无不演绎着民族文化博大精深的内涵以及中华民族"与人为善、天地人和、和而不同、知恩善报"的道德观和价值观。

以羊尊为灯与三星堆的纵目人相似，皆是先祖抽象思维的物化表现，他们将向往美好、追求吉庆祥瑞的观念贯穿生活与精神世界。据行业人士介绍，这类羊尊灯全国仅有三盏，一为纯金羊尊灯，另外一尊为陶器羊尊灯，相对这盏青铜羊尊灯都难以与之媲美，因其工艺皆不如此尊羊灯精细。即使历经千年寒暑交替，这盏青铜羊尊灯不仅未挂满斑驳的绿锈，其身躯上的纹饰细密得就像泛着光泽的鱼鳞。每次，当我静静走到它的面前，仿佛滚烫的灯芯刚刚燃完，整个羊尊还冒着腾腾热气，令我有种想将它重新点燃的欲念。

我终于从朋友那里得到一尊限量发行 500 件的汉代羊尊灯的仿制品，我将它放在卧室的枣红色台灯下与我为伴，每天凝视着一个仿制品算是一种慰籍还是延续了更长的思念？但我不得不说即使当今拥有再了得的高科技，为何也仿制不出博物馆内那尊羊灯的精美和神韵呢？

我喜欢散步，常常去欣赏茂县大桥两边的现代羊尊灯，约九米高的长方体祥云灯座在夜晚熠熠生辉，灯座上面卧着一只只肥硕而静美的羊显得特别空灵，它们就是羌族博物馆内我最喜欢的汉代羊尊灯放大约九十九倍的工艺品。时代在变，但人们欣赏美与尊崇"自强不息，厚德载物、和平崛起"观念不变。

吾爱吾羌，我羌我美！

2015 年 12 月 9 日

千年一问

病友吴松

　　这几年春节期间我都要接到一个电话，是一位叫吴松的小伙子给我打来的，在电话那头他总是用屡弱而颤抖的声音怯怯地问我哪天在家，因为他要过来给我拜年，我则尽量调整好自己的时间不仅为他准备一顿丰富的午餐还备有一个压岁的红包，虽然今年他已 32 岁了。

　　回望 2009 年下半年，我家宝贝突然被一种病毒感染及时住进了省人民医院。在未进医院之前，我不知道幸福和快乐原来是如此平淡与简单，在进医院之后我才知天下还有那么多因病而至的各种苦难。

　　狭窄的病房躺着三个病人，分别是少年、青年和老年人。宝贝病床左边是徐姓的大伯，他是在路上骑自行车时被一位鲁莽的女司机撞翻后摔坏了大脑；右边病床是 26 岁的吴松，他母亲说他是旧病复发，病因是他 16 岁时遭遇交通事故造成的"车祸性癫痫"。三个病人每天都由自己的亲人陪护着取药、输液、一日三餐、上洗手间，每天各家都有亲朋好友来将病人探望。渐渐地我发现一个现象，那就是照顾吴松的只有他瘦弱的母亲，入院很多天了不仅没有一个家人来换班，甚至没有个亲戚来探望。每到打饭时间同病室的伙伴都不曾在伙食团看见他母亲的身影，我很奇怪他母亲在什么地方打饭呢？后来吴松的母亲说医院的门口有卖盒饭的，一坨米饭只要一元钱，他们母子俩只打两疙瘩也就有砖头那么大一块，就够吃一顿 T，很划算。她不说我还未曾注意，原来他们每天只吃白饭几乎不买菜。我与我母亲对视了一眼，于是每天我们都心照不宣地多打一两份菜回病房后分给他们母子吃，理由是食堂里菜的分量太多了吃不完，以免浪费。每当看见吴松吃得狼吞虎咽，他黑瘦的母亲吃得缄默不语时，我的心情就非常复杂。

　　每天都有医务人员来催促各病床家属去交医疗费，有两天吴松的液体"断炊"了，她的母亲拖延着，实在被催促得紧了，她就下楼去交一部分药费，总之她的行为令我疑惑。有时吴松的病发作时令我感觉恐惧，他的头颅仿佛被一种魔力扼住，他的颈抖动着不断向左边偏移，嘴巴歪斜着流着长长的唾沫，吴松拼命抵抗着不向那个方向驶去，颈子却像快要被扭断了一般，他发出的声音像是哀号着被活生生连根拔起的树，每当看见这种情形我就想夺门而出，但是他发病时若在晚上就会让所有人像经历恶梦一般惊悸，让你无处逃遁。

为了节约租陪伴睡的竹椅钱，吴松的母亲每天与自己的儿子蜷缩在狭窄的病床上。直到我和孩子无法忍受病房里繁杂的声音和古怪的气味时，每天输完液我就将宝贝带到附近的宾馆里居住。有人悄悄告诉我，吴松的母亲每晚就在我们的空床上睡，她总是每天清晨在我们来病房之前收拾整理好床，我微笑无语默许，隔三岔五找护士给我们换一下被套和床单。

同一个病房里的病人和家属总是同病相怜的，生病的人苦，照顾的人更苦。好在可以互相安慰、互相鼓励，周而复始地接受医生的治疗计划。面对医生时不时下达的"病危通知书"，每家人的内心都充满了忐忑，谁也不敢对患者抱太大希望却又绝对不敢有彻底的失望，否则神经一旦崩溃就只有跳楼的份了。

慢慢地我才知道，吴松母子是郫县郊区的农民，吴松才两三岁的时候，他的父亲抛弃了他们母子俩。一直未再嫁的母亲独自抚养孩子，可是天有不测风云，吴松十六岁那年因一场车祸伤得几乎无回天之力，万般无奈的母亲只好去找前夫要点医疗费用，可是吴松冷漠的父亲却说："这样的娃娃是个累赘，不如挖个坑埋了更省事……"吴松的母亲不仅没有要到一分钱，却看见了一个更加真实的绝情。而这回儿子住院她向亲戚只借到了七千多元，她的意思是医着总比不医好，治疗费只能"比着箍箍买鸭蛋"，而亲戚的旧账根本还没有还完。

也许是出于职业的本能，我提醒吴松母亲农村有"新型农村合作医疗"，医疗费可报账，若是报不完的那部分可以去民政局申请"大病医疗救助"可得到第二次困难补助。她母亲连忙点头称谢，并说这次出院时要给儿子多开一点药，医一次算一次吧。

2010年春节期间，吴松母子按着我给他们的电话号码和地址找到了我郫县家里。她的母亲提着一桶菜籽油，吴松则提着半口袋米，她母亲说这些东西都是自己种的土东西，让我不要嫌弃。当然我也责备他母亲不应该拿东西过来，毕竟我知道他们家的窘迫。仔细端详吴松，我发现他的左右耳朵上打着两个耳洞并佩戴着两个闪闪的珠子，也许不是为了时尚只是民间对赢弱孩子采取破相的一种民俗罢了。吴松的母亲不断给我解释，本来她是不好意思来的，可是执拗不过儿子，所以他们母子一起过来了。我说认识了就是朋友，不应那么拘礼。吴松依然是病态，像小孩子一般穿着过年的新衣服。那年我请他们母子吃了一顿饭并且回了一些礼物给他们，吴松得到一个意喻顺顺利利的红包后显得非常开心。

2011年春节，吴松又早早地给我打了电话说要过来拜年。他进了小区又找不到我家门了，是宝贝下去接的他，他左手一包右手一包，口中喃喃有语说自己的母亲因为要扫地所以没有时间过来，我热情的父亲立即给他泡茶、递烟。母亲在旁边说："吴松，你有病不要吸烟哈。"他点头说道："好的，婆婆。"吴松称我父母为爷爷、婆婆，称呼我为姐姐，叫我丈夫为叔叔，称呼我的孩子为弟弟。我懒得去纠正，反正懂得他的意思。他吃过我们为他留的饭菜后要告辞，父亲反复嘱咐他要收好我给他的红包，帮他提着赠给他母亲的衣物和过年的回礼，将他送到公交车站上车后父亲才放心返回家中。

2012年春节，他又独自来了，吴松斜背着一个男士时尚的小皮包，左手右手不空又进了我家家门，父亲发现他抽的居然是中华烟，他马上解释因为爷爷要抽烟所以买了一包好的，平时他都很少抽。我的父母顿时放心了，因为这个根本没有造血功能的青年让我们全家也为之忧心。

经历了几年时间，他的口齿虽然清楚了却依然是"说话要经过大脑的"，这个过程显得有点僵硬和木讷。但他看见曾经的病友时却说："弟弟长这么高了，弟弟上大学没有？"俨然是个大哥哥的样子。宝贝除了偶尔给他掺一点茶水外，几乎在自己的卧室打游戏不出来。吴松于下午时分又要回家了，我父母叮嘱他代问他母亲好，并教他要听老妈妈的话，平时不要乱花钱。父亲则教他坐公交车时先拿两元零钱在手上，不要翻动背包免得钱被小偷偷走。

有一次，宝贝说他不想见到他，因为一见到吴松就会让他想起在医院里那段苦难的经历。我说亲爱的宝贝，至少你是幸运的，生了病还能及时地医好，而他的这种后遗症根本没有办法根除，更不可能自食其力。既然他将我们当着心灵深处的一份向望，我们就不要势力，给他力所能及的温暖吧，宝贝微笑着点头认可。

　　……

　　第 N 年春节他又来了，吴松头颅的右边依然凹陷着，好在有头发挡着，仿佛多了一缕消瘦，问他为什么，他说去年自己的病又发了，又住了一个月医院。他还说自己的父亲死了，给他留下一处土房子和一块地，他的母亲每天不仅要种地还要抽出时间去小区打扫卫生，每个月有800元工资……

　　现在，我已不去算认识吴松母子到底有多少年了，毕竟有一个人愿意将 365 天浓缩为春节的某个半天来我家真诚拜访，其心弥足珍贵，我们以礼相待，只为给他足够的尊严和最微弱的帮助。我无济天下之能，只有用灵魂的体温去捂暖这个看似微凉的世界，我知道善之花其实隐匿开放在世界任何一个有人的角落。

2015 年 7 月 21 日于四川茂县

第七十五粒青稞种子

能在冬季收到一粒种子的人或许是个幸运的人至少他（她）是一个在朋友心底值得交往的人，而怀着一份浪漫心境寄一枚种子的人一定是个纯粹的人。

收到这枚种子的时候是一个冬天的下午，那时的阳光在无风的背景后静静伫立，山与水都显得无比的安祥和宁静。这是一封来自西藏波密的信，西藏对于很多人来说是一种向往，是灵魂深深渴望抵达的地方。波密是一个县还是一个离拉萨很近的镇呢？我无从知道。我想不出会有谁在雪域之地，在那个充满着神秘奇幻的地方给我寄一封信，我的手指抚摸着白色的信封，那三行端庄站立的方块隶书是我的通讯地址和名字，字体浑厚而凝重，甚至还带有一缕草书的洒脱。我想："这么漂亮的字体绝不会是一封广告信吧？"我猜测着："这会不会是一封笔会邀请信呢？"我的思绪搜寻着关于西藏的所有记忆，除了雪一般的遥远和云一般的迷茫，我记不起我的哪一位朋友会在西藏。

我用精巧的剪刀开启了这封让我的思维堕入悬念的信，映入我眼里的是一张标准的 24 开文件纸，一分为二之后再对折的打印信，信上这样写着：

骑行与异想
——老五的"理想种植计划"

雷子：您好！

这是我在康巴地区采集的 100 粒青稞种子。我骑自行车从成都出发至拉萨，沿途我将分发这 100 粒青稞种子，这是我已到西藏波密的第 75 粒种子寄赠予你。这粒种子和我都是世间轮回缝隙里偷生的一粟，我请求您在来年开春的时候种下这粒种子。万分感谢，扎西德勒！

青稞种子(用透明胶密封)，然后绘有一条向天空飞翔的线牵住了白云，云的这端是一个骑着自行车迎风驰骋的人。

证明人：李莉（红色纸纹）2004 年 11 月 23 日

青稞种子持有人：用老五（红色指纹）成都至拉萨

信的末端是一个半圆的红色图章（虽然看不清图案但肯定是邛五兄自己设计的），一个圆色的红章被对剖成两半，像一张证明的存根，最具创意的是他居然将自己的指纹盖在了名字上面，红红的那么清晰和耀眼。在这个到处都充满着利用和背叛，在这个缺少诚信的社会里，还会有谁为未知的友谊真诚地埋单？能在这个冬天收到这样一封盖着指纹的信是不是也会让你莫名的感动？呵，邛老五！把信也作存根的人是不是一个做事谨慎同时又非常性情中的人呢？

啊！原来是他！我的惊讶与感动一同从心口飞奔而出。这是一个在我的记忆里最容易想起又最容易忘记的人，因为他总会突然的打一个电话给我，不管是在白天还是黑夜，他偶尔会诉说创作的迷茫和生命被撕裂的感觉，我甚至不知道他是坐在火星上还是蹲在原始森林里的某个地方给我打电话，然后他的手机就久久的欠费停机，没有一个固定的号码属于他，流浪也许是他的别名。

其实我早就应该知道是他写的信，因为他的文采和他的绘画一样精彩，我们曾很认真的通过几次信，信中探讨过生命的个体、思想的微粒、学说与流派等等内容。记得在去年的一次与他邂逅时，他曾对我说过要骑车去西藏的梦想，我无法想象他如此神速地行动了，在现实生活中包括我在内的很多人用理想的借口装饰着自己的心，却为没有实施的梦想叹憾了一生。

泰戈尔说过："压迫着我的，到底是我的想要外出的灵魂呢，还是那世界的灵魂，敲着我心的门，想要进来呢？"也许邛老五深深地知道在艺术王国里，只凭借着仅有的创作经验和对艺术理论的了解，创作无疑是闭门造车，要想在绘画的领域里得到更高的造诣，只有通过不断挑战自我方能达到对艺术的顿悟而形成自己独具魅力的绘画风格吧。想起他，我就情不自禁地想起他的微笑，那单纯得像孩子一样的眼神有时又像一棵迎风隐笑的白桦树（有时我甚至感觉到他是不会笑的，他的笑容里有一丝艰涩的难言），他总会在被酒深深陶醉之后，思维变得天马行空语言变得狂放不羁。他会向朋友们提起他在北京郊县那群"画家村"的画家们，他们常常聚在一起席地而坐，饮着浓烈的酒讲述着来自四面八方的笑话，他们传播着世界各地艺术的信息。他们中的有些画家喜欢赤裸着身体作画；有些则喜欢泡在水缸里找感觉，也许这样那样的怪诞行为更能真实的触摸艺术？在很多人眼中认为艺术家是在"作"，看起来像"作秀"，又像是"做作"，又有谁知道当一个人决定将艺术视为生命的那一刻起，创作就是一种对自我的创伤，是一份心灵的焦灼和灵魂被反复煎熬的过程。"接触着，你许会杀害；远离着，你许会占有"，他们中的一些人为艺术而癫狂以至于穷困潦倒，有些人的"颓废"表现又被社会划为"异类"。"画家村"里不乏也有功成名就腰缠万贯的画家。我们都知道在几年前邝老五的一幅作品被一个外国人看中后给出了 4000 美元的价格收购时，他却拒绝了。我想他是清醒的，他深知自己的价值和自信的未来，那源于一种天分或者说有一种东西在冥冥中向他昭示着什么，一如他手腕上那串有着伤痕的木珠。

　　有时我在想：拥有一群才华横溢的画家朋友是他的一笔丰厚的财富，但作为文友我对此又有一种不敢说出口的担心，因为我怕某种错误的理念像微生物一样感染着他的思维，艺术的崩溃源于缺少个性化的创作，当商业市场对绘画作品的大肆炒作时，往往会干扰着一个画家创作的方向。但真正的成就属于甘守孤寂不断进取的修行者，就像行为艺术变得不伦不类的今天，他毅然选择了骑单车出行的方式来锻炼身体、磨练意志、吸纳新的创作源泉，也许他要涤洗疲惫的灵魂，也许那是一颗向往皈依的心灵。这是不是一种更真实的行为艺术？是一个智者的选择？且不要说这个冬天他要面临的是怎样的寒冷和缺氧以及体力的消耗，所有预想和未知的困难随时都可能突然出现，他要翻越川藏线上海拔 5000 米以上的雪山就有好几座。迎接他的第一座雪山是一鹏鸠山，就算是最矮的一座雪山也是在海拔 4300 米左右，从朋友的消息中我知道他沿 213,317 国道线翻过鹏鸠山，走过州府马尔康，路过他的家乡金川县，已进入甘孜藏族自治州的丹巴县。上川藏公路十多天之后，我却在他抵达西藏波密的时候收到了第 75 粒青稞种子。

　　我想作为朋友我是为此松了一口气，至少他平安到达了西藏，虽然后面的路还有艰辛和坎坷，他是带着牵挂和希望上的路，那 100 粒青稞种子与他的梦一起飞翔过了，作为一粒普通的青稞种子见证了一个藏族画家的苦旅是非平常意义的。那是一些幸福的种子，就像我和那 99 位收到他寄出的种子的人一样快乐着、羡慕着、感动着，我们麻木的思维和守旧的生活方式被重重地冲击了。虽然我不知邛五兄会把第一粒种子寄给谁，更不知道他将最后一粒种子寄给谁，这一切都已不重要了，重要的是他寄出的每一粒种子都充满了爱意和思念，它们散发着邛老五身上的体温和汗水，原本那些生长在西部高原上的种子，是藏族人民和羌族人民的主要粮食和饮料，经过他的手，生活的种种含义浓缩在那一粒粒小小的青稞种子里，那是以一粒种子的名义对大地朴素的感恩；那是对辛勤耕作的亲人们殷切的问候；那是对朋友们的关注和勉励；那更是他内心深处的渴望，他渴望自己尊爱的所有人，在他流浪的旅途给他的无言的祝福，在他平凡的日子里给他爱的力量和信心的阳光，一如一粒裸露的种子躺在你的掌心，需要你给予的所有关爱的含意一样。这一点无疑说明了一个成功的画家具备着一颗怎样纯真的童心和闪烁的智慧！

重视一粒特殊的种子，你会想起邛老五，想起他沧凉的油画；想起他披肩的卷发；想起他酒一样的性格；想起他生活在藏区的山山水水；想起与他有关的草原和翻飞的龙达。他正用手中的笔将他独特的民族审美意识，冲出离群索居的状态，冲出民族的樊篱走向远方。我看见阳光洒在他的身上，神圣的雪山在他背后祥和地微笑。

抚摸着这珍贵的第 75 粒青稞种子，我急躁的心静下来深深地想念着我远方的朋友，一如邛五兄在旅途中对友谊地渴望和挂牵一样。邛老五，等你平安回来时，春天的大江南北将会生长出向你点头的幼苗，我们播下了一枚种子将收获与你一世真诚的友谊！

2004 年月 12 月 6 日

一个彝族学者的风骨与豪情

我认识普驰达岭先生已有六年了，那是 2009 年 6 月我有幸参加《民族文学》举办的"祖国颂"各民族作家改稿培训班时认识他的，学习期间普教授送我一本有他亲手签名的个人诗集《临水的翅膀》，在我家里堆积如山的诸多书籍中，这本书没有被束之高阁，而是放在我的手边成为我经常阅读的诗集之一。

六年的时光匆匆而过，其间偶尔得知他的一些状况。他不仅忙碌双语创作，还从事各种语源的课题调查，他着手编辑的杂志偶尔也会给我寄上几本，文友们从他的日志或博客中能看见他为彝人乐队写歌词、参与朋友的剧本创作、自己也潜心考博士等等，充实得可见一斑。

对我而言，见证一个朋友的成长是一件快乐且能自勉的事。读普先生的诗对我而言有一种来自于同宗同源的亲切感，作为一个羌族的诗人，我能从他的诗中邂逅所有熟知的事物："火塘、兰花烟、羊皮褂、雪山、释比、叫魂的铃声、河流、鹰"等等具有特殊烙印的民族元素诗化的意象以及原生的表达方式。例如：他的诗《木炭·彝人》"我是彩云之南深山猎人兰花烟头点燃的一粒木炭 / 我是云岭牧人背上那一块皱巴巴翻着穿的羊皮褂 / 我是纳苏毕摩念经作法摇落的那串叫魂的铃声……"诗中的那一粒木炭仿佛是我古羌人生生不息的万年火，是从白石中取出的一个民族的繁衍之火、精神之火。还有云朵里的羊皮褂呢？恍惚即是我童年时代阿奶、阿爷穿过的温暖与记忆。那羌寨里的老释比摇动着铜铃是否与"毕摩念经作法摇落的那串叫魂的铃声"也是同样纯粹的神圣与亲和？

我是无意间通过一个彝族诗人的精神轨迹寻找到一面神似于"雪山、湖泊"之类的关乎古羌人的明镜，在他的诗中潜伏着我熟知的幻生幻灭的冰与火的灼痛，一如我的诗集《雪灼》表达着对生死的理解"生命燃烧的速度比流星更美、更残酷"，神似于他的诗"需要温暖的人会点燃了我，不需要温暖的人会熄灭我。"也许正是固执倔强的原生态民族文化在其发展过程中不断分支与发展才产生了民族文化的异同与相通，也造就了56个民族文化的缤纷与异彩，那是你中有我，我中有你的基因混血与神似的魂魄。

一个云南山区的学子是通过怎样的苦学才可以从高原来到北京？一个彝人要通过多少蜕变才可以成为中国社科院的教授？普教授作为一个民族的精英，他心系故乡感恩民族其忠贞情愫不变，他如鹰一般展开想象的翅膀深情俯瞰雪山与河流，他的视觉早已透穿所有事物的表象，用低于树林和高过峰峦的心境诠释彝族古老文化，抒写着"他"和"他族群"的前世和今生，抒写着鸣咽的雨点、梦中的掌鸠河、石质的呼吸、低唱的颂歌。也许正是他孤而不傲、忧而不伤的个性成就了他独特的文化审美和诗文的特殊魅力。

再次阅读普教授《关于雪的系列》诗歌，其价值取向跃然纸上。他将雪山之上的雪线看得如此清晰与心痛，"那些看不见的水"是沉默、是知足、是永恒守望的图腾与迷失的荒芜。他宛若一棵奔跑的树，用根一般的深情呼吸着生命的光芒，摆渡着历史的忧伤。他将甜蜜的母语在风中高高挂着，他流浪的足迹穿过普施卡的彝家山寨去寻觅火把盛开的故土。

一个彝族诗人用"混沌野性"的清泉，用其"自然诗性"的"神觉"，将梦中开花的树停泊与驻留在十月的语言里，让阳光下的"木板房、锅庄石、鹰爪杯、羊皮褂、百皱裙、擦尔瓦"都成为南高原的标志与往事。

正如阿卓务林说"水是流动的彝魂"，安东说"水是散步的人"。一切对水的渴望、对雪与河流千姿百态的诠释，在普驰达岭的诗中得到了最生动的隐喻与明喻。"被雪孩子嚼白的大凉山"这样的诗句让读者看得心悸。诗人的世界里"雪是开花的水""冰是坚硬的水""水在沉默的缝隙安顿着灵魂"。他用"有一种沉默的水叫干旱／泪的重量／水的立方／躲避阳光／有关水的一切仰望"惜墨如金的表达着渴的忧伤，那年云贵川大旱煎熬着诗人的心和休克的肺。"水的渊薮一派狼藉"。无论是对水哪种状态的渴望，当下地球变暖、水污染等等人类共同面对的难题触动了诗人的眼眸与灵魂，他的渴望即是农民的渴望，他的忧思正是人类的忧思，正因为如此才有这样的抵达心口的诗句："水在石头里酣睡，焦渴在人类血管中奔跑。"

普驰达岭是一个有着良知的民族诗人，他的心是博爱的，是超越着族群的关爱与人类特有的悲悯。他看见"玉树四月的清晨没人知晓／天崩地

裂的玉树啊 / 会有多少美丽的卓玛 / 在废墟中闭合封冻的眼睛 ?/ 诗人疾呼'玉树啊玉树 / 唐古拉失去你的美丽与和粗犷 / 雪莲花盛开的力量会匍匐着呼吸 / 可可西里遗失了你朝圣的身影 / 天路上冥弥的虔诚会暗藏忧伤 / 久远的唐古拉山的风雪 / 是谁会在无情的酒杯中醒来 / 滚滚奔流的长江黄河啊 / 虔诚朝圣的经颂 / 是否在你的母体绵延着修持 / 把云中呐喊的灵魂——唤醒'"。诗人用油画一般凝重的笔触描绘了玉树地震之荡,他"凝视光明与黑暗"用眼睛把尘埃收藏,"迎风而立 / 祭火将吹散杯中的美酒 / 所有无懈可击的忧伤 / 身陷绝境 / 看着隔世的鲜花和天堂 / 命运的根须握在谁的掌心"。语言诉尽来自骨子的悲凉,大悲无泪,诗人不哭,你我已泪流满面!

诗人如山的风骨是语言悬崖上绽放的思想之花,诗人如水的柔情是云的披毡。风的骏马、雨的耳环、雾的神扇、雷的经诵、电的灵光、水的血液、冰的骨头,凡大自然中一切灵动与让人敬畏的事物在他笔下皆可以幻化成英雄的史诗与传奇,高昂的头颅顶着"天菩萨"还有阳光一般的"祖灵之舞",不得不说,那是一个彝人的自信,是一个族群傲然挺立的精神密码。

因为诗人的心魂是有翅膀的,所以他诗歌的石头可以飞翔,临水的翅膀亦飞扬,他秘境里显影的神灵皆扇动着神性的翅膀。在他的语境中无处不在的"神觉"赋予读者特殊的心灵共振,这种共振像一条被不断冲刷的心灵河流,令人的思绪分离且孤独,可高远又接近地气。普驰达岭是少数可以随心所欲地运用好彝语和汉字意韵的诗人,他掌中有冰也有火,其渊博的知识、深邃的思考、不断顿悟的思想使其甘愿默默无闻地耕耘,他像一位勇士在不断嬗变的民族文化中依然坚守。

普驰达岭的额头是宽阔的,他的思想扎根于无垠的大地,他的诗早已超越了某种意义上少数民族作者诗歌的狭隘与偏见,他以人文的关怀向人类的精神家园飞翔,自由而不放纵,明澈而不轻薄。在当今不断混血、不断交融的文化基因中,唯有诗歌可沸腾也可沉静,他像一个智者拄着神杖不断在诗歌之内与诗歌之外潜心修行,他用智慧与责任推开民族文化璀璨之门,且歌、且语。他野性的语言闪烁着耀眼的光芒,激活的语体与他的风骨和豪情早已融为一体,他就这样如此充实与丰盈,就这样如清泉一般抵达至阴至阳、至坚至柔万物的核心里。

祝福德布·普驰达岭先生一直保持着一个彝族学者的良心与高度!

2014 年 6 月 6 日于四川省茂县

文友欧阳

—— 浅读欧阳梅女士散文世界的精神图景

阳梅，我这样称呼她已有二十余年，应该说在阿坝州内众多文友中我是最先认识她的，她的学名和笔名都叫欧阳梅，有人叫她欧老师，也有人叫她欧阳县长，现在很多人都称呼她为欧阳主任。这种种称呼说明她在社会生活中承担的角色和"身份"在不断变换，但无论怎么样的变化，对我而言，她依然是我从未远离文学土壤的一位亲切文友。

认识阳梅的时候是 20 世纪 90 年代初期，那时的她通过自己的努力取得了"汉语言文学"的自考文凭，从乡下调到茂县凤仪小学教书，成为一名优秀的语文教师。闲暇之余，茂县的文友们梦非、梦笔、曾承林、张成绪、阙玉兰等，我们组建了自己的文化沙龙，在县民政局注册备案成立了民间诗社并由欧阳梅任社长，创刊号是手工钢刻版的《叠溪石》，诗歌报在县城里很受文艺青年的关注与喜爱，诸多爱好者向此报投稿，但肯定没有稿费。

每逢周末，社员们都会聚集在阳梅的家里，有时大家轮流朗诵国内外经典诗文；有时集体学习当时优秀的文学月刊（几乎都是她订阅和借来的）；有时社员们必须在规定时间内拿出各自的作品，由文友们集体点评自己修改之后再统一投向州、省各级报刊和杂志。那时的我特别羡慕欧阳梅的名字被印在《星星诗刊》的某一页里。年轻的我们爱上采风，爱上了野餐并偶会沉溺于那个年代最流行的书籍《血型与爱情》《色彩与性格》里的测试。

在多年以后，有一次阳梅对我说："雷子，我们叠溪石诗社的章现在还在我那里……"我很惊讶，历经二十多载，包括 2008 年龙门山断裂带上那场猝不及防大地震的袭击，很多宝贵的生命不在了，很多身外之物成为废墟，唯独那枚朴素的石章被阳梅精心地保存了下来。也许是她的细心，也许是凝聚了文气的云心石对这群热爱文学的文友们有着特殊的关爱与祝福，所以我们这群文友一直珍惜着最初的梦想前行并让它为之见证！

　　我有幸成为《云心沉香》的第二读者，有种先睹为快的喜悦。散文分为"挚爱""震纪""行吟""心语""放歌"等五卷。我是一口气读完她发来的电子版，直看到眼睛疲惫与干涩。文中有她娓娓道来的亲情；有她成长中触动灵魂的人与事；有其工作历程中惊涛骇浪的遇见还有云朵之上思想的翱翔与哲思。我无法放下和关闭那些文字对我的诱惑或者叫作回味，她笔下雪水般清澈的文字无香地浸润着我的思绪，偶尔冰凌般的汉字敲打着某些我淡望的记忆。这本散文集中了她的整个精神内涵、价值认同、心灵意象和美学思想，立体展示了其生命成长过程中逐渐形成的从容与冷峻。

　　二十多年的时光雕琢了一方美玉，阳梅无疑是学习型的作家。在其位谋其职，她无论从事任何职业都不曾懈怠，当教师时她是优秀教师，当副县长时她是卓越不凡的，当州住房公积金办公室主任时，她能极快地进入业务核心并作出一系列惠民举措。当然我也见识过她玩起来拼命且豪气冲天的模样，无论别人怎样诠释这个成功的女子，我的赞美是由衷和真诚的，因为一个人光靠运气去获得成功属天方夜谭，天道必定酬勤！

　　《云心沉香》系列散文中的《手足情深》是作者于 1993 年 12 月为自己的弟弟两周年祭日而作的，这是她众多散文中最最打动我，也是多年来令我难以释怀的一篇优秀散文，与其说那是她生命历程中一个苦难的事件，还不如说她用刻骨铭心的笔触让亲爱的弟弟在无数人的记忆中打下了难下磨灭的烙印，"弟弟"在追思中得以永生。

　　"哦，可爱的弟弟，或许在另一个世界中，你已完全没有了痛苦，或许你正畅意地踢你的足球，或许你也携一女友惬意地享受爱情的甜蜜，或许……无论怎样，捎梦与我，且让我轻轻告诉你——来生还做我的弟弟，好吗？"那时的阳梅只有 24 岁，作者以素朴、深沉的文字将一份亲情的爱与失落表达得淋漓尽致，那是一个作家真实灵魂的彰显与文字永恒的魅力。以至于在很长一段时间里，阳梅写与不写，发表与不发表已不重要，重要的是她在工作与生活中全力构建着自己的精神风骨，坚守着民族文化的精髓，恪守着文字的干净与灵魂的清凉。

　　英国诗人雪莱说："道德中最大的秘密是爱。"阳梅是羌族，是能说着一口温暖母语的茂县三龙乡土生土长的羌族姑娘。她用甘美的爱作墨水抒写浓浓的乡愁：可敬的阿婆、阿奶、命运坎坷的郭舅舅、亲爱的父母、聪明淘气的宝贝煜儿以及在成长过程中邂逅的老师与编辑……她对故乡的一切是熟稔的，对故乡之外的世界是感触颇多的，她没让文字放任自流的赘述，更无苦难呻吟的哀怨。

阳梅的《旧信》几乎是她青春时代与文学相遇时灵魂依托最激越的缩影，一封封信承载着那个时代人们纯粹的友爱；一封封信真挚地指点了一个小女孩的补钙般的成长。无论是文中安徽桐城著名诗人陈所巨先生还是年轻的"老编辑"，他们皆以当下不可多得的人文关怀和艺术家的良知培养、启蒙着一位青涩的文学爱好者，作者用真挚的语言为读者构建了一幅动人的精神图景。

"所以那些幸存下来的旧信，竟珍贵得不忍重触。千里万里，千言万语，都是不能散去的疼惜，不能再开的芳华！"（后来阳梅告诉我，她将这些旧信分类装订成册珍藏着）

多年前著名作家阿来先生还曾向我问起过她，"你们县上有位叫欧阳梅的女子还在写东西没有？是不是嫁人了就不写了？"我答道："一直在写，她现在是我们那里的副县长了。"作为曾经当过《草地》主编的阿来老师当然会惦记着当年那些才情灵动的文学苗子。

我们从任何一篇散文中可窥见作者内心的坚定与立场，她不仅自律、自觉的写作方式而且以文化的理性梳理着过往的岁月，将感恩的心捧给过去、现在和未来。

在当今各类散文纷繁的当下，"在场主义"的概念廓清了中国散文的天空，在场主义散文就是无遮蔽、本真的散文，强调经验的直接性、无遮蔽性和敞开性。毫无疑问欧阳梅有15篇左右的散文正是以"5·12"个人"在场"的唯一心灵路径介入，澄明、素朴地自由表达。

在人的一生中总有些事让人无法释怀，欧阳梅的散文用大量笔墨记录了大地震发生时其经历的点点滴滴。当时她是分管文化、卫生、教育的副县长，仅这几大部门的工作量就多到令人疯狂的地步。我无法想象她是如何果断决策上上下下诸多事务，我也仅仅是从她的散文里知道有些事灼痛了她的眼睛与心灵，从其文字里我看见她投入到了一场没有硝烟的战争中——灾后自救与重建。在很多工作无经验可循的情况下，她得启用魄力与智慧。在那个时间节点里，她有一群与其并肩作战的战友们；她被吸纳在一个不断创造奇迹的团队中。没有人为这个群体写传记，因为他们是官员，在老百姓看来是"应该的"，也没有多少人知道重建过程中的这些公仆们的辛劳与委屈，但是她以这样的方式一一记录。

仅从她散文的标题看像工作日志，实质上这是"在场主义"散文的特点。例如：《家宝总理到牟托》《第一次联谊会》《环境综合整治》《千里文物大转移》《宝贝回家》《铃舞飞歌》《灾后防疫中的模事》等等，那些文字不是干瘪瘪的工作笔记，而是特殊时期的工作经验，甚至是难得的心路历程。

"那天早上，天下着蒙蒙细雨，残破的山川愈发显得悲凉。我跟许大姐将急救队送到塌陷处，那一时刻，任何的话语都显得是那么多余，除了凝重还有深深的担忧。看着队员们悲壮的背影，眼泪在眼眶里打转，我知道他们会面临的所有危险，可我却眼睁睁地看着他们去冒险，而且他们自始至终没有任何的怨言和退缩，而我唯一能做的便是脱下自己身上的雨衣，交给他们，随即也交出我深深的愧疚。最终，他们安全到达，伤员因及时得到救治也没酿成恶果。可这件事一直让自己反思，任何的救援都只能是最大限度地减少人民群众的伤亡，而这一切的前提应是建立在保证救援者安全的前提下，否则，任何藐视正确和正义的决定都是反人性和不科学的。"看见这些绽放着血与火的记录，文字不再是表象而是令你灵魂悸动的战栗，繁语退场，思想缄默。

当我阅读到其间的"黑色幽默"和灾后防疫中的模事时也忍俊不已，恐怕唯她可以准确地描述特殊时期诸多事件的精彩与悬念，属于电影拍摄后的花絮，属于报告文学里不屑的"野史"，或者属于"文学后话的补丁"？色彩无用，其白描手法令文章干干净净，文字剔透晶莹。

古人云"文以载道"，其具体而微地集中表现为在人生感悟的过程中对崇德修身的颖悟，为心灵指明方向。一个作家是要有大爱与担当精神的，这种爱是种境界却不留痕迹；这种爱是恒久的忍耐与记录、像口述历史一般朴素而真诚，令听者动容见者哭泣。见作者的散文《情缘系千里，且行且珍惜——"在长春 200 名羌族学生毕业典 H 上的讲话"》与《背影》。

欧阳梅的文字时而风轻云淡，时而如酒一般浓烈，时而词句沁人心脾又掷地有声。这是由不同抒写的题材而缔造的另类意境，如《与天空有关的记忆》《爱丝人生》《女人花》《伤病日志》等，这些文章给人的不仅是一个个感触，一段段经历，或者是一个个关于生命的哲思跃然纸上。欧阳的名字中有一个"梅"字的，也许正是这花语的象征，牵引着她、感昭着她蜕变成隽永的"梅"。梅成为她生命的礼赞，梅香诠释了她散文的骨与魂。

"当舞蹈成为一个民族的灵魂和精神的又一种表达时，舞蹈之于舞者，已不仅仅是手足疏 JK, 腰肢灵动，衣袂飘飘了。那行云流水的演绎中流淌的是情感，是生命，更是希望。羌族女子肩铃舞即如此。我常常在想，与其声嘶力竭地告诉别人你有着多么辉煌的历史，多么厚重的文化，多么了不起的积淀，不如埋下伟大的头颅，俯身从朴实的土地上收捡祖辈的遗穗，丰茂已经单薄的羽翼，飞翔并抵达远方……"——《铃舞飞歌》。

著名文化学家弗兰科曾说："我们的唯一美学法典，就是生活。"再品《云心沉香》这本书名时，我的理解是这样："她自由而又忧思的文字若云一般在故乡的天空纵情写意，她坦荡真切的人生若沉香在天地间铿锵激越。"这是一个时代生活最真实的呈现，是一个羌族作家内心体悟，是民族审美框架内的自然展示。古老的羌，古老的美若天籁之音从云际穿越，时间芬芳馥郁了这块厚重的土地。

我期待着此书的纸质阅读，我相信更多的人会从文中分享欧阳梅笔下那个清冽、热忱而唯美的世界。在川西北高原欧阳梅是一个怀揣信仰的文人，她用雪山般的冷静瞭望着蔚蓝的天空，故乡的风吹过，故乡的谷雨今天已降临，她将会用怎样的方式去诉说和聆听？

2015 年 4 月 20 日于茂县（谷雨）

静子将牧歌守望

　　静子，我马尔康的文友，一个集美丽、善良、智慧于一身的女诗人。一年前的那个春天，她从州府给我邮寄来了她的第一本诗集《守望牧歌》，其间她的兴奋、我的期待难以言说。本打算写一个像样的读后感给静子，且当作一份真诚的交流，但这个想法却因各种杂事陪同我从茂县走到了成都，又从成都走到北京，走完一个冬天之后又回到了春天，辗转千里路，却一个字都没有写出来，面对她的文字我除了暗暗地惊叹更多的是让我失语。

　　这是怎样一本诗集？淡黄色的封面泛着磨砂的质感，书名分别以端庄的宋体和狂野的草书组合而成，在书下方是深邃的湖水如同一枚蓝色的月牙嵌在岁月苍茫中，捧起这本书我感受到岁月沉淀的高原充满了神秘，捧起这本书我仿佛听见静子灵魂里跃动的暗河。

　　"举棋和落子的周旋就在弹指之间 / 制胜的法宝是否是处惊不乱的果断 / 运筹残盘的谋略彰显棋者的风范 / 胜算之前 / 谁在乎按兵不动的从容 / 谁计算背水一战的期限"这是静子的诗《棋局》中的一段，在这首诗中，诗人以智者的心灵对棋盘中的十面埋伏"楚河汉界的苍茫""原是在指尖和指尖的智慧中早已布局"进行着屏声息气凝视，读者感受到"经纬纵横的行棋车路暗藏玄机"。历史的影子在她的文字中游移，诗人将远去的碎片化的事物缝合到历史的某段气场中，瞬间的启迪和感悟串成的文字，让读者油然生出历史的深邃与个体的渺小。战争有着何其的相似，使得"纵然你有心议和 / 也难洗壮志未酬的遗憾"。静子无疑是个智慧的诗人，她仅用十多行诗句就完成了对棋局之内、棋局之外的风云战争甚至对人生奋斗地诠释。

　　在多元文化的熏陶下，静子，这个生长在藏区的汉族诗人。她对高原的苍鹰、雪域的灵芝、六千多年前破碎的陶片、古老的羌笛以及莫斯都岩画等都充满了深情的追问与遐想、诗人的特质让她的文字自由飞翔。

"茶堡河流过村前／少女弯下了腰／在河边汲水／提着陶小口尖底瓶／盛满水的瓶里／也盛满了／最淳朴／最真切的情感／茶堡河流过村前／少女弯下了腰／在河边汲水／碎了的陶小口尖底瓶／再也盛不下／千年以后的情感……"河流依然流淌，也许没有千年前的澎湃激昂，河谷两岸的鸟鸣永远消失在那年的烟云中，一枚枚陶片上显影着汲水少女的清纯与美好，千年的时光风化不了细碎的月色和诗人永恒的诗行。

人类灵魂的每一次苏醒都首先从诗人的天问，对自身的否定和历史的猜想开始的，所以人类诞生的历史，同时也是一部诗歌嗷嗷待哺的历史。"历史和记忆／变成了全部的青铜／熔进浇铸的躯体锻铸的情绪／在一夜间醒来／青铜里生长着英雄史诗的传奇／亘古的岁月／是什么样的秘密／让你始　终不渝的姿势／坚硬的青铜下／我能否读懂你沧桑的内心……枯槁的神杖无法洞穿重叠的迷茫／思想从那片远古的沉重开始／渐行渐远的青铜布满青苔／噙泪祭祀古蜀国的王权"《青铜立人塑像》。三星堆青铜立人到底是谁的塑像？这是古蜀留给我们的猜想。静子对历史的痴爱和对古老文化的崇拜，倾注了自己特殊的思想与情感，在诗之外留给读者巨大的想象空间。

细读静子的诗歌，整个诗集里始终弥漫着一种如烟、如雾、如沙饱含着水气的诗句，《岷江畔，与羌笛对语》《梭磨河边·火塘》《童年的大渡河》《用雪的思想听雨》以及《穿越扎嘎瀑布》和《透明的鱼》。"震撼灵魂的枝叶／如芦苇般高的漠然／瞬间被击打的支离破碎／在初秋的扎嘎瀑布／盘恒的冰雪／从此消散"《穿越扎嘎瀑布》。

从悲怆的岷江到充满乡愁的大渡河，从磅礴大气的瀑布到用雪的思想听雨。静子奔流的文字以水的千姿百态展示了她丰富而又悲悯的内心情怀，对河流眷念、对人类命运关怀、对历史叩问，在"上善若水"的诗句里倒影出一个女子少有的气度。

作为诗歌最重要的元素，"紧贴大地、超脱俗世"。静子的诗歌里写道："地面下根须早已盘根交错／默默地温存着彼此的心灵／每一阵风过都会触及枝叶的血脉"。《两棵银杏树的爱情》，以古老的银杏树为载体，喻意一种坚忍与守望，在发芽的时光中，"不变的姿势站成永恒的固执"。

静子不懈地用诗歌的符号构建一个扎根大地，向往天空的精神家园，"鹰翅里深深躲藏的思想／在我双手合十的指尖俯冲下来／成为我所看到的最优美的火焰"《鹰，在我头顶飞翔》，静子诗歌的语言如此明亮而真诚，深邃却宽阔。

想起静子，我总会想起第一次认识她的情景；想起静子，我总难忘"5·12"大地震时，静子焦灼万分给我打来的电话和无比关切的短信；想起静子，她那双如明月一般澄澈的眼睛就浮现在我的眼前；想静子曾陪我在震后七月的某天翻越高高的二郎山，拥有这阳光般的朋友是我的幸运，我珍惜。

感谢静子在阿坝雪域用一支绿色的牧笛为我们吹奏了一曲悠扬的牧歌……祝福静子的诗歌如蒲公英的种子飞得更高更远！

邂逅你的诗句，是一次奇遇

——阅唐远星《一个嘉绒汉族的柔性诗空》

　　我与远星交往很多年了，认识她缘识 2000 年《草地》编辑部在汶川县三江乡举办的一次高级别的笔会，那时有省内很多名作家为我们授课。分组讨论时我去的是诗歌组，她去的是散文组，文友们在那次笔会后都受益匪浅，于是阿坝州这个文学圈子里有了更多对文学事业执着的追求者。再仔细回忆一下，我与远星是如何从一个普通的文友到无话不谈的挚友，这个过程反而记不清了，十余年的光阴在我们的经历中一晃而过，我与远星却仿佛认识了一辈子。

　　那次三江笔会后，几个意犹未尽的文友又随我回茂县再聚，远星却推辞说要回马尔康忙碌自己的生意，那时我才知道远星是一个个体经营者。我心想："她一方面要生存，一面还要写作，真是个不简单的女人！"也许人们总是惯于用一个人的职业或者所谓的身份去看待一个作者包括他的作品是一种偏见，虽然这些因素会或多或少影响某些作者的思想境界，但绝却不是全部,远星的第一本诗歌集《一个嘉绒汉族的柔性诗空》可以作证！

　　我阅读远星的第一首诗歌是她的《黄龙，你是我最后的倾听》"内心终极的抵达 / 在青藏高原东部边沿 / 东经 102 度 / 北纬 32 度 / 释然忘却放弃 / 皆化着从天而降的冰 / 流经你心灵 / 命运中的每一个死角 / 都变得通畅而明亮 / 想你，是一次相遇 / 是一次终极的抵达 /"这是一首让人回味无穷的诗歌，在冷峻的诗行里埋藏着炽热跳动的心，看似随意的素描却能给你的内心烙下深深的印迹。这样唯美的诗歌居然出自于一个整日忙碌着生存的女人之手，不仅仅是我不相信，也正是这样一首诗打动了我，让我愿意与这个灵魂冰晶的女人成为一生的朋友。

　　时间持续，我们抒写岁月的文字依然青涩。偶尔我会接到来自阳光高原马尔康远星打来的电话，我能清晰地听见她行走在路上的喘息声和隐约她与熟人打招呼的声音。在她收货款的路上；在她去银行的缝隙间；在她去税务部门的等待中我们都会侃侃而谈。因为一缕明媚的阳光，她会邀请我与她一起享受阳光的沐浴。因为花的心事，她的诗会开放；邂逅的一位故人也能触动她内心淡淡的忧伤。

每当我接着她的电话时，自己就会立即从忙碌中放慢速度，倾听她来自雪域高原的诗语。我不得不惊叹她有着如此敏捷的思路，我甚至有时对她有淡淡的妒忌了，一个老题材她也会赋予激情与新意，甚至某些直白的语言虽显得天真却也显得弥足珍贵！她总是激切地让我在她快语后用最短暂的时段给她的作品点评或建议，每当我说出自己的想法和感受时，我俩仿佛隔着千山也共饮了一瓶美酒那般惬意……

"文学就是灵魂的心里叙事，是发自内心的真性呢喃。"我真正拿到远星的诗集是 2009 年的冬天，她托朋友一口气从马尔康给我带了二十多本诗集，我自己留下两本，其余全部分送给我周围热爱生活的朋友们。若不是书封面上醒目的标题"一个嘉绒汉族的柔性诗空"将我提醒，我几乎忘记了远星这个土生土长的马尔康人是一个汉族，多年来她是什么民族身份的问题几乎就没有进入过我的思维里，或者说我一直就把她当成一个地道的嘉绒藏族文友。看看她麦子一般光滑的皮肤、星光般闪烁的又黑又亮的小眼睛以及她爽朗的性格里找不到一块阴霾的云团，哪里不是一个标准的嘉绒藏族女子？

"从小我就会一口温柔婉转的绒巴藏语 / 从来我也未曾想过 / 我和寨子里的伙伴有什么分别 / 彼此融入 / 我从来也没有去想 / 我是一个生在藏区 / 长在藏区的孩子…… / 我和'雅余'是最要好的伙伴 / 她一脸憨厚的微笑 / 一如阳光照在我的心底 / 从此心里便有一团软软的土胚种植着 / 我们寡言少语的友情 / 二十七岁 / 三十七岁 / 岁月在指间流淌 / '雅余'也在今春因病去逝……我思念着她 / 和那久别重逢的马茶清香……"《在藏区这个叫做嘉绒的地方》。从这首带自传体的诗歌中我仿佛看见了远星成长的轨迹，以及永远伴随着她记忆里的乡愁，她对这个养育了她的嘉绒藏区充满了深深的热爱。

再翻开远星的诗，我看见许多熟悉的标题，那些曾在我耳边被吟诵过的诗句就这样端庄地站立在我的面前。"让我铭刻有你的记忆 / 即使是离乱的梦境 / 也坚定那份最初的诗意 / 即使我飘零成 / 风中一片不愿回头的羽

毛 / 我也轻灵风扬 / 把最后的永恒变成美丽 / 诗神，不忍离我而去 / 即使我已化成一朵冰冷的雪花 / 消亡在春天 / 这个万物复苏的季节 /"《给诗神》；"坚持着被水花千百次的冲击 / 即使每一次都温柔如梦 / 却在沉默的心上刻下不灭的刀痕 / 即使每一次幸福的落差都跌得很痛桐岸之石 / 也将深情地 / 送你一程 /"《河岸之石》；"今夜，你园了 / 你来的路都是残缺 /"《十五的月》。读远星的诗是如此自然亲切，她的诗有些含蓄迷离，充满了强烈的感情色彩和画面感，从她的诗中可以感受到不懈追求生命的价值之美。

还有诸如《少年的伙伴》《父亲的桥》《我的第二个窗口》《来自灾区的红樱桃》《朋友，让我们以祖国的名义》《黑子》《长卷》《一只没有面子的时钟》等等这类诗歌，我都能读到远星内心的悲怆与叹息，我能看见她的善良与深邃。在这个不断进步而又无法摆脱困惑的时代，在这个充满着不安与危机的世界，正是这样的诗唤醒了我们麻木的神经，拯救着、抚慰着我们受伤的心灵。诗人远星把往昔朴实空灵的故事串在诗歌的风铃里让其发出悦耳的声音，在这个时空里我听见水晕的波动传到很远的时空中。她以一个平凡汉族诗人的方式传承与记录着这个地区曾经的人事与风云，她自费出版了这一千册诗集却不以商人的思维计算成本与名誉。可爱的远星、朴素的远星、淳朴的远星、灵魂通透的远星让我的内心对她充满了深深的敬意！

"在人间，最真挚的情怀的是诗；最动人的画卷，是诗；崇高的精神是诗；心灵的邂逅是诗。诗境、诗情、诗意构成了人类灵魂之美，也构成了世界无法磨灭的人性光辉"。读远星的诗让人获得战胜厄运的勇气和信心，远星用其文字的魔棒让读者在感动中找到一条通向心灵深处幽美的路径。

深深感谢远星让我们在平凡的生活中体味到另类美妙的诗境，远星居住过的嘉绒寨子上的人们络绎不绝去她店铺争相要她签名的诗集，我深信远星的散文和小说一样精彩，我们期待着！远星，加油！

2010 年 4 月 29 日于茂县

如水的舞步，流云的诗行

　　我住在这个叫凤仪镇的地方有二十余年了，认识杨萍姐的时间却记不起具体是哪年。县城不大，人们彼此间即使不相识也多是面熟，久而久之人们都会从最初的面熟到淡然的一个个微笑，算是一种特殊的招呼方式。日出日落，四季轮回，岁月的光线一晃，人们在这个县城里工作、生活就度过了几十年的光阴。

　　我与杨萍姐也是从面熟开始的，20世纪90年代初的娱乐方式不像如今这样多元化，那时县文化馆还有专门的舞厅，县城里自然有爱舞一族。每个周末晚上，我都会去舞厅跳舞。一则为减肥，二则那是一种很愉悦的锻炼方式。

　　每当七彩的灯光摇曳着迷离的幻影，在音乐的旋律中我常常看见这位比我年长的姐姐被很多男女朋友包围着，向她请教如何跳舞。她总是耐心地轮流带着大家随音乐翩翩起舞，从第一曲到最后一曲，她的精力仿佛特别旺盛，各种舞步被她挥洒得淋漓尽致。偶尔她也会带我跳两曲快慢三步，那舒展的舞姿，洒脱的步伐简直就是老道的书法家泼墨挥毫时的行云流水。我曾多少次与之沉醉于音乐的唯美如坠云间，我曾多少次体会到被她带动旋转的舞步如同踩在时间的心上，高贵而从容。一些不知情的人还常常夸奖我的舞跳得有多好，却不知是这个"舞林高手"在灵动的音符中出神入化地为我隐去了错乱的舞步，提升了我对舞音的兴趣。我曾叹息县城里从不曾举办过交谊舞大赛，否则"舞蹈皇后"的桂冠非她莫属。

　　再后来我与她有了工作上的交道，才知她是卫生系统的会计，那算是一种真正的交道。当人们不再流行到舞厅跳舞了，她也有喜欢晚饭后散步的习惯，偶尔我们会在马路上相遇，总会看见她的手里拿着钩钩针不停地钩着各种色彩的线，那是手指的舞蹈，她几乎不用低头看线就能边走边钩，甚至还与她的朋友谈笑风生。我曾担心如此这般一心几用，会不会钩错图案或者钩掉了哪根线呢？我却是杞人忧天。有一次，我看见她钩成半成品的衣服时，忍不住夸奖了几句，几天后，她赠给我母亲一件白色的冰丝线的网眼衣服，那种衣服特别适合茂县夏季一早一晚特凉的气候，因为母亲偏胖不易购到合身的衣服，自然喜欢之极，我的内心对她充满了敬佩和感激。

君子之交淡如水，我与杨萍姐的认识仅停留于对她以上两种业余爱好的了解。直到 2008 年地震后，偶尔得知她调到了中医院，她改了行不再从事财会工作而是做单位办公室工作。她下班后渐渐喜欢与我交流文学与人生。直至有一天我从她的 QQ 空间里看见她的很多游记、散文和诗歌以及让我眼花缭乱的各种用钩钩针织的漂亮之极的被套、枕套、沙发巾，以及各种款式的毛衣时，我真的是目瞪口呆了，我们最熟悉的人往往是自己最陌生的人。

我不知杨萍姐的生活为什么如此丰富多彩；我不知她的脚步曾经怎样从容地踏过万水千山；我不知她家里养的花是怎样的艳而不俗、楚楚动人，我甚至惊讶今年《阿坝日报》每个周末几乎都有她的名字。她写的内容包括以各类中药命名的诗、游记散文和单位新闻报道等等。杨萍姐在生活中是一个快人快语的人，正是因为她对中医事业和对写作的热爱，她才孜孜不倦地用笔耕耘着，这一点许多人望尘莫及。当她上个星期还在告诉我，她欲出自己的诗文集《轻吟心曲》时，我的惊讶没有停止过，这个星期她竟然让我马上为她写序。

说实话，我从不曾为任何人作过序，更没有写序的经验，何况为别人写序要么是作者的师长，更多则是作者崇敬的名人，而我只是一个普通的文学爱好者，得她如此信任，我真是忐忑不安。看着她真诚而执着的劲头，我实在不能拒绝，且当作一次练笔，为她作一个侧面的人物素描吧！

我曾思索："真正的诗者是什么样子的？"我找不到标准答案，但在我看来任何一个热爱生活的人就是诗人，恋爱中的男女也是诗人。诗人必定要具有纯真与浪漫，诗人一定是灵魂自由的思考者与充满爱心的人。写诗无需要什么架式，也无需要多少所谓的身份与资历。田间锄作的农人是诗；孩子眼底的梦想是诗；所有追求和平与美好的心愿也是诗。

翻开杨萍姐的诗文集，我们可以看见她行走的足迹。从青城到西湖；从乌镇到香港；再从草原到海边。人们常说："读万卷书不如行万里路。"

所谓见多识广，也许正源于杨萍姐走过无数地方，她的心胸和眼界才特别开阔，也正于此她才是一个我行我素的人。她的心灵的翅膀也曾无数次飞越了万水千山，沐浴了阳光的灿烂与月色的空灵，虽然她已过五十而知天命的年龄，却依然保持着一颗热爱生活的阳光之心，难道这不就是诗人的本质吗？

她的诗文中有许多歌颂本行业职工的作品，由此可以感受到她对中医药事业的热爱与奉献精神。虽说一般情况下诗与散文不宜同出一集，但如她所说："我只是一个文学爱好者而已，不在乎书号与任何发行方式，世间我来过，我只留下自己文字与花影。"且读她的诗歌《九顶山听雨》"夜雨是上苍安魂的木鱼 / 滴滴敲在如今人类有形无魂的空壳上 / 九顶山肃穆着苍茫下去 / 是横卧的哲人不再说教 / 帐顶上的雨声渐远渐近 / 雨中的山鸟衔走我潮湿的激情 /"诗者将夜雨比喻成上苍安抚灵魂的木鱼，九顶雪山上滴滴的雨水敲击的过程中冲刷着人们对失去自由灵魂的呼唤。诗者远离喧嚣于九顶深山里栖居，与其说是一种旅游的方式不如说是她内心的沉寂与修行的过程，在这首诗中她是静默的，唯有空山鸟语滴滴向我们传递了人的精神回归需要怎样耐得住寂然的境界。

当一个人的年龄进入枫叶渐红的秋天时，那时的她是成熟的绚丽的，她的思想、她的人生已有了千帆过后、历经曾经沧海桑田的超越。让我们来读她的《野百合》"生也寂寂 / 凋也寂寂 / 开在山坡石崖上的野百合潮含流霞晚洗云雾 / 年年抽绿绽蕾 / 年年落白成泥 / 几缕细香几瓣白玉 / 全交给山野的风风雨雨 / 去滋润脚下深情的土地 / 一位郎中慧眼独具 / 发现了你的真正价值 / 把你写进《本草纲目》山雀衔来你馨香的微笑 / 山风带给你洁白的心灵 / 虽不浓郁却也风雅 / 虽不俊俏却也飘逸 / 开满了多情的六月 / 芬芳成纯洁的诗意"这首诗是一幅美丽的野百合图，一种可以入药的花生长在深山里，千万年来，她饮流云与甘泉，沐浴阳光与风雪中却卓然站立，绝不孤独的高洁宛如花仙的风骨，面对这样的诗行，难道我们可以无动于衷？

文学就是灵魂的心里叙事，是发自内心的心性呢喃。从《野菊花》到《芍药》诗者在山涧深处深情地寻找着它们的步履。"不论姑娘唱些什么 / 歌声好像永无尽头 / 我见她举着羊鞭轻轻挥舞的打周围的羊群，一边歌唱 / 我凝视屏息的听着，听着 / 直到我离开高高的山冈 /"那歌声却长久留在我心房——《牧羊姑娘》。再从《牧羊姑娘》到《今秋红叶》"满山遍野

的红叶 / 在秋日的季节激荡 / 宛如一曲思念的恋曲 / 这红色的思念 / 如清风，如细雨 / 让我静静的思 / 缠绵于心底思一样的情愫 / 叶脉延伸着纯真 / 叶缘掀动着心浪 / 叶子是你深蓝的呼唤 /"在她的笔下有数不尽的风花雪月；有道不尽的岁月蹉跎它；有无以言尽人类对生命的臣服。

有一种美丽难以言说，它深藏在皱纹里，有些民族将皱纹视着智慧的纽扣，无疑美是一种成熟。而她生命的经历就仿佛是一块五色的织锦。

所谓："仁者不忧，智者不惑、勇者不惧。"杨姐与文字的缘份仿佛是与生俱来的，她笔下的题材众多，有些诗词还带着她走过的那个时代深沉的烙印，但那同时是一个时代的缩影，她是那个时代的代言人。纵观其诗文，她在对事物的表达上多采用直抒方式，少了点曲径通幽的神秘。想与杨萍姐分享的是有这样一段话："水是用来解渴的，火是用来驱寒的——这些都于诗无关；要进入诗就必须进入水自身的渴意和火自身的寒冷。"这是对我们写诗人提出的最高的标准。

作为一个业余作者；一个曾经从事会计工作的理性工作者；一个热爱生活的女人；一个普通的妻子；一个慈爱的母亲；一个热爱中医药事业的职工。她将一个女人梦想与纯真沉淀在这本《轻吟心曲》中，且让我们认真倾听那岁月里流淌的风声与心曲吧，祝福杨萍姐在文学的路上走得更远！

2010 年 9 月 11 日晚于茂县凤仪镇

在时光的草原纵情歌唱

——浅读文君女士诗集《天上的风》有感

　　自从我收到文君女士的诗集《天上的风》电子版本后，我就迫不急待地展开阅读，在办公室读，在家里读。前后一个多星期，无论是白天还是黑夜，我都深陷文君奇思幻想的诗行里，她笔下遥远而神秘的草原让我驻足让我憧憬。

　　因为是州文联的安排，让我在"2015年阿坝州作家重点培训暨重点文学作品改稿会上"对文君的作品提点建设性建议。让我品鉴文君诗文这件事我特别慎重，深怕自己的理解力不够而误读、错解了一个文友的思想。所以我未看这本书的序言与后记，直接进入她诗集的正文进行阅读。

　　其实在笔会之前我并不认识文君。按照平时的阅读经验，一本诗集，作者一般会分为几个章节并将不同时期、不同类型、不同题材串连而成，面对文君的诗句，我是惊异的，因为我隐约知道文君是生长在川西北高原的若尔盖草原，我以为打开书的栅栏就会有铺天盖地的花海涌向我，有九曲黄河第一湾的激流环绕我。

　　诗集的第一辑是"爱在别处"。文君用二十首长长短短的诗歌来构成这个章节，她用大胆、热烈、豪情、甜美的诗句描写蒙古草原。我仿佛看见了一个已消失的草原帝国重新伫立；我仿佛看见大辽残照的恢宏与壮丽；我仿佛看见年轻的努尔哈赤在蒙古草原上驰骋挥戈，我甚至看见美丽的部落女首领在自由的草原纵情放牧情歌。比如这样的诗句令我动容："亲爱的，流失的岁月带不走诺言／就让我为你佩上＿柄弯刀／用我的赤诚做柄，用我的相思做刃／与你，形影不离"还有这样的诗句："枕着你的故事，我一再回溯那些金戈铁马，那些土地、牛羊、女人早已潜沉／我们只是远离了纷争／躺在故乡的怀中。"我的思想被牵引，无法回头，且看："'错位的句子打造不了一间／遮风避雨的毡包，流浪的歌手／唱哑了嗓子，还

是无法敲开 / 久闭的房门。"文君的笔触如火一般燃烧，让我难以去解剖她的诗用了哪些意象哪些章法？"我似乎是疯了，被一场烈火焚烧成这样 / 翻开行囊，我找出前世的信物 / 那一柄羊鞭，你曾经留下掌心的温度 / 亲爱的，回头一望 / 我缝补战袍的姿势，还是前世那份妖娆。"

这样的诗句弥漫整个诗篇，文君的文字像春天的野花在诗的世界无垠芳香，我恍然看见一个为爱而生的灵魂赤裸着，她没有披一件做作和虚伪的衣衫。

我读着读着开始猜疑，文君是怎样拥有对蒙古文化如此精道的抒写底气？我怀疑她的前世或者今生一定是那片草原上倔强而重生无数次的精灵？否则仅凭杜撰和臆想是难以完成这样大气磅礴的诗作。

在读完文君的第二辑"马背情歌"时，我发现文君的诗从内蒙古草原又回到若尔盖草原，这组诗中有不少藏文化元素，其抒写有些是惊世骇俗的，但是她自若地将忧伤的马头琴从蒙古草原带回了川西北高原，是从此草原到彼草原的流浪，是回归，是寻根，是执拗的灵魂回到诗意茫茫的故乡。

也许只有在诗的世界里，文君才是肆无忌惮的。看看这样的诗句，"我们在马背上做爱 / 在马背的颠簸里 / 你是我的天空，我是你驰骋的疆场。"面对她酣畅淋漓的抒写，面对不少神来之笔，我似乎能听见婴孩初生时的啼哭，听见草原上嘹亮的歌唱，六字箴言在天地庄严吟诵、回响。"我是那样多病而又多愁虐至，满目悲悯 / 恰时，远方一只孤单的狼 / 沙哑着嚎叫 / 你说：别怕，人，才是披着羊皮的狼"/"翻过旧岁，暗藏的苦痛无以言说 / 从一个部落到另一个部落 / 穿过风雨和狼群，隐忍而又顽强 / 一柄弓箭，一把藏刀，站成草原最后的尊严。"

读到这个章节时，我才恍然大悟，原来这是整本吟诵草原的诗集。其间蒙古族文化与藏文化不断交融，是此草原到彼草原爱恨情仇的延续，是此时空的族人与彼时空的血亲们在诗行里的复活与挥手，这所有的一切构成了马背民族辉煌灿烂过后无尽的忧伤与回眸。

我应该说文君的诗像歌，更像酒一般芳香绵长。有时它清淡如米酒；有时又像歃血为盟的血酒呛得你睁不开眼，透不过气，燃烧的爱恨把你胸口灼得生痛。

文君诗歌的第三辑是"天上的风"，真的奇妙，读她的诗时我正在听蒙古族歌手德德玛的歌曲《天上的风》，我为这种巧合感到惊讶，草原牧歌的弦律是深沉而忧伤的，我仔细地看看《天上的风》的歌词，若用上文君的诗该多好啊！

文君说"一曲《天上的风》，从苍茫的呼伦贝尔草原起程，穿越千山万水，撒落在巴蜀上空。马头琴的呼唤，唤醒一场蓝色的梦，前世的，今生的一腔爱恋，随着悠扬苍凉的马头琴音席卷而来。沉陷于忧伤的琴声，萨利赫，年少的牧马人，威武英俊的蒙古骑士，成了这场梦的主角。让我在不倦的琴音里，向你缓缓走来……"于是，对这个以风为名的男主角的爱就铺天盖地席卷而来。"萨利赫，萨利赫／扬起青春的脸庞，我能够看见太阳的光芒／和你鹰般犀利的目光／你我前世今生不悔的誓言，还在风中流传／爱啊，这是命中注定的温暖／失陷的草场，复活于长生天。"——《萨利赫，游走我心灵的风声》还有大量与之呼应的诗如《乡音，说不出的痛》："一地金莲花开，蒙古棘发出嫩绿的新芽／花喜鹊跳跃，寻找旧时容颜，深藏于草丛／可是，杂乱的脚迹／早蹦碎了一地乡愁，我的眼泪痛得无声无息／萨利赫，快来搀扶起这柔软的名字／回到风吹草低的牧场／游牧，异乡的繁华，浸蚀不了我们的骨骼／袅袅炊烟里，纯粹的嗓音／是你不老的琴声里，永远的新娘。"

文君的文字静若雪花，动如脱缰的野马，千山暮雪有其独特的意境，爱的诵词让长生天见证，爱的宣言穿越在相思的草原。她的诗如风一样自由，她的歌呼吸着远去的时光，她笔下的《七色草原》如虹一般绚丽。

文君诗集的第四辑《一路向西》，有网络的朋友将其理解为西藏，虽然我从中看见有布达拉宫的暗喻，但我认为她想表达的是对川西北高原的若尔盖大草原的情愫，是"一些久远的故事深烙骨髓，我不刻意想起它们，可它们总是不期而至"。这辑中有《天使的祈祷（组诗）》《马群开始躁动（组诗）》，其中有《繁华无边》《老样子》《阴天的向日葵》等等。依然有许多朴实并接地气的诗句："阳光被匍匐在地的祈祷惊醒／玛尼堆飘散着青烟／坠满金银珠宝的身影／卑如尘土，用_生的信念／换取一杯圣水／撒向青青的草地／一时间里，红的绿的紫的开了一地／黄色，依旧高高在上，俯视／微闭着双眼看世界／众生从平伸的手底流入轮回／所有的苦难将不再是苦难／此刻，活佛转世。"

这些描写是传神的，是嘉绒藏地草原神秘的元素，是支撑着一个族群骄傲屹立不倒的灵魂。文君用其彩笔尽情勾勒，有色彩的画面也有音乐的韵律，她仿佛是为草原而生的歌者，是为爱情而生的女人。她有母性的宽容与博大，她用爱的乳汁哺育着诗性的草原。有时，她又幻化成铿锵的男人在时空的草原飞马扬鞭。风起扬，诗满天。

有谁可以穷尽一生只为一个主题不倦的吟唱？有谁可以为一段远逝的记忆在不灭的轮回中用心膜拜？有谁可以宁愿失去方向，只为垂下沉重的头颅，长成你的模样？文君如中蛊毒一般，在自己的乌托邦里尽情讴歌。

她的闪电"撕裂天幕，撕裂结满忧郁的胸膛"她听见神的告诫，她的一颗念珠就是一段时光的青草她用诗般的虔诚行走，用整个生命乃至灵魂将神性的草原深情丈量。

从文君的诗行中我看见她隐忍的灵魂拥有的坚强，她率性的词句像草原小姑娘银铃般的笑。在其诗中的乡愁是别样的，是一个女孩对父亲永远的依恋，是对父族力量的完全信任与向往。比如《让我重复你》："风卷经幡低声吟诵六字箴 / 那些铁马金戈划过的痕迹 / 满是沧桑，满是希冀，透过旷野的呼唤 / 从马背跳动的姿势里 / 父亲传承给我一根缰绳，以及，繁衍的本领。"

其实我很想结束自己的絮唠，因为文君的文字是透明的，文字的表象就是她的内核。读者只需翻开诗集就能进入她的精神世界与灵魂世界，没有防范更没有门槛，这就是让她在网络上一直成为文字"舞蹈皇后"的理由，我与众多文友分享了文君带给我们的惊讶和欣喜，超越着痛苦，超越着世俗生活的纯粹抒写，我们应为她的执着与勇敢热烈鼓掌。

说到这里，我不得不回头看看文君的背景资料，这些资料无不提醒着我，她的诗作与现实的距离，很近且又是那么唯美而遥远。《天上的风》是一个女人草原的爱情史诗，是其宗教情怀地终极展示。

文君的诗是率性而为，没有过多雕琢，自然天成。另一方面又是偏激而执拗的，这不能说是优点还是缺点，只能说是文君诗的风格，正所谓"凡存在皆合理"。诗如水，无标准，正如大自然里所有的生物与植物，作者给了其生命，它就有存在的理由，众诗平等。

我在文君的诗中虽然看到较少篇章的若尔盖草原，为此有些淡淡的遗憾，但是一个作家写什么题材并没有任何限制。台湾有位诗人是专门写战争的，他抗议、指责、点评世界上所有的战争，著有诗集《战争残酷》，其诗与诗作震撼力。

其实在文学圈子里我不止一次听说过"一个作者的诗歌成就是其天分和灵性在作祟"的理论。他们认为那是人在轮回过程中，上世生命的信息在某个时间段被激活。面对文君的诗，对此理论我深信不疑，因为文君遭遇车祸的撞击是毁灭性的，是她被置死地而后生的涅槃，唯诗歌为她作证！

真诚为文君姐姐祝福！

2015 年 10 月 29 日于茂州

千年一问，一问千年

——记民族文化的探秘者安东先生

认识安东是几年前的事情了，当时中国社科院的普驰达岭教授电话告之我，他的一位朋友将到羌区作一个调查，望我可以抽出时间当其向导，我欣然应允。

在藏区，"安东"这样的名非常普遍，就像"扎西""卓玛"等名字，只要你随口喊出都会有一群人应答。所以当初我以为安东是位藏族学者。一见面，他的形象就像川西北高原生活了经年的羌人，麦色的皮肤，高挺的鼻梁、卷曲的头发，以及铜质一般苍劲的声音让我感觉到亲切，这样的形象倏然拉近了我们之间的距离。于是在有限的时间里，我带着他和他的朋友沈大哥马不停蹄地从茂县的这个羌寨到汶川的那个羌寨，其间，我为他们安排了不同风味的羌餐，每到一处，安东与沈大哥无论是面对建筑还是当地人的服饰都发出不可思议的惊叹，他们觉得时光轮回，仿佛他们回到了另一个地理位置上的故乡。因为旺盛的火塘与飘渺的老烟杆，因为固执的胃和不断需要印证的心在这块土地上，他们寻找到了想要的众多答案。

在沉寂了约一年的时间，安东为我邮来他的新著《千年一问》，首先吸引我的是这本书的名字，如此大气，彰显着一个学者无畏的探索精神。书的封面红黑各一半，有大汉古风，亦有黑土、烈焰端庄磅礴的气韵，令我不得不放下很多杂繁事务去认真品读此书。

该书由中国当代著名学者易华硕士、阿一老师为其作序，并作了高度的点评，为读者指引了一本随读杂记研读文本的前世、今生。应该说这样的文本是不可多得的专著，是安东多年来跋山涉水广泛求学、潜心钻研、不断体悟的结晶。作者用十二个章节，虔诚地从屈原的《楚辞》出发到悠悠羌地；从天涯情到西域奇遇；再从耶稣、毕摩的关联到巴蜀传说和龙脉传奇。安东的文字无疑是大胆的，他的想象力如同一位浪漫主义诗人在历史的天空自由驰骋，但他的逻辑思维同时又是缜密的，面对无数民族文化存在的表象，他像解一道道难题，于不断的疑问中思考，又于相似的符号里举证中提出自己的观点，或为抛砖引玉，或为列出异曲同源的民族文化的又一版本。

总之，安东的笔触和他的脚步一样，他带着疑问出发，又在徘徊中探索世界文化的深层内涵。也许面对浩瀚的人类文化遗产，无论是物质的还是非物质的总是你中有我，我中有你。而正是这一点需涉猎人类学、历史学、哲学、民族学、建筑学等等宏大的体系，即使穷尽一生我们也无法得出最终、最好的答案。好在有安东这样的彝族学者做了这样的事，他用自己的方式作了一次有滋有味文化之旅的探寻，也许文化的魅力在于永远无法做到泾渭分明，所谓的已解也许是未解，而我们津津乐道传承与弘扬的某些文化也许是偏执与狭隘的，而安东则用《千年一问》的方式冲破了思想的禁锢与民族文化你争我夺的荆棘与樊篱。

我们的掌中有火，心底有亘古的月光，遥望中国的历史曾经灿烂辉煌也饱尝铁烙与刀伤，是时间留下无尽的疑问，也播洒了苍凉。"多愿人们重拾文化的衣裳，再饮精神的琼浆。"

"你是华夏，我是炎黄。我们的血在同一条黄河、同一条长江上流淌。多愿来日的中华大地上，国盛民强。"

2015 年 7 月 14 日

远方有朵飘走的云

2006 年这个地球上的人们在历经了太多天灾人祸和各种变故之后，又怀着企盼走向新年的一个早晨，马尔康的朋友给我打来了一个电话，她忧忧地说："有一个不幸的消息我得告诉你，那就是我们的朋友谢志云（朋友们都叫他谢老二）遭遇车祸，离我们去了。"我不相信自己的耳朵，连问了几次都无法相信，这就是人们常说的命运无常么？这就是后来邝老五所说的在谢老二出事前的那天，他坐在画家村画画时宿舍里的灯泡突然爆裂是给他的一种提示或者什么吗？因为他们也是好朋友。

其实我对谢志云的了解并不多，第一次认识他是五年前州文联的新一届选举，那时文学艺术界的朋友喜聚一堂，会后朋友们在茶楼上三个一群，五个一伙的从音乐说到舞蹈、从文学说到摄影、从书法说到绘画，虽然看似隔行但是文学艺术却又是一母所生水乳交融的兄弟 O 饮茶时有朋友介绍谢老二给我认识，说他就是那年全省少数民族书法比赛中荣获一等奖的得主，那时的他不过二十多岁，长得是标准藏族帅哥的样子，他腼腆微笑着特别谦逊，其间并无太多言语。我想："能在全省得奖可不简单，这需要多少时间的修炼才会有的功底啊！"当我的心中对他升起敬佩之情时，我们的友谊便开始了。

从那以后我对他的关注也就多了起来，当在报刊和杂志上经常看见他的摄影时，不得不让我这个外行也感慨他极有摄影天赋。他将美术的角度与色彩在摄影中把握得那么好，记得他发表过一幅《醉卧金秋》的照片，整个画面里的金色用的是雍荣华贵却又能让人感觉烟雾流动的气韵之美，画面里的村庄安静而又祥和，整个画面大气磅礴，真有一种让人醉卧金秋不想醒来的感觉。记得在《阿坝日报》上还看过一幅他的民俗照片，那是两个草原上的孩子站在木梯上一高一矮，透过旧木梯看外面的世界，小男孩子的脸红彤彤的，眼睛像星星一般又黑又亮却蒙着一层淡淡的忧郁，小女孩的表情是羞涩又有着雪一般的茫然，那是一幅油画效果的照片让我看了爱不释手，照片里的孩子真有一种呼之欲出的感觉，让你想触摸他们的世界。

我知道他还有很多发表了我们却没有看见的好照片，我知道他还有很多还没有来得及发表的好照片，这是一种遗憾，是朋友心中永远的感伤！人们常说"某某大器晚成"，可是他这么年轻就有如此成就，宛如一只正欲展翅的苍鹰遭遇晴空霹雳猝然而去。"英年早逝，驾鹤归西"，是他亲人们一生也无法愈合的伤痛！是多少人心中的缺憾啊！是阿坝州文学艺术界的一个损失啊！

记得 2006 年的 10 月我打电话让他帮我的诗集设计一个封面，他满口答应了并且询问了我需要的风格和画面要求之类的事，由于我要的时间太急而他又在外出差，这件事情也就搁浅了。没有想到那次居然是我最后一次与他通话了，这就是人生的别离吗？

他生前曾说过很想出一本摄影画册，却因为种种原因没有完成，那些如金树叶一样散落的好照片有谁为他整理并且出版呢？这一定是他众多梦想中的一个遗憾吧？所以走在人生的路程中我们的每一天都珍贵无比，时间与生命我们都挥霍不起，辜负不起，做好每一件自己应该做的事，爱自己的亲人、爱自己的爱人，给社会予爱给自己一点真正的关爱！

听见他去逝的消息，我的心一下子降到了冰点，感觉自己堕入了雾一般巨大的悲伤之中却没有一滴眼泪，我的智商好像降低为零，人也变得特别迟钝，虽然作为一个文友我们相会在一起饮茶、品酒、谈天的时候不多，我甚至记不起他是常常叫我雷子还是雷姐，但我们毕竟是真诚相待的朋友。他的音容笑貌、他的才华横溢一定常常被朋友深深地想起。昨天朋友打电话告诉我，他被埋在金川一个叫沙耳乡的地方时，我想起了他那张《醉卧金秋》的照片，他的坟面对的那个地方就是他照片中拍摄的传说中的神仙包，年轻的他就从此醉卧在那里了吗？他一定是那片到处流浪的云，在山谷、在丛林、在阳光与月色里，在朋友们深深的记忆里。

2006 年 12 月 30 日

羌野的歌

巍巍九顶山，悠悠赤子心
——记一群普通羌族山民的环保行动

掌声与鲜花，献给一群平凡的羌族山民

让时间且在 2012 年 11 月 24 日那天暂时定格，在神圣的首都北京，由国际野生生物保护学会、中华环境保护基金会、中国野生动物保护协会联合发起的"第四届中国野生生物卫士颁奖典礼"上，四川省茂县九顶山野生动植物协会被授予了"第四届中国野生生物卫士行动杰出奖"。而他——余家华则是唯一一个来自四川边远山区民间协会的领奖人。

作为领奖人，亦是该协会的发起人余家华来说，能得到如此高的奖项不仅是协会八十多个会员共同的荣誉，更是对他们 18 个春秋在艰苦的环境下义务巡山、义务反盗猎行为的最高褒奖。他曾以为能攀上海拔 4800 多米的九顶山是他人生的高度，他却不曾想到自己和协会会员的行为，已将此行动作为人类最起码的职责，不仅对野生动植物怀着无限悲悯的情怀，更是承担起保护特种多样化、保护人与动物共享地球家园的精神高度。那天，他穿着古老的麻布织成的羌衣站在发言席上，他的获奖感言声调颤抖，面对鲜花与掌声他百感交集，他想流泪，为那些逝去的无辜的珍稀生灵而哭泣；他想微笑，为那些在他们保护下能够自由行走和飞翔的珍稀特种能得到外界的关爱而欣慰的微笑。

"我们是一个以提高边远山区自然保护和倡导老百姓遵纪守法的农民群体，我们的宗旨是让人类与自然和谐发展"，这就是四川省茂县九顶山野生动植物之友协会的宗旨。

放下猎枪，开始悲壮的环保行动

余家华，羌族，男，62 岁，他的祖祖辈辈都生活在茂县九顶山下的茶

山村。据他回忆，在20世纪80年代初期，茂县凤仪镇、石鼓和南新镇境内保存着完好的曲型垂直植被带谱，生存着大熊猫、林麝、羚牛、斑羚等珍稀动物。但是到了90年代初，外地不断增多的盗猎者每年都致上千只动物被杀戮，金钱豹、云豹、青鹿等物种在当地完全绝迹。

捕猎，对一个山里男人来说，那曾经是一种传统，更是生存的一种技能，时间和悟性锻造他成了一名技术高超的猎人。他放下猎枪不是因为遇到过怀有身孕的动物向他一跪哀求放其生路的传奇故事，而是他有一次在雄伟的九顶山背后（一个不容易看见火的地方），亲眼目睹了一批猎人为了追赶野物，首先放火毁林，逼迫野生动物逃出树林后，然后在杜鹃林、盘香林和荒草坡集体捕杀，当冬季的熊熊大火席卷着枯草而来，惊慌失措的动物们被困在火中无助地哀嚎，枪声和动物的惨叫声让余家华的心突然感到一阵阵巨大的恐慌和阵阵悸痛，他听见的仿佛是绝望的动物们对人类的控诉和对人类的诅咒。

余家华回到家后对自己的父母说起这件事情，老母亲说："靠山吃山，靠水吃水，森林若是这样破坏下去，恐怕以后不仅是没有了野物和树林，恐怕子孙后代只有啃黄土了。"经历了这件事情后，他意识到不仅要在大山补种树苗还要开始反盗猎活动，不能让珍贵的野生动物在自己的眼皮下绝种，1995年当地第一个由祖孙三代为成员的保护野生动植物民间协会成立了。从此不断有亲戚、朋友开始加入到协会中来。1983年至1995年正值九顶山盗猎活动最猖獗的时段，作为一个普通农民是没有执法权的，当《国务院关于严格保护珍贵稀有野生动物的通令》（1983年）的公告贴进村寨的时候，这位老村支书利用"支部＋协会"的效应开始了艰难的反盗猎行动。《森林法》和国务院公告就成了他们至高无上的法宝和底气。2004年在茂县外援办主任刘志高（该协会理事长）和联合国志愿人员张义平的帮助下，四川省第一个以保护野生动植物为主旨的农民协会在茂县民政局正式注册。

2012年12月初，当我们从新浪网、凤凰卫视获知该协会的获奖消息时，我与县委宣传部的同事张娅以及县广播电视局的主播王维一行去到余家华家，陪同我们一路的是茂县林业局四川省宝顶沟自然保护区管理处的同志郑薇薇。

沿着蜿蜒的山路，在大山深处的一个村庄，我们找到了余家华，我本想给他做一次深度调查的采访，但初见他时，我心里竟然有点失望，因为这位脸色红润，眼睛混浊，身材瘦弱且背部佝偻，语言不够丰富的老人显得有些木讷，这与我想象中那些气宇轩昂，正气凛然的森林卫士竟然有很大的反差。他热情地招呼我们坐在他家堂屋里，我环顾墙壁四周贴的都是飞禽走兽的图片与名称，还有这样的宣传画报"森林森林是个宝，蓄水防洪最重要；净化空气离不了，多样生物真正好""了解文化，尊重自然；不挖野菜，不采草药；野生动物，只可远观；拒绝野味，你我平安；小心用火，区内禁烟；垃圾入桶，绿水青山"。与其说这是一个农家的客厅倒不如说这是一个宣传保护野生动植物的乡间课堂。在屋外的墙角下，让我们触目惊心的是一大堆捕捉野生动物的钢绳、钢圈、铁夹，还有我根本叫不出名字的"凶器"。

余家华老人不断地给我们展示他的各种照片：这是他与儿子在山谷里拍摄的珍稀植物，那是孙子抓拍的马麝。绝蓝的天空下那些美丽的让我叫不出名字的飞禽走兽如此灵动，还有高山雪莲花竟然鲜活得如此晶莹剔透。呵，神秘梦幻的九顶山、美丽神奇的大自然！

一本发黄的巡山日记，记录着荒野巡猎的历程

余家华老人并没有与我交流太多，他拿出一些证书和奖状给我们看，我惊讶地看见那堆资料里有他的巡山日记，据他说是他自己口述，家人和会员帮他记录下来的，其中还有他小孙子的一篇日记，我摘录了以下几段：

2006 年 1 月 9 日　大雪

元旦节，我刚从北京参加自然之友举办的"蒲公英小额资助项目研讨交流会"回家才 5 天，有村民来给协会反映，说外村有弟兄俩于 2005 年 12 月 26 日已进入九顶山，怀疑有盗猎行为。协会决定跟踪调查，派出我和余家贵、唐树兵去跟踪调查。我们三人于 28 日顺着进山的脚印，冒着零下 20 摄氏度的严寒，踏着 40 多公分厚的积雪跟踪了 4 天，终于找到了进山人的住棚，但是他们已无踪影，根据周边环境观察，估计是积雪太大，行动困难，他们无法安放钢丝套才放弃了偷猎，我们松了一口气。

2007 年 5 月 6 日　阴

今天我与德阳公安局仁勇一行 9 人，从茂县县城出发踏上从安乡到九

顶山穿越去德阳的小路。一路上我听见锦鸡的叫声，看见很多斑羚的粪便和脚印。我们边走边观察有无盗猎者的行踪，在前进一公里左右发现有猎人盗走一只林麝的现场，在平水沟时又发现猎人盗走一头苏门羚的痕迹。据我们分析，估计偷猎人是4个，而苏门羚可能是4月中旬被他们用钢丝绳套猎杀的，他们把肉全背走了，把动物皮和捕捉工具留在了现场。看到这样的情景，我的心好像一团火在燃烧，我无法让自己平静下来，盗猎者如此猖狂，主要是我们协会缺少巡山所需经费，无法开展密集的巡护，否则我们一定会抓住盗猎者。

2008年7月25日　大雨

7月11日下午，又有村民告知有三名不明身份的人往九顶山方向去了，当晚我与巡山队长余家贵商量后决定组织7个人于第二天早晨一早进山巡逻。在大水沟子上队员们看见三个人新鲜的足印，一直走到大岩窝和斗口林管分路处，有他们住了一晚的垃圾，接着有队员发现他们的脚印往马棚子方向去了，因天已暗下，只能停止追踪，大家在老棚子休息了一晚，于13日一早我们沿着老棚子、三台岩窝、稻谷楼、上平水口子一路冒雨前进，走了30公里左右，终于在二潮又发现了他们过夜的痕迹，于是我们决定分头行动，于当天晚上7点钟找到了那三个人，他们的口袋里有10公斤左右的钢绳（钢绳分小可做动物套子二三千条），晚上我们对他们进行了一个多小时的保护野生动物的宣传，告诉他们，我们是专为阻挡他们盗猎野生动物而来的，他们说是由于地震中受灾生活困难，我们就没有将他们移交到茂县林业公安科，只是将他们带回协会和村委会进行再次教育，没收了他们的钢丝套，给他们拍了照留下证据，经过教育，他们都诚恳地表示从此不会再来九顶山盗猎了。

这是"5·12"大地震后协会会员的第一次巡山，难度相当大，山路坍塌损毁得无处下脚，余震不断，沙石不断滚落，极端危险，我们一边要修路还要随身携带炊具、帐篷、棉被和简单的饭菜，大家苦中有乐。

此次巡山队员有余家华、余家贵、彭家楠、顺召林、蔡文恒、唐福寿、余家祥。

2009年2月17日巡山日记

我是一名小巡山员，名字叫余彪，家住四川省阿坝州茂县凤仪镇茶山村克都组。今天我们村来了一位广东的志愿者，名字叫李昀丰，前来支持九顶山野生动植物之友协会工作的，他来到我家并在村上了解农户地震后重建家园的情况。爷爷叫我带李叔叔到山上看看协会近几年的保护成果和巡山路面损毁情况，我答应了。

走到懒都坪时，我们遇到一位放羊的老大爷，大爷告诉他说："我们这里以前没有保护动物的时候，很多动物越来越少，有些快灭绝了，自从有了协会保护，就没有没人打猎了，动物的数量都在增长"，听我爷爷（余家华）说红腹锦鸡1995年只有很少的了，现在保护起来已经发展到300多只"。

然后我们又到"阳山坡"去看地震造成的地质滑坡，它导致巡山路中断，给巡山队员工作带来很大困难，抬头一看就是"小猪巢"，简直无法形容，大约有方圆五六百平米的大滑坡。就这样到了中午，我和叔叔正要往回走，突然李叔叔看见一座山，问我是什么山，我抓了一下头突然想起爷爷曾经告诉过我，那是老人山。接着我们走向像锅盖一样的山头，抬头看见几只雄鹰在天空中来回飞翔着。

多么美丽的景色，让我不由想起那些保护者和志愿者的奉献。
……

付出与收获，见证生命卓越价值

"我们协会需要大家的帮助，但野生动物更需要我们的帮助"这样质朴的话发自余家华的肺腑。他们是一个将珍稀野生动植物当作朋友的人，他们对这些不能言语的朋友报以了惺惺相惜的怜惜之心，他们用自己的行动践行着最平凡的伟大，用铁肩担道的侠骨柔情诠释着作为人类的担当，且看以下的数据：

之前，由于盗猎者采用放火烧山的方法获取猎物，每年要烧掉1万－2万亩林木，截至2000年，共烧掉林木10多万亩。见此情况，余家华等人加大了宣传力度，鼓励村民植树造林，并制定了"砍一棵树植十棵"的村规，村民们每当砍完一棵树，便在自家的房前屋后，荒山荒坡或自留山等一切能植树的地方植树十棵。据统计，退耕还林（已实施9年）共计植树1200亩，其中：村民们积极参与义务植树一百多亩，余家华及其家人共植树400亩，至今树木直径大的三十多厘米，小的也有十多厘米。

一万六千多元，是余家华及其亲戚这么多年来用卖耗牛赚来的钱支付困难巡山家庭成员的工资及杂支；

12 岁至 84 岁，是协会成员从最小到最大的年龄跨度；

每人每次巡山海拔 1900 米到 5000 米，巡山负重 30—40 公斤；

19 支枪，收缴盗猎者火药枪，分别交送至林业公安和当地公安局；

2000 个，一个季度猎人可以在山上放置的捕猎套；

90000 个，到目前为止，协会收缴和拆除的捕猎套；

90000 个，目前九顶山上估计还遗留的捕猎陷阱和捕猎套；

1994 年开始巡山，每年至少 7 次，每次巡 7 天至 15 天，每天行走 30-40 公里，年巡 2940 公里，相当于绕地球走了一圈多。

他们巡山过程的艰辛是常人无法想象的，且不说自然环境的恶劣让他们或多或少都患上什么疾病，面对盗猎者的疯狂掠夺，巡山队员的生命历程也充满了惊心动魄。经过他们多年来和当地村民的共同参与保护，九顶山的生态保护取得了卓越的成效：

目前为止：九顶山的马麝增加到 150 只、林麝增加到 140 只、斑羚增加到 1000 多只、金丝猴 600 多只、红腹锦鸡增加到 700 余只，黑熊也有 5—6 只，小麂发展到现在也有 6—7 只。

九顶山野生动植物之友协会的行动，感动着大山之内之外的人们，他们是：国际环境保护组织、世界自然基金、阿拉善、自然之友、亚洲基金、中国国际民间合作组织促进会、温洛克农业发展中心成都办公室、四川蜀光社区服务中心以及四川省州县各级林业、农牧等部门对其的关心与关注。

这样一个自发的民间保护协会是少有的，一群普通的羌族农民以博大的胸怀，以不畏牺牲的精神与盗猎者英勇搏斗，不为名利，只为这片土地的祥和与安宁。

我们当铭记："没有买卖就没有杀害"。

让我们再次向这群野生生物卓越卫士至以深深的敬意吧！

注：余家华荣获 2013 年阿坝藏族羌族自治州"民族团结先进个人"

余家华荣获 2013 年全国"民族团结先进个人"

民间有爱心人士正筹募资金为余家华和他的团队拍摄微电影。

2012 年 12 月

一首 20 世纪 40 年代的童谣

初为人母的时候我是懵懂的，我不知道如何带孩子，无论是在其饮食还是穿衣上，我没有想到去新华书店买本这方面专业书看看，哪怕依葫芦画瓢也好。一切的育儿知识皆是从自己的母亲、婆婆、大姐那里零星学一些，即使学到后我也很笨拙，毫无半点作为母亲的泼辣与老练。

孩子快一岁的时候，母亲提前退休彻底帮我来带孩子，那时正是孩子牙牙学语、蹒跚起步的关键时刻。母亲常常问我，关于孩子的某件事情如何办时，我说："妈，你是三个孩子的母亲比我经验多，我可不懂？"母亲说："自己的孩子自己作主。"听来确实应该这样。

母亲对孩子数字的最早启蒙就是母亲教他认扑克上的数字，然后和他一块打扑克。对语言的启蒙则是教他背儿歌，我问母亲是从哪里学的，她说是小时候自己的母亲教的，我又问，为什么我们小时候你从来不教我们呢？母亲说那时上班每天不仅要缝好多衣服，下班后还要加强政治学习、开会、讨论……所以没有时间教我们背诵儿歌。

有一天当我听见孩子奶生奶气地背着那首具有浓郁汶川口音的儿歌时，我觉得母亲真的好伟大，歌谣的内容如下：

月亮走，我也走
我给带月亮提烧酒，
烧酒辣，买黄瓜
黄瓜苦，煎豆腐，
豆腐薄，弯牛角，
牛角弯，弯上天，
天又高，好耍刀，

刀又快，好切菜
菜又青，好点灯，
灯又亮，好算账，
一算算到大天亮，
桌下蹲着两个小和尚。

　　孩子每每背诵这首儿歌时都会得到大人们的赞扬，这也就加深了孩子自小就对儿歌和诗词的喜爱。我不知道与母亲同一年代的那些人是否还记得世间有这样一首美丽的童谣，我且记录下来装进我的散文里，我怕岁月将它们遗忘。

2005 年 8 月 2 日

文联，我最初与最后的精神家园

　　某天夜里当我的手指无意间点到中国文艺网的微信平台，我突然看见一条为庆祝建国 65 周年和中国文联成立 65 周年"文联记忆"大型征文活动的启事，我沉睡的记忆仿佛被一束温暖的光激活了。

　　文联，文联。我心中默念着这个让我亲切无比的名词，童年时代的记忆如潮水一般向我涌来。记得那是我 14 岁的暑假，母亲叮嘱我这个假期去县文化馆参加一个写作培训班，并且告诉我是她的同事杨阿姨的爱人周辉枝叔叔让我去的。

　　学习场景仍历历在目，前来给我们讲课的有阿坝师专汉语言专业的赵熙教授、有威州师范学校的曾宪刚老师以及县进修学校的语文专业老师何健，我尚不知那个时代的他们是阿坝州文坛的几个标杆性的人物，其成就现在很多人都无法逾越。他们的授课内容在我看来比童话更玄妙、比评书还精彩，让我听得如痴如醉。仅仅七天，仅仅是象征性地交了二元五角钱，但那一个星期的启蒙让我一生受益无穷。学习期间同学们的作品分别交给授课老师批阅，部分手抄的精选作品被粘贴在县文化馆外的橱窗内让过往的群众阅读，在我看来那是一种荣耀更是一种莫大的快乐，由于没我的作文在橱窗内，我的内心有种黯然神伤的低落。

　　直到有一天我放学回家，母亲拿给我一张《阿坝报》。天啦！其间居然印着我的一首小诗《生日》，在诗歌的最后有"汶川县文联推荐"这一行字。呵，我的处女作，我的名字，虽然我的诗歌只有小小的一片树叶那么大的面积，但是对我地激励早已超出了一切。

　　从那以后，对文学的热爱便成了我此生再也无法更改的习惯，县文联在 20 世纪 80 年代油印了最早的县级文学刊物《羊角花》，后来改名为《岷江文学》，直到 1995 年又更名为现在的《羌族文学》。由于汶川县上领导的重视一直拨付经费让这本杂志生存着，加之转业到汶川图书馆的土家族作家周辉枝老师地热忱引导与积极吸纳会员，此杂志吸引了阿坝州内许多文学艺术爱好者的眼球，一棵棵热爱文学幼苗从农村到工厂，从机关到学校比比皆是。兴趣成了最好的老师，文学改变了多少人的命运？

读书时代的我就这样爱上了文学，偶尔我会去周辉枝叔叔家借书，他也会选择性地送我一些文学书籍并且叮嘱我要给他交一两篇作文。记得有一年的某天下午，我在周叔叔家看见一个二十岁左右的年轻人，他穿着一件海军衫斜挎着一个绿色帆布书包，他的眉心边长了一颗圆圆的痣，他们俩一边聊天一边拿着方格子的文稿说着我听不明白的诸多文学话题。只记得周叔叔告诉过我，他是一个天才作家，总有一天他会得到什么文学奖！……直到多年以后我才知道那位年轻人的名字叫杨胤睿，也就是后来获得了茅盾文学奖的藏族作家阿来老师。

再后来，我从学校毕业又到工厂，又从工厂调到了经济部门。我如同站在飞速的跑步机上必须不断地学习、不断考试、不断为生存奔波。再后来恋爱、结婚、生子。我无论多么的忙碌，无论面对过哪样的困难，我从没放弃过对文学狂热的喜欢与辛勤的笔耕，因为我知道自己的起点非常低，因为从没有上过大学的我有着深深的自卑，但我依然感谢文学如同一把钥匙让我在各种逆境中找到智慧的方法去解决生活中诸多的难题。

当时间走到 2006 年，我意识到自己的第三个本命年即将临近时，我的内心充满莫名地恐慌，我觉得必须给自己多年的文学创作一个交代，于是我利用一切业余时间沉醉于创作，重新梳理过往在大脑中闪烁着灵光的题材，在朋友们的赞助和帮助下，于当年年底我出了自己的第一本诗集《雪灼》，2008 年 8 月此书被一位日本友人镰仓千秋在北京一位朋友处借走并悄悄翻译成日文，还为此书写了《羌族，一个美丽的奇迹》的序。

2008 年震惊中外的汶川 "5·12" 大地震扯动了全世界人们的心，我的家乡汶川从废墟变成沐爱重生的汶川。与大爱相牵的力量如此强大，灾后重建的三年，龙门山一带站立起一个个崭新的新家园。我永远不能忘记 "5.12" 期间，那时的我在茂县财政局工作，为了让灾民尽快得到国家发给灾民的生活补贴，我与我的同事们忙碌得通宵达旦甚至连腰上贴满膏药也无法缓解腰的疼痛，那时只为准确、快捷地输入几万群众的身份证信息，让羌族群众在第一时间感受到党中央对灾区人民的关怀之情。

我永远无法忘记自己曾经像一个农妇一样在物资保障组搬运来自全国各地的救灾物资，在余震与高强度的工作压力下，在时间与时间喘息的缝隙间，我仍然无法放下自己的笔，在简陋的帐篷中、在昏暗的马灯照映下，我完成了诗歌《我是汶川的儿女》，此后在参加中国作协的文学采风活动中，我朗诵了这首诗只为代表灾区人民真切表达对党中央和全国人民的感激之情，虽然那时我的声音是沙哑的，虽然我的普通话一点也不标准，但情真意切的表达得到了时任中国作协金书记的首肯与鼓励。

作为一个基层的财政局职工，在综合经济部门要拨付巨额的灾后重建资金的手续是烦琐的，压力是巨大的。因为每一笔资金包含的意义都是沉甸甸的，我不仅要做好本职工作还要发扬"白加黑""五加二"的精神。当我有一天突然得知自己的诗集《雪灼》荣获第九届全国少数民族骏马奖的时候，我感觉像闯入梦境一般。在我的获奖感言中我写道："这个奖不是给我一个人的，而是给我们这个坚韧而勇敢的民族的。"

2008 年 11 月，当我在贵阳领取第九届全国少数民族骏马奖的时候，站在光环四溢的舞台上，我的耳边莫名响起一首歌："孤独站在这舞台，听到掌声响起来，我的心中有无限感慨，多少青春不再，多少情怀已更改，我还拥有你的爱，好像初次的舞台，听到第一声喝彩，我的眼泪忍不住掉下来，经过多少失败，经过多少的等待，告诉我自己要忍耐……"

在那次获奖晚宴上，我见到美丽的铁凝主席。我是看着由她小说改编的电影《没有纽扣的红衬衫》长大的，我是读着诗人舒婷的《致橡树》成长的，我的青春是哼着扎西达娃作词的《向往神鹰》而逐渐空灵和豪迈起来的。一下子让我认识那么多知名作家，我的记忆应接不暇同时内心又惊喜万分。我从来不曾想到坚持爱好文学可以在某一天邂逅我国的文学大师们，我从不知道从一首小诗出发可以抵达《民族文学》璀璨的殿堂。

当灾后重建基本完成的 2011 年 9 月，我向组织提出申请要求从县财政局调到县文联工作，此消息在朋友和熟人们圈子里炸开了锅，一些人对我的这个决定百思不得其解，甚至有人嘲笑我"从米算兜跳到糠算兜"，简直就是"书呆子"。诚然，文联相对诸多政府部门是清贫的，没有任何项目经费和特权，但清贫是一种理性的状态，富足的思想让人生淡定、从容。

回顾多年走过的文学路，仿佛很漫长不知不觉间就已近三十年。时光飞逝，何以一眨眼我就人到中年！从我放弃数字工作转行到县文联，仿佛是天意的回归又是冥冥中的注定。追问文学的魅力所在？其代表的高度和容度以及其深沉的价值观、哲学等意义竟然是我一生都乐在其中地思考与追求。

选择与放弃需要勇气，我自豪自己学会"舍"才"得"。正是因为我经历了"5·12"大地震，见证了太多生离死别方让我顿悟时间对每一个人来说是何其珍贵！灾后家园重建是生存之需而精神家园的重建对一个民族和个人来说又是何等重要？身在基层文联的我如何静心创作？怎样潜入民族文化的核心去挖掘并记录与传承？一如当年启蒙我文学的老师们那样去发现和培养一大批年轻的小作者任重而道远。

感谢中国文艺网举办的"文联记忆"这个征文活动，我用三千文字和一个下午梳理了三十年来点点滴滴的文学记忆。感谢在这条文学路上一直搀扶着我，指点我并给我无限鼓励的各级编辑和大师们。

我依然感恩这个伟大的时代，珍惜文联这个最美丽的精神家园！

天真的焚与羌野的歌

昨夜我又做梦了，我梦见自己与一群国内有名的作家同坐一辆大客车到一个地方去旅行，但汽车却在一个古老的碉堡前停下来，所有人都进去参观，而我迷路了。当我从古碉楼里出来的时候，汽车已经开远。我心中暗想："他们为什么不给我打一个电话，就把我丢在这里了？"我的手机居然拨不出一个号码。我骑着一匹漂亮的小马去追他们，巨大的山体垮下来淹没了公路，我坐在马上拉紧缰绳，扶着河边嶙峋的巨石沿着浑浊的河水小心翼翼地蹚过去，那是一条逆流而上的路，从河滩到崎岖的山路我一路艰辛的追逐，灵性的马驮着我翻越了一座又一座高山，山上的岩石很坚硬，岩石下清泉流淌，马蹄的足音敲出了美妙的音韵。当我抵达山腰的一个平坝时，一群满身尘埃的孩子们从土屋里跑出来，他们热烈地欢迎着我……我失语了。

我的身体一阵痉挛，床又开始摇晃，我失声地大喊："啊！地震了"。"5·12"地震已过去七个月，可是那一百多秒大地的震颤和我心灵被撕裂的阴影居然还悄悄地埋在我的梦底，我一直在黑夜里这样惊悸着。

何以会做这样一个梦？我从贵阳领回的文学骏马居然在梦中复活了，它温顺而执着地在梦中陪我经历了一次孤独的、焦灼的、掉队的笔会。也许在潜意识中，我的内心隐藏着无数的迷茫与忧伤、孤单与自卑，所以骑着马儿我在奔跑。

童年时代的梦是天真而又神奇的，至今仿佛我都不曾真正地长大过。梦底的水鸟是我，在碧水如翡的江上自由飞翔，海底的鱼儿是我游弋幻化而成的花朵，更多的时候我在清凉的河底捞到一块块美丽的砚台和奇石。这些梦曾经真实得让我狂喜！

直至 2005 年的春天，我与汶川的一群文友在汶川县雁门乡的一个唐代古城墙上欣赏春景的时候，文友们在前面匆忙走过，我的眼睛却被一块石头吸引住，我蹲下身去拾起来一看，居然是一块沉甸甸用乌石琢出的端砚，砚台边角虽有一点破损，但其整体却被打磨得很光生，砚心光滑若镜，砚台搁笔处是凹下的两朵盛开的莲花。这是一块没有琢砚人的名字和年代的民间砚台，但其沉静的气质和厚重的质量足以让我们想象其至少诞生在唐代。当我用水沟里的清水洗去砚台上的尘埃时，涤去的黑墨下面居然是一层无法抠去的泥沙。所以我们断定：使用过它的主人不仅仅是一人。我们猜想着它最初的由来一定与一个文人有关，我们猜想它辗转的身世一定是在某个冷兵器时代，有人曾用它研墨写下过军令状或者招兵告示之类的文字。

让我在 2005 年的春天与一块民间的古砚邂逅，那定是来自天地间梦的指引或者是某种力量引领我走向文字更坚定的信心和暗示吧！在文友们非常羡慕的目光中，一个文友说："雷子，砚台太沉了，我帮你拿着吧！"直到分手时，他才恋恋不舍地把这块黑色的砚台归还给我，文友手心里的汗水已浸进了这块古朴苍凉的砚台中。回家后，我把它放在我的电脑桌旁，它目睹了 2006 年我孕育诗集的甜蜜与煎熬，直至一场大地震的来袭。

2008 年漫长而又匆忙，恍如隔世一般。我经历了人生的悲欢离合，从失魂落魄地寻找亲戚和朋友到得知我的诗集荣获第九届文学骏马奖的消息时，我的心如海啸般升腾到快乐的顶点，却又以最快的速度回落到冰点，因为在这样一个特殊时期，我是焦灼和敏感的，我的同胞们是兴奋而又感叹的。外面的世界喧哗着我，我的内心却如月一般宁静，这种变化我始料未及。我常想："我应该为那些失去了生命的人们做些什么？"至今，我没有为逝者写过一篇好的祭文，但再好的祭文能唤回那些消逝的生命吗？思念的痛楚如此空旷，一如苍白的风雪挟裹着我沉浸于彻底的悲凉。我想用文字为曾经鲜活的生命画像；我想用爱心抚慰他们活着的亲人和朋友留下的遗孤；我想再也不要贪恋闲暇享乐的时光。我有太多好书没有认真去读；我有太多精彩的故事没有整理和记录。虽然有一天，我也会到那边去，倒计时的光影里正撕毁着我挥霍的每一寸美丽的时光。

十五个月以来，我一共搬了十三次"家"。从地下简单的纸板通铺到农家的田地里搭起的彩条帐篷；从八平方米的蔑浆板屋到农村朋友核桃树下规范的援助帐篷；再从幸福的简易板房到今天已维修好的最初的家；每一次迁徙时我都希望自己是洒脱的袋鼠，从前的贪婪制造了太多无用的"鸡肋"。其实生存只需一张床、几件衣服、一只笔、一个本子和简单的厨房就足够，为什么许多人和我一样在攀比的欲望中把自己膨胀为种种物欲的奴隶？当真正的危机到来时，才会发现自己需要的不过是一口清凉的水和一个实在的馒头。人类的贪婪消耗了地球上太多能源，人类的贪婪制造了太多的垃圾，从天空到土地，我们生存的空间面临着各种危机，人与自然应该如何和谐相处，不应仅仅是专家言论的命题，人类的灵魂在经历大灾之后是否得了最深刻的救赎？

在周末和假期，我会约我的朋友到高山的羌寨里穿行，我唱着羌野的山歌让思绪如云朵般自由飞翔。在古老的碉堡里我回望古羌辉煌的历史，心中充满了莫名的痛楚，听一曲羌笛《思念如潮》，我眼泪如月色一般清凉。淳朴的羌民们在特定的日子里依然年年举行虔诚的祭祀，那是对自然界最朴素的感恩。羌族汉子们模拟战争的铠甲舞就如此苍劲地跳了千年，火塘里的万年火种固执地燃烧着、沉默到今天，神秘的释比文化在古道的迁徙中哽咽，咒语和经书几近失传。

我，一个羌族女诗人，仅用诗性表达对生命、人生和社会的思考是无法承载我的全部情感。我如何成功转型成为一个优秀的作家，是我的梦想也是我的难题。目前，我仍然利用所有业余时间看书、写作。我无法给自己订下一个谎言式的目标，以后我是否能写出有分量的东西我不能确定，信心与勤奋只是成功的因素之一吧！如果说写小说要很高的天分，那截至目前，我还不知自己是否有这方面的天资，我对自己能说的仅仅是"阿雷，加油吧！"

今生就这样无怨无悔地热爱着文学，不求她给我任何回报。也许有一天当我有机会去鲁院学习时，或者突然听到某位名家、大师的指点后，我会如醍醐灌顶一般开窍。也许多年之后，世界一转身就会听见我天真的梦里依然婉转着那首羌野的歌！

2008 年 12 月 9 日于茂县凤仪镇

滚烫的数字

暴风雨过后的草原如此美丽，草尖上还挂着晶莹欲滴的露珠，蝴蝶翩翩，透明的翅膀舞动阵阵灵意，那是遍布草原正在怒放的格桑花的芬芳。我枕着柔软的草甸，望着天上的白云，身体像羽毛一般轻轻地飘起来，飘向湛蓝深邃的天空⋯⋯

一阵磁性的歌声飘来："落叶随风将要去何方，只留给天空美丽一场，曾飞舞的身影像天使的翅膀划过我幸福的过往，爱曾经来到过的地方依稀留着昨天的芬芳，那熟悉的温暖，像天使的翅膀划过我无边的心上⋯⋯"我猛地从天空坠向地面——手机依然在枕边唱着。时间正是我设定的起床时间 14 点 49 分。头像灌了铅一般滞重，这是服用安定的后果。那个说话总爱扶着金丝眼镜框的心理医生是这么说的。但我还是要服用。失眠后的诸多问题让我不得不如此。自从去年那场地震后，失眠就开始伴随着大多数人。心理医生还说这是地震综合征，要彻底康复需要时间。

我挣扎着起来，用十分钟时间打理自己。县上规定，上班必须穿戴得体，仪表端庄。男人好办，一根领带就把所有的邋遢系得严严实实。女人则得从头忙到脚。发型，衣着的色彩、搭配，乃至脚上的鞋，甚至连化妆品的香气都必须讲究个得体。否则从家门口到办公室门口，就会有无数双比机场安检还厉害的目光审视着你，追着你。震后的每个人的精神不仅需要来自心灵的暗示，还需要某种外在的所谓的肯定⋯⋯

岷江对岸重建的小学传来的庄严而又低沉的钟声告诉我已经是下午三点了。当我走到办公楼，一个敦实的中年男人和一个怯生生的姑娘早已经等在我办公室门口。中年男人脸上满是高原刀子般的阳光的刻痕，穿一件套头衫，上面印着"汶川加油"四个字。我心里顿时一热，热情地招呼他们进办公室坐下。不知为什么，自从地震后，每看到这句话心里就会涌起一股暖流，鼻子酸酸的。

男人姓陈，是高原绿色食品开发公司的经理。姑娘姓张，是公司的会计，他们是来申请汶川地震灾后企业恢复重建贴息贷款的。这家公司我听说过，他们的绿色食品基地在这次地震中受到重创。

我顿时有了一种亲切感，给他们倒上一杯水，审查他们带来的资料。资料很齐全，从贷款合同到结息凭证等一应俱全。我用计算器加了一下三张贷款的合同的额度，显示的金额是 2300 万，以为加错了，再掘了一次还是这个数。"天啊！可真不少！"我脱口说出。

中年男人苦笑一下说："可不，去年我们公司的各项收益本应很可观的，接了很多订单，谁知地震一来，损失惨重！往年我们可是纳税大户，这么一折腾，不知道哪天才能恢复元气！"一股同情油然而起，我说企业也真是不容易啊！

中年男人笑笑，拍着胸脯说："没事，汶川加油！全国人民都在为我们加油，中央也出台了这么多优惠的政策让我们恢复重建，我们信心满满！"

中年男人的话感染了我。为社会各阶层服务是公共财政的职能，我的工作如此，自然有责任帮助他们，于是我开始再次审核他们带来的资料。

"陈经理，您把贷款合同的原件给我验证一下吧，这么大的金额我得确认一下。"

"小张，把原件给雷科长看看。"

"啊呀，忘带了！合同复印后就放进保险柜里了。"

陈经理勃然大怒："这么重要的事，你怎么就忘了？你吃饭怎么没忘？"

年轻姑娘羞惭得低下了头。眼里转动着泪水。

陈经理从身上掏出车钥匙："开我的车马回公司去取！马上！今天这事要是办砸了，你明天也不用来上班了！"

姑娘含着泪水接过车钥匙。

"等等。"我叫住了姑娘，我知道从县城到他们公司的路有好几十公里，而且震后山路很危险。我实在不忍心让一个姑娘在这么大的压力下开车去取。"你不用去了，我打电话去贷款银行核实一下就行了。"我说。

这时我发现中年男人面上掠过一丝惊慌说："雷科长，不用麻烦了，要不你先把章帮我们盖了，我明天叫小张把原件送过来。"

他越这么说越坚定了我的决心，我说："没关系，打几个电话不麻烦。

你们先坐会儿吧。"

在我打电话的时候，中年男人也掏出手机匆匆出去了……

核实的结果惊出我一身冷汗。我再拿起复印件一看，几张合同大写的地方有不易觉察的粘痕，还有利息存根也……刚才他们在我面前无非是演了一个双簧戏。我顿时有一种吞吃了苍蝇的感觉。

这时中年男人进来了，把电话递给我说："雷科长，有人找你。"我冷冷地说："谁找我请他打我的电话。"

中年男人一脸尴尬，嗫嚅道："雷科长，我们……"

我摆摆手："什么都不用说了，你们走吧。"

两人灰溜溜地离开了后，我呆呆地坐在电脑旁。都说江湖险恶，为什么就让我撞上了？他们居然就有如此胆量来骗取国家资金。如果我的警觉性差一点，如果我的原则性差一点，如果……那么我将会给国家带来多大的损失？按他们合同上的金额计算，按政策上补贴的比例财政要白白地给他约三百万元的贴息资金，而我则犯了渎职罪。

接下来的时间我什么事也不想做，眼前老晃动着"汶川加油"几个鲜艳而又庄严的大字，心里有一种巨大的悲怆。

对岸下学的钟声响了六下，我如释重负地拿起包。

刚走出单位大门，表哥迎上来："小妹，今天我请你吃饭。"我依然心烦意乱，说我什么也吃不下。表哥仿佛看出了我的不悦，一脸诚恳地说："去吧，就几个亲人聚聚。平时大家都忙，难得聚在一起。"表哥这个理由让我无法推脱，地震后大家都尤其重视亲情，因为生命是如此脆弱。

刚走到餐馆雅间门口，我一眼就瞥见了"汶川加油"，我气得扭头就走。表哥一把拉住我说："小妹别走！陈经理是专门向你解释的。"我冷冷地说："让我走，没什么可解释的。"

陈经理走过来，拿出那几份贷款合同的复印件，当着我的面几把撕碎，说："如果这不能表示我的诚意，你可以不听我的解释。"

看着他真诚的眼睛，我又一次觉得自己无法拒绝。陈经理说："本来我已经往回走了，可是胸前这几个字像烙铁一样烙在我心上，我不能玷污了这几个字！所以我掉转了车头。回来向你表示道歉，对不起！"说完他深深地向我鞠了一躬。那一刻，我心想："也许应该原谅这个满脸风霜的男人吧？"

　　席间，表哥才告诉我，他俩是同学，陈原来在省技监局有个不错的职位，几年前他动员妻子一起辞职下海，到山里来建立一个生态食品基地，原因是他原先的工作接触了太多假冒伪劣产品，他想改变这种现象，经过几年的奋斗，他的生态食品基地已初具规模。然而一场地震毁掉了一切，他妻子也在地震中遇难。他原想既然国家有扶持灾区的政策，我为什么不来争取一点，早点恢复被毁坏的生态食品基地，也是对遇难的妻子一个承诺。可是，他错了。"要是我妻子在另一个世界知道我这么干，她也会觉得羞耻的。"

　　陈经理眼圈红了。

　　那一刻，从某种角度我理解了这个饱经沧桑的汉子。于是我拿起桌上的酒敬他一杯，说："你妻子会默默注视着你，而我为你真诚祝福！"

　　那天晚上，我喝下了有生以来最多的酒，想起震前很多事情。命运无常、人生百态，真是百感交集。酒饮到回甜的地步可能就到另一种境界了，我仿佛没有醉，河风吹拂着我的长发似乎在梳理我千般思绪，踩着清凉的月光我从滨河路回了家。回家后倒头就睡。忘了服用安定，却睡得比任何时候都香。

　　同样也是从那晚起，我再也不用服用安定了。

椒香万里，中国味道

当我听说 2004 年底茂县农民何有信将 8000 斤"六月红"花椒卖到法国巴黎这个消息时，我就寻思着找他问问，世界时尚之都的巴黎人何以青睐川西北高原的花椒？他们进口花椒是用来提炼香水还是用来烹饪美食呢？带着这个疑问我给何有信打了几个电话，他不在县城而是在沟口乡刁林村忙碌着，细问方知他正与刁林寨的四十多户村民投工投劳给村上维修田间作业道，经我反复邀约和催促，他才风尘仆仆地回到县城接受我的采访。

四年前，我曾在《民族文学》QQ 群找文友们帮我找一个重要资料，为表示谢意我许诺给毛南族文友一斤正宗的茂县"六月红"花椒。结果群里部分在线文友也想要，我一次性地买了十五斤分邮给大家，天南地北就这样被"麻"过了。此后，全国各地的文友们常常凝望川西北高原，凝望茂县花椒成熟的季节。

白族作家彭愫英说："雷子，你的花椒像相思豆一样种在我心上。"另一文友是内蒙古作家王樵夫，他将我邮过去的花椒包裹带到办公室时，其香味泄露了秘密，于是他只好一小把、一小把地分给他的同事们，过后他给我邮来当地特产，叮嘱我来年帮他多买几斤。安徽的回族作家杨勇回赠我 _ 幅草书，并写诗为谢："一粒生津百闷消 / 始知茂县好花椒 / 舌尖方寸有生死 / 锅里乾坤煮舜尧 / 大爱堪筹情切切渤诗难谢路迢迢 / 忽思此味如雷子 / 千万妖嫱不可描。"还有那段时间网络上因脑瘫诗人余秀华被炒得沸扬倍受争议的《诗刊》编辑刘年，也回赠短诗一首"知我太敏感 / 寄来好花椒 / 人事千百味 / 麻木自逍遥。"

方寸花椒地，一片赤子情

我从小爱吃花椒，每次兑面条的佐料时都会多放一点花椒粉，那个麻味就像后来市场上出现的"跳跳糖"，当然其味更加酣畅淋漓。参加工作后慢慢知晓茂县花椒比故乡的品质更好些，其主栽"六月红"大红袍花椒是"西路花椒"代表品种，以肉头厚、麻味纯、天然无污染等特点在市场上享有较高声誉。渐渐我将"六月红"带回故乡作为小礼物，亲戚朋友的欢喜程度不是一般。

茂县花椒在 2005 年以前并没有主销渠道，椒农只有人背马驮到县城农贸市场销售。花椒价格被几家大的收购商垄断，其中有部分不法的"二道贩子"经常在车站等待卖花椒的农民，一些农民刚下车，自己的花椒还没有拿到自由市场去就被迫低价卖出，甚至一些商贩在秤砣上做了手脚、缺斤少两。更有坏了良心的人在椒农不注意时偷走了人家几袋花椒，同时，外地老板给憨厚老实的农民假钱的事件也经常发生，吃亏上当的椒农苦不堪言，人们常常听闻街上因丢失花椒号啕大哭要自杀的椒农。加之人工采摘费用上涨后更是入不敷出，这种现状极大地伤害了椒农的种植积极性，造成部分农民开始将自己的花椒树成片地砍掉。这一切让何有信看在眼里痛在心底，他一直在寻思如何保护好"茂县花椒"这块能够造福于农的金字招牌。

2005 年 3 月由何有信牵头组织部分花椒种植大户成立了茂县沟口乡花椒协会。为参加省内外大型农产品展览会，他花光了自己多年积蓄的 10 万元现金。他自筹资金邀请农业林业方面的专家为沟口乡水若村、色巴村、飞虹乡深沟村、永和乡腊普村和利里村等多个村组分别开展了每年三期花椒树干修枝整形、病虫害防治以及种植技术方面的科普知识宣传及技能培训。印制花椒种植乡土手册八千余份免费发放给椒农，使他们提高了花椒种植技术。

花椒协会成立后统一品牌、包装，同时集中社员将花椒统一筛选、定级、销售。使协会会员再也不需要把花椒背到县城，在家中就能卖个好价钱，这对椒农来说真是雪中送炭。

生死花椒路，进军家乐福

"5·12"汶川特大地震对龙门山一带破坏力极大，茂县成为极重灾区。何有信家地处 213 国道线旁，当时陆续有游客步行逃生而过，山上的居民、军队、志愿者和救援人员也络绎不绝经过这里。灾后，他及时组织协会成员将自己的家变成了"沟口乡花椒协会免费接待站"。在他的带领下村民们自愿拿出米面、蔬菜、腊肉等食物，烧水煮粥救助过往路人。在二十多天内，救助站共计救助过往游客、受灾群众和解放军及武警官兵共计 2 万余人次。

灾后，世界自然基金会给茂县送来近 10 万元的帐篷、药品、收音机与手电等救灾物资，以救助大熊猫保护区周边社区村民。何有信开车带着花椒协会的工作人员冒险到海拔 2000 米以上的 12 个村子去代为分发物资。一路上，他看到羌族椒农祖辈居住的房屋在这场大地震里大片垮塌，痛心不已。对椒农来说，花椒是主要的经济收入，如果当年的花椒摘不下来、卖不出去，灾民就缺钱买材料重建家园。但生产自救也要有条件，震后山区阴雨连绵、地面塌陷，依往年靠晴天在房顶上晾晒花椒的办法行不通。为了解决这个问题，协会通过茂县扶贫办向中国扶贫基金会申请到救灾物资：花椒烘干机 66 台、晒花椒专用防水雨布 1200 床。由协会义务向全县 17 个乡镇 2400 余户椒农免费发放，为灾后椒农抢收花椒创造了有利条件。

椒农将花椒抢收后，又面临了新问题。没有房屋存放，加上余震不断、雨水又多，椒农也急需用钱重建，花椒销售成了大困难。何有信心急如焚，冒着不断的余震自己开车从松潘县至平武绕道 700 多公里到成都，请世界自然基金会牵线搭桥向家乐福（中国）区上海总部求援。他赶到上海找到总部后，对方表示同意提供帮助，但前提是必须把协会转型到合作社才能合作。

何有信又转身赶回茂县，三天三夜办好一切手续，于 2008 年 8 月 5 日成立了茂县"六月红"花椒专业合作社，并在第一次社员大会全票通过担任理事长。合作社成立后得到当地政府和各相关部门大力支持，多方筹集资金 300 余万元向椒农现金收购花椒 50 余吨，加工后于 9 月底将 35 吨精品花椒从汶川映秀（震中）运到成都，发往家乐福全国 25 个大城市 95 个门店销售。

何有信告诉我，那次四个大车，35 吨花椒从震中通过，而余震与飞石不断，感觉就是与命运和死神搏命，此次经历令他毕生难忘。2008 年年底，合作社共向社员收购花椒 100 余吨，保证了社员价格，保护了椒农利益，从此茂县"六月红"花椒专业合作社在全县种植花椒农户中家喻户晓，广受称赞。

2009 年 3 月茂县花椒获得国家绿色食品认证，2010 年取得"茂县花椒"的地理标志保护，使得茂县花椒的知名度与品牌有了一个质的飞跃。2011 年在茂县沟口乡刁林寨试点建立农产品可追溯性的订单农业体系，已在 2011 年 10 月 18 日成功上市北京、上海 40 个家乐福门店销售，这在当时属于全国领先水平。

中国味逍遥，拓展附加值

历时 6 年发展，"六月红"花椒专业合社依托茂县历届县委、政府的关心帮助逐渐成长起来。合作社于 2009 年取得 PS 证书，2010 年茂县县委政府为该合作社在县城区域内协调土地 5.5 亩，修建茂县花椒深加工厂，2010 年 4 月动工，于 2011 年 12 月底全部完工并投入使用。

同时，合作社通过历届世博会、西博会等平台宣传，让茂县花椒以"远离污染、颗粒饱满、色泽艳丽、状如莲花、芳香浓郁"等特点走出"深闺"呈现在世人眼前。2014 年年底茂县 4 吨"六月红"花椒通过国际 200 多项质量、指标的检测，终于从香港某公司出发抵达法国巴黎。据业内人士透露，法国进口的茂县花椒，一些企业会用来作为食品佐料、一些企业用来提炼精油、还有些用于香水中的微配料。经提炼过的精油在韩国、日本等地能卖到极高的价格。

经多年打拼，何有信和他的团队成功打开国内外市场，将茂县花椒销售到家乐福中国区 30 多个城市 200 多家门店以及红旗连锁 1200 家门店，也与国内多家餐饮集团、火锅连锁店等建立了稳定合作关系。

任重道远，居安思危

何有信说："我是一个农民，我晓得农村的艰难困苦，也晓得农民的现实需要，一人富了不算富，大家富了才是富，他们也想走上致富的道路，可就是缺乏致富的途径，我带少数几个人致富不是目的，把大家都引到种植花椒致富的道路上来才是目标。"

"六月红"专业合作社立足于茂县花椒资源禀赋，全力投入花椒产业，一门心思致力于花椒的基地建设和加工开发，维护了茂县花椒产业的长远发展。

面对"椒王"何有信，他的忧思远远比自己把花椒卖到国外的喜悦多得多，说到近处是专合社的思路：靠科技建设基地、用良心生产食品、凭诚信开拓市场、解决城镇人员就业，以真情感恩社会，"做大做强"的经营理念，推动茂县花椒产业的大发展。他说到未来则是充满忧患，随着地球变暖花椒树的生长情况堪忧，花椒树必将随着对气候的需要向高寒地带迁徙与攀岩，未来农民的增收点是否会萎缩？

何有信让我从他的 U 盘上复制一些花椒小单方。有些用来温胃理气，有些用来治牙疼、祛寒湿化痰的，有些是用来泡茶、泡酒功效不一。不看不知道一看吓一跳，花椒的用处如此之大，它不仅成就川菜成为中国味中不可缺少的一味，更重要的是花椒还是难得的中药，这是上天赐予最美好的果树。

真诚感谢何有信为我们提供上好的花椒，感谢所有椒农们付出的辛劳。春天快到了，我告诉自己今年一定要去沟口乡，看那片山林中幽幽雪白的花椒花。

2015 年 2 月 2 日于四川茂县

学 车 记

从今年五月到十月中旬，我没有穿过一次高跟鞋，从春天到秋天我更没有穿过一次大摆长裙。其间出差几次，无意中添置的衣服和鞋子都是从来没有购过的休闲款牛仔风、运动型。这一切都源于我和单位的小同事们跟风，在驾校报了名。

多年以前我曾经梦见自己将车子开得风驰电掣，但我认为那仅是一个梦。曾经坚持低碳生活的我，觉得赶公交车和坐地铁是惬意的事，但我还是在朋友们的引诱下一同交了报名费。

我们去县医院体检过关后报名，我的手机上下载了"驾校一点通"，我每天都要抽出一定的时间去做题，死记硬背 1000 多道肯定不行，但仅靠理解记忆有时又难免出错。当考科目_时，"小朋友们"全过，我的成绩却在八十几分之间上下盘旋，于是我全身心投入，做题做得昏天黑地，终于补考过关，从那时起我怀疑自己所谓的强大记忆力。

由于上班时间不能去学车，教我们的师傅特意为大家加早班。为了早起学车，我将自己的生物钟硬生生地调整过来，每晚必须早睡，早晨六点的闹钟一响，我立即起床简单洗漱后出门，小区里黑漆漆的，路灯仿佛还在做梦。我得用手机来照明，站在小区健身器械处等同去学车的小毛妹妹。

从前偶尔赶趟早班车。我已很久没有看见弯弯的月亮妩媚地挂在天上是什么模样了；我已很久没有看见寒星在墨蓝的天空怎样灵动闪烁。我匆匆拍下它们的俏容算是对某个早晨的记录。

科目二是驾考中最难的一项，也许是男生向来对机械就有天赋，两个男同事也是我们学车的小师弟，他们在师傅的指点下很快进入角色，遇到我练车时，他们会在旁边好心提醒，但师傅是禁止他们的言论，或许在师傅看来那是盲人摸象，或许经提醒之后学者反而不得要领。

　　师傅姓杨，是位退伍军人，他五十岁左右，身体中等，皮肤黝黑。他是一个非常正统的教练，徒弟几十个，他却从不接受任何弟子的宴请，就算是你发支烟给他，他也要想办法回敬给你。杨师傅是严格的，他从不与自己的女学员有半点暧昧，哪怕是开个小小的玩笑也不可能。学车的人多，师傅是公平的一人开一圈绝不偏袒（当然，像我这个笨学生他还是例外了，师傅会与其他学员商量，告诉他们我早晨多开两圈，我上班后就让他们多开几转，只是调换了一下时间顺序而已）。无论是对学车的大老板还是种植莴笋的小徒弟，无论是对单位的领导还是对待刚毕业的高中生，甚至是师傅的亲戚，若谁开车的方法不正确，他定会咆哮不留半点面子。师傅的情绪有时像草原的天空，刚才还狂风骤雨地骂过人，但见谁开得好，转眼他就像秋天的阳光般明媚。

　　由于我不间断地出差和周末陆续参加外地朋友孩子的婚礼，一起去学车的小师弟、小师妹都已考过了科目二、三、四，我还在场地上挥汗如雨。当我的侄子刚被我带去学车时，他感冒了我还在后排座位为他揩鼻涕，一个月后他考试过关上大学去了，我的科目二还悬而未考，终于我请师傅给我报了名，考试的结果是功夫不到家，紧张过度，等待补考。

　　也许是自己的性子急，也许是看美国电影《速度与激情7》将我的思绪带坏了，练车时我总是无法放慢行车的速度，科目二中有六个项目"倒车入库""侧方停车""坡道定点停车起步""直角拐弯""曲线行驶""过单边桥"，我总是无法做到一次性完全合格，我的车技就像此起彼伏的股票，这边刚好那边又落下去了，师傅常常坐在路坎上不停地叹息。

　　这五个月，我见证了师傅形形色色的学员，有些玩世不恭，有些憨态可掬。有小师妹是刚参加工作不久的交警，有师兄弟来自藏区说着不流利的汉语。但有件事情特别触动我，那是一个下完雨的清晨，我坐在习车的草坪高处等教练车，同时等师傅的还有几个若尔盖的师兄弟，大家暂时在无车辆的场地上散步聊天，突然那群师兄蹲下来围成一个圈，原来他们看见铺着油路的场地上有一条蚯蚓在艰难地爬行，估计是从高处的泥土中钻出来的，其中一位师兄从自己的裤包里取出一点卫生纸隔着蚯蚓的背小心翼翼地捏着，就像抓着一只初生的小熊猫那般细心，然后他步行七八步将其轻轻地放在高处有草的泥土中，我顿时看呆了。这群外表健壮得像耗牛的草地男人居然用这样的方式关爱着那卑微的生命，那不是放生而是深深的悲悯情怀，我无法不深思，无法不感动。

十月，我终于又约来了科目二的补考，为了保持良好的状态我选了家条件不错的宾馆奢华住宿，关键还有刘姐姐陪我同考。她守着我在应考场地一圈又一圈地练习着，她跟着车不断纠正我的疏忽，她几乎是过筋过脉地与我讨论每个小科目内的点线和考试技巧，因为车上安装的红外线本来就是一只最严苛的"上帝之眼"。

第二天补考科目二，我依然紧张，当广播里喊着我的名字，我独自坐在驾驶位子上时，我已来不及思考任何东西，所谓的把握就像一条无边无际的海平线，那么远又那么近，仿佛可以抵达却又那么遥不可及。我第一次听见自己的心脏发出"怦、怦、怦"强壮起搏的声音，我用手摸了一下心口就像安抚一只青春躁动的梅花鹿，让它慢慢平静。我用几乎要含化一颗生米的耐心系好安全带、打火、打转弯灯、起步，慢慢驶入车库。第一次考试是我没有把握好倒入车库的距离，结果车上语音提示"倒车未入"，考试不及格。这次无论如何也要看准前后视镜，不能犯从前的错误。终于功到自然成，我顺利地考过此小项目。

当我的车驶向"侧方停车"时，由于风吹雨打，侧方位停车四边的线几乎看不清楚了，我只能睁大眼睛，转动方向盘盯住后视镜，慢慢地倒车，向右打死再打回，边退边寻找平面的直角角度（平时看习惯了立体的标记，一下子没有暗记让人茫然，我突然灵机一动将其后面那根竖起的铁杆当了参照物），头一天我练习时仅仅短暂地停留了一秒，居然也被红外线监测到，练习也未合格。前车之鉴不得不记在心上，呵！顺利倒入后没有越过任何框线。当我驶出此项目时提醒自己不能压了大道上的线，否则前功尽弃了。

考试车行过一个狭窄的弯道，驶入"过单边桥"，首先我找准单边桥的暗线轻车熟路地开过，然后集中精力找到第二个点将右车轮娴熟地驶过，此项没有扣分。据说只有因为四川的地理特征，唯有四川才考这个项目。

接着考"直角拐弯"，虽然这是个极简单的项目，但是有人也在此直接"下课"，我依然不能放松警惕。此关顺利，我的考试车进入"曲线行驶"，这个项目也让很多人在此缴械投降，狭窄的路像一条蛇盘在路上，车头可过可是一不小心车轮就压着曲线了，这个看似不复杂却极需处处小心扭腰的地方依然令我不敢出一口大气，那么短的距离却像一个世纪那么漫长。

我的3号车终于驶入最后的"坡道定点停车起步"这个项目了，师傅曾一直夸我这个科目是我的拿手技能，但在上次考试中由于我完全不知"右边那条粗线万万不能压，若车轮压着就直下，若距离不够则只扣十分的规则"，若我早知道，我宁愿选择离其远一点也就只扣十分，也能考试合格。却只能怪自己学艺不精，即使气得顿足捶胸也得自我消化，失去上次的机会不仅仅是推迟两个月拿驾照，关键是这两个月我继续天天早起，还要承受失败带来的挫败感。

当最后这个科目也顺利过关，我的车缓缓驶向起点，有一个美丽的声音告诉我"100 分"。那一刻我真是喜极而泣，我一直看不见的远方终于迎来了万丈曙光。转瞬，我的心恢复了平静，与陪同我考试的刘姐来了一个大大的拥抱。

是啊，"天道酬勤"，也许学车对一些人而言是件非常简单的事，但新闻里却常有报道由于严格的驾考，全国各地都有因紧张而猝死的人。对我而言，驾车这是一个新的领域，与我平时漫无边际的诗性思维背道而驰，写诗像放牧云朵一般自由奔放，而开车则是在非常严谨的规则内做好每个标准动作，是与法律息息相关的。

紧锣密鼓中，我顺利地考过科目三，也是 100 分，终于我又考过了科目四。直到上周我终于拿到驾驶证，从手动挡到自动挡，从一个小本本到大路上，我还要花太多的时间去练习车技才能熟能生巧，正因如此我没有半点喜狂，也许是学了太久的车已磨平了我的焦躁。

一方面我担忧汽车这种怪兽将地球深处的石油吸干，一方面我希望自己有一天可以开遍天下的名车。当然前面那点是环保主义者严肃的忧思，后者则是一个诗人可以被原谅的天真与臆想。

2015 年 12 月 4 日

梦的后记

有些文字是属于黑夜的，它们是长着蓝色翅膀的蝙蝠，在暗夜的隧洞里飞翔；有些文字是野生的兽，在梦的原始森林里自由奔跑。只有一种方式可以亲近思念，只有一种力量可以跨越时空，那就是梦！

我平生只有一位忘年交——婆婆，她走的时候 102 岁，她比我年长 68，因为她在世时，我将每一次与她相聚都当着最后一次见面那般珍惜，她开心我也欢喜。我希望可以无憾，但我终究还是在她与我诀别时泪水滂沱。至今我不知她的墓地在何方，我也从未以尘世的方式将她祭奠，因为有梦！

在她走后，我梦见她三次。

第一次是她去世后的头年，那段时间我正在成都的某个财会学校进修，晚上我梦见她躺在一张席子上双眼冒着金光，她缓缓地从床上坐起来握着我的手，对我说："你是我这辈子最好最好的朋友，我要归位了。"于是她只给我留下一个背影。醒后，我对梦中那个词汇感到陌生，于是我向佛家人请教何为"归位"，她们告诉我之后，我沉默了。

第二次梦见她，又是 N 年前，那天我在河南省的一个乡下居住，梦里有陈旧旋转的木梯，她穿着一件蓝色的长衫，她依然对我说："你是我这辈子最好最好的朋友。"然后又烟尘一般转眼不见，也许是她放不下我。

第三次遇见她，是在今年的上个月。那是因为我突然锥心刺骨地想起她了，在我的抽屉里还放着她当年送给我的一串小木珠，我将与她 N 年前的合影重新加印了一张时时端详，回味曾经与她度过的素朴时光。

那天梦里，李婆婆微笑着又来了，她的皮肤像和田玉枣那么红艳、丰润。她依偎着我无语。转瞬，我看见她从 100 岁变到 80 岁，再从 80 岁的模样变成 60 岁，依次再回到 40 岁、20 岁、10 岁，直到她突然变成一个襁褓中的男婴躺在我的手腕中。

　　我顿时明白，我再也不能去想她了。

2015 年 10 月

山 啸

昨天我彻夜未眠，与我一道失眠的还有与我同住于一个帐篷的母亲。

八平方的帐篷是用葭巴和塑料布围起来的，搭建在农村亲戚的田里。这里离山不远，是山脚下的一块平地。搭建这个帐篷的成本要一千六百元（这是 2008 年"5·12"之后的价格），"屋"里没有电，只有一盏白色的小马灯，灯罩内是一粒黄豆般大小光焰的蜡烛，我与母亲每天睡在这样的屋子里聊天、看星星、听田间的虫鸣。

被地震毁掉的家一遍狼藉，被大自然魔力扭曲的门只能侧身而入。我每天上班是忙碌地上班，下班也是紧张地加班，"五加二、白加黑"的工作模式是这个特殊时期的真实写照。想想搁置在家里的庞大杂物仿佛还不如现在帐篷里的床被实用，衣服几件、鞋袜两三双即可，既然生存无需那么复杂，真不知从前购买那么多"鸡肋"做什么。

每天我去上班都要走很远的路，单位上统一搭建的板房未建成。儿子尚在成都读书，丈夫出差未归，我的老爹出门寻亲访友更无音讯。一切的一切皆未知，所以我与母亲只能在山脚下亲戚家借居。这样的日子让我仿佛回到了古代，没有自来水幸好有山泉水，没有电却有柴火，通讯未修复前，临时成立的抗震救灾办公室向上级传达重要的信息皆以"鸡毛信"的方式送出，可谓十万火急。老百姓若有急事皆是回到从前写纸条、请人带口信的方式。

白天的工作令我极度疲惫，每天被各种信息包围，天天有四面八方的物资抵达需要详实登记入库和出库，而唯有晚上睡觉时才可恢复水一般的宁静。

昨夜，我透过帐篷的缝隙看见不断有蓝色的、闪烁的地光强行撞入帐篷，将黑暗瞬间驱逐，恍若白昼。在余震不断的这些日子，这也许是大地正常的诉说方式吧？

夜渐深，我的眼皮已粘上浓浓的胶水，我仿佛听见一种声音是从地下冒出来，咕咕地响着，我突然担心有地下水涌向我简陋的床下，于是我叫醒母亲让她打开电筒看看是否有水流进来，母亲说她的耳朵不好使什么也未听见，我起身观察了一下地面似乎也没有动静。于是我俩又换了一个姿势睡觉，我用身体去试母亲的脚，她的脚有些微凉，在这种环境下是不可能奢望有一盆热水泡脚的，我与母亲各自扎好会漏风的棉被，她用手握着我的脚，我用心口去暖和母亲的脚，这样夜夜依偎至天明。

我静静聆听帐篷之外的变化，森林疯狂地摇晃着发出犀利的狂啸，树枝被硬生生地折断发出尖利的哀号，不断有巨大的岩石从天而降，砸在飞禽走兽的身上。恐龙的声音很远，远得像配在动画片里的声音，狮在吼、虎在啸、威猛的黑熊不知所措地被绊倒在地，大树压坏了它的身体，灵性的猴发出人类惊慌失措时的呜咽，像婴儿般的啼哭穿透时空。还有蝙蝠、猫头鹰急纷纷拍打着翅膀逃亡……村庄离山已经很近了，人们不断的开荒几乎逼近村里老祖宗们的坟地。原始森林已成了一个传说，近几十年里荒芜的森林中早已没有了狮子、老虎的踪影，为什么我被黑夜里扑面而来的森林逃亡曲吓得心惊胆战，难道是山啸了吗？

我曾经在一些资料中得知某些声音与影像之所以重显，那是因为土壤和磁场能录下自然现象，其学名为磁化。难道在 N 年前出现的那次山啸与今夜地光和地质变化相同，所以大自然才将那年的情形重放？

我一直无法入眠，周围的帐篷也有弱光陆续亮起，大家开始担心泥石流是否会从山上滚滚奔来，于是几个男子去山口值班观守，这一夜好漫长。

第二天上午我突然被一个新闻震惊了，邱光华机组于昨天失联了。邱光华是茂县人，他是 1974 年周总理挑选的第一批少数民族飞行员，也是羌族的第一个飞行员，他是中国人民解放军陆军航空兵某部飞行员、机长、大校军衔，陆航某团特级飞行员。"5.12"地震发生后，邱光华主动承担急难险重飞行任务，在气候复杂多变、通信联络不畅的情况下，他与自己的战友冒着生命危险，频繁执行汶川、北川、茂县等重灾区的飞行任务，先后飞行 63 架次，运送救灾物资 25.8 吨，输送救灾人员 87 人，转移受灾群众 234 人，为抗震救灾作出了突出贡献。5 月 31 日邱光华在再次执行任务时因高山峡谷局部气候瞬时变化、突遇低云大雾和强气流撞山失事，邱光华与机组成员一起不幸遇难，以身殉职。

我突然泪崩，想起昨夜的山呼海啸，是机组遭遇山啸巨大的引力被席卷？还是大山疼惜自己优秀的儿子以如此悲壮的方式陨落，山啸了，悲鸣了整整一夜！

2008 年 6 月 1 日于茂县

千年羌药葳蕤，《尔玛思柏》芬芳

有一本药谱收集了从青藏高原东南麓到岷江山脉、邛崃山脉共计600味羌药，珍贵附方2000余个；有一本药谱凝聚着几代羌山行医人毕生的心血；有一本药谱收录了释比"许"的诸多神秘配方；有一本药谱躺在出版社四年，作者往返飞行北京、山西数次，辗转于出版社与山西科技厅——解答了专家、教授提出的上万个问号后，终于得以出版发行。

这本由中国农业出版社出版发行的《尔玛思柏——中国羌药谱》是羌族第一部常用药谱。首次印刷二千册，却在网上被网友们疯狂订购。此前，曾有人提出用100万元购买此书的版权时被他婉言拒绝。让人匪夷所思的是收集、整理、编撰这本《药谱》的是一个到处包工的建筑商人，且让我带你们去了解这本药谱背后鲜为人知的故事。

古羌家族的医药脉流

至今生活在岷江大峡谷周围的汶川、茂县、理县、松潘、红原等地约八十岁以上的老人们依稀还记得在他们的童年时代有一位清瘦慈祥，留着山羊胡须的李姓医生，他时常摇动着行医的铃铛走村串户，他为年幼的孩子预防天花的方法很独特：用银三角刀在孩子的上臂三角肌上划出三个口子，然后用羌山一种俗名叫作"鸦胆子"的草药提汁点在伤口上，意味着种下了痘苗，避免了出痘的危险，这是羌区最早的预防接种的方法，行之有效。这位既懂汉语又会说藏羌两语的高明医者，就是收集、整理、编撰《尔玛思柏——中国羌药谱》的李荣贵先生的爷爷李世长，在百年以前他是羌区为老百姓种痘的第一人，他于1933年叠溪大地震后去世。

行医的衣钵传给了李荣贵的父亲，他的父亲李代勋是新中国成立后

（1953年）茂县建立第一批乡级医院石大关医院的院长。这位仅读了四年私塾，13岁就跟着父亲学医的医者有着极高行医天赋，他不仅从父亲那里学到了祖传儿科学（俗称：哑科。听李荣贵先生背诵到：儿科自古最为难，毫厘之差千里焉，气血未充难具脉，神识未发布知言……可见儿科诊治的难度）。在岷江沿岸名噪一个时代，而且对蛇伤、脱臼接骨、脓疮、伤寒、癫痫等疑难杂症疾病积累了整套治疗的方法，而且在运用李氏祖传秘方加上"释比"小单方的基础上摸索、总结更见效的配方，几乎是药到病除。他在民间的好名声和自己的父亲一样是一个传奇。

李荣贵兄弟姐妹五个，从小就在父亲那里学医的仅有他和自己的二哥李荣发，但是命运确实给他开一个玩笑，本来一心想接班行医的李荣贵却在十七岁的时候被招进了当地的一家建筑公司当了一名建筑工人，风风雨雨的变革中，他从集体企业到个体从事建筑行业一干已是三十余年，并获取到了建筑工程师学位。他的哥哥依然隐居在茂县松坪沟岩窝寨一边种植中药材，一边在当地行医。

"5·12"惊醒建筑老板的药谱梦

也许是命运的考验，也许是基因里就强烈热爱羌医药的李荣贵，他总是无法放下对羌医药的眷恋与痴迷。白天他要去工地上监督工程质量与进度，与各色各样的人打交道，那时的他是精明强干的羌族汉子，晚上他回到家里侍候宝贝一般将父亲传下来的药方一张张抄写与整理，他初次尝到一个不懂电脑人的尴尬与困顿，于是他让自己的儿子去学习了一个与家族事业不太靠谱的"计算机专业"，只是为了那个小小的"私心"让自己的儿子把药方输入电脑。当他的儿子为了自己的事业忙碌起来之后，他意识到电脑再难也必须学会，因为即使支付上万的打印费也会对被打错的字校对得头火冒三丈，于是他从"一指禅"开始用拼音入门。

从他三十多岁的时候，他的事业做得蒸蒸日上，梦想就像他心中的一缕不灭的火苗时时将他的内心灼烤。他用了近十余年的时间，一边找工程一边跑遍整个青藏高原南部以及与阿坝州毗邻的诸多山脉，从海拔890多米到4000多米的地方到处都是他的足迹。

思忖之余，他立即将做建筑赚来的钱，带动家乡茂县石大关巴珠村高半山 300 多老百姓搞道地药材种植，并在巴珠村和松坪沟建立了道地药材品种园，培育种植珍稀药材羌活、重楼、佛手参、九牛撬以及濒危灭绝的药材上百个品种 O 保护性地抢救因气候变暖、人类过度开发而濒临灭绝的珍稀物种。2000 年在阿坝州首创提出天然道地药材——红毛五加野生抚育的种植理念，得到了阿坝州科技局领导的认同和赞许，利用祖传医学对药物的认识，2002 年在茂县科技局的协助下首创研发了红毛五加叶加工的"羌山养生——悟经茶"饮品，从单方升级到复方，试生产的产品在第六届、第七届西部国际博览会上展示，获得了"最具市场竞争力产品"和"最具四川生态形象产品"荣誉证书。为红毛五加道地药材系列产品开发开了先河。本着"药材好、药才好"理念，充分发挥阿坝州森林资源丰富的现状，2012 年在茂县林业局的支持下，创造性地在茂县松坪沟建立了"万亩林下道地原生态中药材基地"，得到了省、州、县各级领导的认同，规避了人工种植道地中药材人为造成的药材农残和重金属含量超标的基源。提高了道地中药材的品质，拓宽了林下资源空间，为农民增收创建了一条新的路子。2010 年被阿坝州农业实用技术人员高级职称评定委员会授予"中药材种植高级农技师"职称。这是他对这片热土执着的回报，这是他对民族发展兢兢业业的馈赠。对那些"坐享其成"的人的一种鞭策。

让时间回返到 2008 年，他抱着一堆宝贝一般厚厚的打印资料穿行于各相关部门，直到一天与时任茂县科技局的领导贾锋同志一阵推心置腹的交流后，他猛然顿悟若是这些珍贵的药方不用于出版只能是家族里一堆逐渐发黄生虫的废纸。

纠结的内心让他决定回去与自己的二哥李荣发商量，经过三天几夜的争议、交流，最后兄弟俩达成共识：他们决定将祖传下来的上千个的药方奉献给社会，回馈于生养他们的这块沃土，若一方剂恰巧能救人一命，那真是"胜造七级浮屠"了。他还有宏愿编撰《尔玛思柏——中国羌药谱》的姊妹篇《尔玛思柏——中国羌药图谱》，提议编写学术性的羌医、药志。还要寄予社会各界的鼎力仁爱！

《尔玛思柏》凝聚着感恩、仁爱的辉光

这是一本我国最古老的民族一族的第一部常用药谱。她像珍珠贝母一

样撒落在岷山大地上，流落在千家万户中，像"护身符"一样伴随在古羌人的身边、尔玛优氏布姆（羌医）的手上，她在古羌人征战、迁徙、繁衍、抗争、发展的历程中默默地为羌人服务，让一个种族从古老走到了今天。

人间有爱，此书的出版最终得益于科技部对口援建项目科技特派员行动计划，是山西省对茂县地震灾后恢复重建援建的一项内容，同时得到了国家科技部、山西省科技厅、山西省农科院以及茂县县委、县政府给予经费等方面的大力支持，由茂县科技局牵头，山西农科院土肥站李彩萍老师专门负责该事宜，在援助期间不辞劳苦往返晋茂，几进北京（出版社），上下协调沟通，劳心费神，且参与最后的校对定稿，最终促使促成《尔玛思柏——中国羌药谱》的出版。

此书系阿坝州州委副书记谷运龙先生为其作序，书中这样写道："我移目小伙子，四十开外，小平头，方形脸，神清气明，神采飞扬，带着一股乡野之纯朴和爽朗，完全不像一位从事医药研究并能写出药典的先生。他却口若悬河地不管我听与不听，在意与不在意地向我灌输他搜集这些方子的艰难、艰辛、尴尬和所忍受的不被理解，然后又讲到他成书以后的喜悦以及出书的窘迫。他的这些话语真真切切地透出一个民族骄子的如虹气势，再现着这个民族的坚韧和刚毅。这就是李荣贵先生。"

"对于药典，我是一无所知的，只以为那是一种繁复而又深沉的药物理论的系统化、精妙化，既宏似天宇，又阔如大海，高不可及，深不可究。如吾之人只可闻之，且敢入之。但这套书就摆在了我的面前，闪射出月光般的光芒，散发出高山峡谷，宏川秀水的碧丽清明，让人顿然心情气爽，心旷神怡。不仅如此，还让我心旌摇荡，心驰神往。这就是《尔玛思柏》给我的第一感觉，初恋般的甜美。"

《荀子·劝学篇》中写到"不积18步无以至千里，不积小流无以成江海"，李荣贵先生正是以这种精神，编著了这本《尔玛思柏——中国羌药谱》。其采民族植物学的编撰方法，用汉文编撰，其中对羌药名采用了羌、汉文对照的形式，从科目名、中药名、汉语拼音、地方名、羌药名、学名、性味归经、药用部位，中药效用、羌药效用、羌医附方、形状、生长环境、羌药药效与中药药效对比后，显现出羌药其独特性与独创性。这不仅对羌文化的传承作出了贡献，而且填补了无羌药谱著作的空白，在民族医药史上，不仅具有丰富民族医药的现实意义，而且具有传承光大民族医药深远的历史意义。

在阿坝州成立六十年之际，李荣贵先生将此书作为州庆的献礼，我的内心充满了波澜与莫名的感激，因为在《尔玛思柏——中国羌药谱》的背后还有诸多羌语专家、释比、药农、羌民耆者和隐没于历史深处的医者默默无闻地为"她"的诞生奉献了自己的心血与智慧，让我站在历史的时空对他们辛劳付出与创造致以最真诚的敬意！

《尔玛思柏》的芬芳浓缩着历史的记忆扑面而来，千年的羌药在川西北高原葳蕤生长。

2013 年 9 月 6 日于四川省茂县

那一曲《清亮亮的咂酒》哎

"清亮亮的咂酒哎，依呀勒嗦勒，请坐请坐请呀坐吧，一夜喝不完再也喝不完的咂酒哎……"这是一首简单易学且充满豪情与真挚的敬酒歌。在羌寨、在有宴会与歌舞的地方不断地被人传唱。这首歌的妙处还在于歌词可以随环境的变化任意修改歌词，唱出后自然天成。多少相聚的日子，每当人们唱起这首朴实无华的敬酒歌表达对客人的敬意时，酒变得更加甘甜，人与人的关系仿佛回归到最初的简单与自然。这首歌曲如同一把闪亮的钥匙悄悄打开人们心中戒备的锁，初见时的拘束消失了，隐藏在人们灵魂深处的率直被点燃，任快乐的情绪自由酣畅地表达，不醉不归！！

我与很多人一样，曾经把这首《清亮亮的咂酒》当作羌区的古老民间歌谣来传唱。偶然的一次机会，我因为羌文化方面的事情请教王正平老师，在与其交谈时立即被他开朗、谦和、热情的性格而打动。令我最惊讶的是这位羌名叫白洁拾珠（纯洁朴素的含义）的老师居然是《清亮亮的咂酒》的原创作者。我疑惑地问他神曲诞生的背景以及老人鲜为人知的坎坷经历。

劫难，一个生命的砺练

1946年的冬天，王正平出生于茂县赤不苏曲谷乡河东村俄俄寨，其祖辈都是穿着麻布长衫过着穷苦生活的地道羌人。1947年在罂粟收获的季节，当地发生了"土司头人与羌民争斗的流血事件"。那天黄昏时分，当暗杀土司未成功的羌民躲进王正平父母家的平房时，追杀羌民的打手穷追不舍，由于暗杀的羌民势单力薄无力反抗，屋外围攻的人已迅速地拆掉他家的墙壁并开枪射击。王正平的父亲在掩护妻儿躲藏到平仓与墙壁缝隙间时，不幸中弹身亡。狂飞的弹头在片石砌的土墙上乱撞，突然一枚弹片擦过王正平娇嫩的脸上，顿时血肉模糊，面临丈夫的突然离世，年幼的孩子又疼得晕死过去，母亲的哭喊声响彻了整个村寨。堆在他家门口的柴火已经被人点燃，屋外的枪口还对着她，从哪里出去啊？他年轻的母亲几乎绝望，求生的欲望让她在屋子里大喊："我还活着，谁来救救我？"

残阳如血的黄昏分外凄凉，全河东村的人都聚焦在王正平家门外。密集的枪声停止了，熊熊燃烧的大火已无法扑灭，屋里其余的人不是被枪打死就是被火烧死。当时在屋外的杨保长对土司说："此事与他们家无纠葛，若有事情由我杨保长承担！"说完，他大声地喊王正平的母亲从窗户爬出来，他的母亲衔着缠孩子的布巾像老猫叼着自己的奶猫从窗户爬出来时，土司的打手突然用枪托狠狠地在他母亲背上砸了几下，年幼的王正平差点摔落在乱石堆上。

家破人亡了，孤儿寡母回到了母亲的娘家娃娃寨。母子俩住草棚、蹲牛圈、吃糠咽菜，过着衣不蔽体，食不果腹的生活。每当说起这些往事，王正平老师就泣不成声。

感恩，一首名曲的诞生

1950年1月4日，茂县和平解放了，王正平母子靠共产党的救济过上了自由幸福的生活。1953年，7岁的王正平上了小学，1963年他初中毕业。1964年，他怀着感恩报国的心情报名参军，由于是独生子，部队不允许他入伍，是他的苦苦哀求和真情打动了来招兵的同志，王正平被破格录取了。带着无限的激情，他在7828部队二营五连当兵五年，其间在部队任文书和从事团部文艺宣传工作，因为特别勤奋好学、吃苦耐劳，王正平获得了无数荣誉称号。

1969年3月王正平退伍回到家乡，正值中国共产党第九次全国代表大会前夕，茂县赤不苏区成立了区宣传队，在区委会的直接领导下，王正平老师与从全区挑选的能歌善舞的羌族同胞们以饱满的热情全身心投入到各类文艺节目的编排中，王正平凭借自己在部队做文娱宣传的基础和经验，承担了部分节目的创作与编导，《清亮亮的咂酒》就是在这次宣传活动的前夜诞生的。

王正平想："羌人祖辈都住在高山上，似乎没有什么好的礼物献给党，但羌山青稞多，是否可以将用青稞酿的美酒献给党，来表现羌人翻身得解放后的喜悦心情？"于是，他写下了第一句"清亮亮的咂酒哎……"在他看来，一碗碗飘香的青稞酒是经过羌人辛勤劳动，吸收了大自然的灵气，又经过精心酝酿的美酒是珍贵的是圣洁的。每当羌寨举行重大节庆时，开坛首先要敬天地、敬神灵、敬祖先，而党的英明伟大胜过神灵与祖先，所从羌族同胞要为党献上清亮亮的咂酒。这首词曲的喻意深远，中心意思是："共产党的恩情永远道不尽说不完，羌族儿女的心永远向着党，幸福的咂酒永远喝不完。"

《清亮亮的咂酒》词曲一气呵成，王正平立即拿到宣传队，教男女队员们大合唱。大家觉得这首歌简单易学，又有浓郁的民族风情且朗朗上口，还能唱出羌族儿女的心声，甚是喜欢。在"羌族儿女迎九大"宣传队巡回表演时大获成功受到了区委会的表彰。这首歌从此广为传唱。在未来的岁月里，每当人们向客人敬酒时都会唱起它，这首歌从诞生到今天已传唱四十几个年头了，但仍长盛不衰，有人将它唱到了异国他乡，有人唱着它走向未来，这是王正平老师做梦也不会想到的。尽管这首歌名被改成了歌词中的一句"清亮亮的咂酒"，但其涵意却是那般意味深长。

沃野，一个羌人的文化使命

从小，王正平的母亲就教导他："你是九死一生的人，被乡亲们从火海里救出来，是共产党把你送进了学校和部队，给你吃，给你穿，你要好好为党工作。有朝一日你有出息时，要学会感恩，时刻不要忘记帮助比你更穷的人。假如有人找你借面，你就要把升子和斗的四个角填满……"正是这样的家庭教育让王正平从小学会怎样做人，岁月见证了他的善良与谦和、岁月雕琢他的智慧与宽容。

1969年8月，王正平被当地党委、政府保送到阿坝州威州师范学校进修，成为第一批工农兵学员0学习两年后，他开始了教书育人的生涯，并且在乡下一直工作了32年。2003年，王正平老师退休了，他教过的学生有数千人算是桃李满天下，不少学生成为各行各业的佼佼者，不少学生成为国家的栋梁。王正平的学生们说他像父亲_般严厉且慈祥，许多往事都令他们难以忘怀。

　　2003 年年底，王正平将他八十多岁的母亲送老归山后，为了给三个孙子创造一个良好的生活和学习环境，他在县城某处租了一处简陋的房子照顾孩子们起居。我曾与王老师开玩笑，说他是留守老人照顾留守儿童。

　　退休后的王正平老师开始潜心整理三十多年来在民间收集的各类有关羌文化的宝贵资料。他发现，由于市场经济的冲击，非物质文化遗产正逐渐流失与失传，他内心万分焦急且常常失眠。他说："人的生命是有限的，作为羌民族的一员，在有生之年传承羌民族文化是我的责任和义务！"多年前他就意识到释比文化与羌医药文化不仅有研究价值，而且有深远的历史意义和现实意义。截至退休前，王正平老师利用假期与家访的机会，走村入户收集了各类羌族民间故事、药方、歌舞、释比唱经、避邪术等等不计其数。

　　王老师每天依然忙碌着，一方面要照顾孙子们的成长，另一方面要自费作乡野调查。有时为了了解一件事情的真实性，他不得不断地往返于高山与峡谷之间。竭尽全力投入到羌区非物质文化遗产的抢救与保护中。2008 年，王正平被四川省文化厅授予"瓦尔俄足代表性文化传承人"的称号。在遭遇了 2008 年的汶川"5·12"特大地震后，王正平更加感受到中国共产党的伟大与温暖，同时意识到羌文化面临的机遇与危机。震后，他更加忙碌了，通过各种渠道，全国各地总是不间断地有前往羌区采访的人，王老师不仅带他们去村村寨寨作文化调查，还要用自己微薄的工资来接待大家。一些宝贵的资料被拷贝了，一些珍贵的数据被扫描了。有人笑他傻，说他总是给人垫背，被人利用了还不知道。面对讽刺与非议，王正平说："只要有人愿意去宣传、弘扬民族文化，我就是要去支持！"

　　空闲时候，王正平老师教自己的孙子、孙女唱唱羌歌、说说羌语、再跳一跳传统的舞蹈。新的传承人在他的爱护和培养下正在逐渐长大。

　　已是古稀之年的王正平老师用了近一年时间，与几位资深羌语"土专家"一道申请的"羌语言文化保护协会"已于 2015 年 4 月 28 日被相关部门审批通过，他开心的微笑里满是疲惫。他说："随着高山村寨的人们向县城迁徙，羌语和传统习俗丢失的速度越来越快，其保护的重要性愈发迫切。"

　　我无法用"感动"这个词，因为这根本不能表达我对王正平老师深深的敬意，有幸记录他创作的《清亮亮的咂酒》怎样回荡在羌山旷野；有幸聆听他父母与自己在土司制度下历经的悲苦岁月，我不再追逐影视里杜撰的土司王朝奢靡的爱情与跌宕的传奇。

　　王正平老师站立羌风中，微笑如菊！

　　　　　　　　　　　　　　　　2010 年 5 月 2 日于四川省茂县